KB058186

올가

The poem in chapter 21, first part, quotes Herbert Schröder Stranz
"Süd-West. Kriegs- und Jagdfahrten"
Berlin 1910/1911, p.111

OLGA by Bernhard Schlink

베른하르트 슐링크

김재혁 옮김

올가

Bernhard
Schlink
Olga

시공사

*일러두기
본문의 주는 모두 옮긴이의 주입니다.

차 례

1부

Bernhard
Schlink
Olga

1

"힘들지도 않은가 봐요. 저 아이는 저렇게 서서 보는 것을 제일 좋아해요."

엄마가 맡긴 여자아이를 돌보는 이웃 여자는 믿기지가 않는다는 듯한 투였다. 그러나 그것은 사실이었다. 한 살 난 그 여자아이는 부엌에 서서 물건들을 하나하나 눈여겨 보았다. 네 개의 의자가 딸린 식탁, 찬장, 레인지와 프라이 팬과 국자, 싱크대, 위쪽에 거울이 달린 세면대, 창문, 커튼, 마지막으로 천장에 매달린 전등. 이어 아이는 몇 걸음 걸어가 침실의 열린 문간에 서서 이곳에서도 모든 것을 눈 여겨보았다. 침대, 침대 옆의 작은 탁자, 옷장, 궤짝, 창문 그리고 커튼, 끝으로 다시 전등. 이웃 여자의 집이 부모의 집과 별반 다르지 않은 구조를 갖고 있고 가구도 별로 다를

게 없었지만 아이는 흥미로운 눈빛으로 바라보았다. 이웃 여자는 이제 묵묵한 꼬마 아이가 방 두 개짜리—화장실은 계단실에 있었다—집 안 구경을 다 했다고 생각하고서 아이를 창가의 의자에 앉혔다.

그 구역은 가난했다. 큰 건물들 뒤쪽마다 좁은 마당이 있었고, 또 다른 건물이 이어졌다. 좁은 도로는 많은 집에서 쏟아져 나온 많은 사람들과 전차, 감자와 채소, 과일 파는 손수레들, 어깨걸이좌판에 액세서리와 담배와 성냥을 파는 남자들과 여자들, 신문 파는 소년들, 몸 파는 여자들로 붐볐다. 모퉁이에는 남자들이 서서 기회를 엿보고 있었다, 모종의 기회를. 10분마다 두 마리의 말이 궤도 위로 마차를 끌고 달렸다. 그러면 아이는 손뼉을 쳤다.

나이를 더 먹고서도 아이는 서서 바라보기를 고집했다. 걷기에 서툰 것도 아니었다. 아이는 능숙하고 확실하게 걸었다. 아이는 자기 주변에서 일어나는 일을 관찰하고 이해하고 싶어 했다. 아이의 부모는 서로 이야기를 나누지 않았고 아이와도 거의 말을 하지 않았다. 아이가 말을 하고 개념을 갖추게 된 것은 이웃 여자 덕분이었다. 이웃 여자는 말을 하는 것을 좋아했고 말을 많이 했다. 낙상을 한 뒤로는 일을 할 수가 없어서 여자아이의 엄마가 해야 할 일을 대신 맡아 하게 되었다. 아이와 함께 집 밖으로 나가면 그녀는 아주 천천히 걸을 수밖에 없었고 거듭거듭 걸음을 멈추어야 했다. 그래도 눈에 보이는 모든 것에 대해 이야기하고 설명하고 판단하고 알려주었다. 아이는 듣고 들어도 더 들으려 했다. 느린 걸음걸이와 거듭 멈추어 서는 것에 아이는 아랑곳하지 않았다.

이웃 여자는 그 아이가 이제 좀 더 다른 아이들과 놀아야한다고 생각했다. 그러나 어두운 뜰과 현관은 거칠기 짝이없었다. 자기를 주장하려면 싸워야 했고, 싸우려 하지 않으면 괴롭힘을 당해야 했다. 아이들의 놀이는 즐거움이라기보다는 삶의 투쟁을 위한 준비였다. 아이는 겁이 많거나약하지 않았다. 아이는 놀이를 좋아하지 않았다.

아이는 학교에 들어가기 전에 읽고 쓰는 것을 배웠다. 이웃 여자는 혹시 아이가 학교에 들어가서 지루해할까 봐 처음에는 읽고 쓰는 것을 가르치지 않으려 했다. 그러나 결국 가르쳤고, 아이는 이웃 여자의 집에서 발견할 수 있는것들을 읽었다. 《그림 동화집》, 호프만*의 《150편의 도덕적 이야기들》, 《인형 분더홀트의 운명》, 《슈트루벨페터》

*하인리히 호프만. 19세기 독일의 정신과 전문의이자 시인, 동화작가.

등. 아이는 찬장이나 창턱에 기댄 채 오랫동안 서서 읽었다.

만약 아이가 읽고 쓰는 법을 미리 익히지 않았더라도 학교에 들어가서 지루해할 것은 마찬가지였으리라. 선생은 40명의 여학생들에게 막대기로 짚어가며 철자를 하나하나 주입시켰다. 선생이 먼저 발음한 대로 따라 발음하고, 선생이 먼저 써 보인 대로 따라 쓰는 일은 따분했다. 그러나 아이는 셈하는 법을 열심히 익혔다. 물건을 살 때 장사꾼을 제대로 상대하기 위해서였다. 아이는 노래하는 것을 좋아했다. 그리고 향토지리 수업 시간에 선생은 학급 학생들을 데리고 소풍을 다녔다. 아이는 브레슬라우*에 대해, 그 도시와 그 주변 지역에 대해 알게 되었다.

*폴란드 슐레지엔 지방의 공업도시 '브로츠와프'의 독일식 이름.

12

2

아이는 자기가 가난하게 자란 것을 알게 되었다. 노란 사석돌림띠와 사석간주들을 갖춘 붉은 벽돌로 지은 새 건물의 학교가 그 지역에 있는 다른 건물들보다 더 멋졌다는 사실이 다른 건물들이 초라했다는 것을 의미하지는 않았다. 학교는 학교였다. 그러나 큰 도로 양편에 서 있는 멋진 주택들과 정원이 딸린 저택들, 화려한 공공건물들과 널따란 광장과 시설들을 보고 강변과 다리 위에서 더 자유롭게 호흡을 했을 때 아이는 자신의 지역에는 가난한 사람들이 살고 있으며 자신도 그들 중 하나임을 깨닫게 되었다.

아이의 아버지는 부두 노동자였다. 항구에 할 일이 없으면 아버지는 집에 앉아 있었다. 아이의 어머니는 세탁부였다. 어머니는 더 잘사는 사람들에게서 빨랫감을 받아서 그것들을 꾸러미로 묶어 머리에 이고 집으로 가져와 세탁하고 다려서 침대 시트로 싸서 머리에 이고 다시 가져다주었다. 어머니는 날이면 날마다 일을 했다. 그러나 아무리 일을 해도 벌이는 신통치 않았다.

하루 종일 석탄 운반하는 일을 하느라 제대로 잠을 자지 못하던 아버지는 병이 났다. 두통과 어지럼증과 열에 시달렸다. 어머니는 젖은 수건으로 아버지의 이마와 장딴지를 식혀주었다. 배와 어깨에 불긋불긋한 발진이 돋은 것을 보고 소스라치게 놀란 어머니는 의사를 불렀다. 그땐 이미 어머니도 어지럽고 열이 났다. 의사는 발진티푸스라고 진단하고 두 사람을 병원으로 옮기도록 했다. 아이와의 작별은 짧았다.

아이는 부모를 다시는 보지 못했다. 감염의 염려 때문에 병원에 있는 부모를 찾아갈 수도 없었다. 자기를 맡아준 이웃 여자로부터 부모가 다시 좋아질 거라는 말을 들었다. 그러던 중 일주일 뒤에는 아버지가 죽고, 열흘 뒤에는 어머니가 죽었다. 아이는 이웃 여자의 집에 남고 싶었다. 그러나 아이의 친할머니는 아이를 자기가 사는 포메른*으로

*독일 동북부에 위치한 농업도시.

14

데려가기로 결정했다.

할머니가 장례식을 치르고 살림살이를 정리하고 아이의 학교에 전출 신고를 하던 그 며칠 동안 이미 두 사람의 관계는 좋지 못했다. 할머니는 아들의 결혼에 동의하지 않았었다. 그녀는 자신의 독일 뿌리에 자부심을 갖고 있었으며, 비록 독일어를 유창하게 구사하기는 했지만 '올가 노박*'이 자신의 아들의 아내가 되는 것에 반대했다. 그녀는 또 아이의 부모가 아이에게 어머니 쪽 이름을 붙이는 것에도 동의하지 않았다. 이제 자기 보호를 받게 되었으니 아이는 슬라브식 이름 대신 독일식 이름을 가져야 했다.

그러나 올가는 자기 이름을 바꾸려 하지 않았다. 할머니가 슬라브식 이름의 단점과 독일식 이름의 장점을 설명하려 했을 때 올가는 할머니를 이해할 수 없다는 표정으로 쳐다보았다. '에델트라우트'부터 '힐데가르트'에 이르기까지 할머니가 스스로 좋다고 생각한 독일식 이름을 제시했을 때 올가는 그중 하나를 택하기를 거부했다. 할머니가 이제 끝이라고 하면서 앞으로는 '헬가'로 부르겠다고 선언했을 때, 올가는 팔짱을 낀 채 더 이상 아무 말도 하지 않았으며

---

*'올가'는 러시아 지역에서 사용하는 여자 이름이고, '노박'은 슬라브 계열의 성이다.

헬가라는 호칭에는 반응하지 않았다. 브레슬라우에서 포메른까지 기차를 타고 가는 동안 그리고 도착한 뒤 첫 며칠 동안 그런 상황은 계속 이어졌다. 이윽고 할머니는 손을 들었다. 그러나 올가는 그때부터 할머니에겐 고집 세고 버르장머리 없고 배은망덕한 아이였다.

올가에겐 모든 것이 낯설었다. 대도시에 있다가 접하게 된 작은 마을과 넓은 땅, 학급 수가 많은 여학교에 다니다가 접하게 된 남학생과 여학생이 한 교실에서 공부하는 학교, 활발한 슐레지엔 사람들을 보다가 접하게 된 말이 없는 포메른 사람들, 마음씨 좋은 이웃 여자를 보다가 접하게 된 완고한 할머니, 마음껏 책을 읽을 수 있는 자유를 누리다가 접하게 된 들과 정원에서의 노동. 올가는 가난한 아이들이 어릴 적부터 그러듯이 상황에 순응했다. 그러나 다른 아이들보다 더 많은 것을 원했다. 더 많은 것을 배우고 더 많은 것을 알고 더 많은 것을 할 수 있기를 바랐다. 아이의 할머니 집에는 책도 피아노도 없었다. 올가는 선생을 졸라서 도서관에 있는 책들을 받아냈고, 오르간 연주자를 졸라서 오르간에 대해 설명을 해달라고 하고 오르간 연주 연습을 할 수 있게 허락을 받아냈다. 견진성사 수업 시간에 목사가 다비트 프리드리히 슈트라우스의 예수의 생

16

에 대한 책을 부정적으로 언급하자, 목사를 졸라 그 책을 빌려달라고 했다.

올가는 외로웠다. 시골 마을에서는 도회지에서보다 노는 일이 적었다. 아이들은 일을 해야 했다. 논다고 해도 놀이가 적잖이 거칠었다. 올가는 꾀가 많아서 상황에 대처할 줄 알았다. 그러나 사실 그녀는 그런 것과 맞지 않았다. 그녀는 자기와 마찬가지로 그런 것에 맞지 않는 다른 사람을 만나기를 바랐다. 마침내 한 사람을 만났다. 그 사람 역시 달랐다. 처음부터.

3

혼자 설 수 있게 되자 아이는 벌써부터 달리려고 했다. 한 발 두 발 차례로 앞으로 내디뎌서는 마음대로 빨리 가지지 않자 다른 쪽 발을 바닥에서 떼기도 전에 한 발을 내디뎠고, 이내 쓰러졌다. 아이는 일어나 한 걸음을 떼고 또 한 걸음을 떼었다. 너무 느리다는 것을 다시 깨닫고는 다른 쪽 발이 바닥에 닿기도 전에 한 발을 다시 들어 올렸고, 다시 쓰러졌다. 일어나고, 쓰러지고, 일어나고. 아이는 조급하게 그리고 지칠 줄 모르고 계속했다. 저 아이는 걷고 싶은 게 아니라 뛰고 싶어 하는 거라고 아이를 바라보고 있던 어머니는 생각했다. 그리고 머리를 흔들었다.

다른 쪽 발이 바닥에 닿고서야 한쪽 발을 바닥에서 떼어야 한다는 사실을 깨닫고서도 아이는 걸으려 하지 않았다.

아이는 잘고 잽싸게 발을 내디디며 총총걸음으로 걸었다. 당시 유행하던 대로 부모가 아이에게 가죽 끈을 매어서 이끌고 갈 때면 부모는 웃음이 터졌다. 어린 꼬마가 산책길에서 느릿느릿 걷는 꼴이 꼭 작은 망아지 같았기 때문이다. 동시에 부모는 좀 당혹스럽기도 했다. 다른 아이들은 그렇게 가죽 끈을 매고 가면 더 잘 걸었기 때문이다.

세 살이 되자 아이는 달리기 시작했다. 아이는 다락방이 두 개 딸린 3층의 넓은 저택을 누비며 달렸다. 긴 복도를 따라 달렸고, 계단을 오르내리며 달렸으며, 문들이 서로 통하는 방들을 통과하며 달렸고, 테라스를 지나 정원으로 달렸고 들판과 숲으로 달렸다. 학교에 들어가자 아이는 학교까지 달려갔다. 늦게 일어났다거나 아니면 이 닦는 것을 늑장 부렸거나 아니면 다른 일로 지각을 해서 그런 것이 아니었다. 그저 걷기보다 달리고 싶었기 때문이다.

처음엔 다른 아이들도 함께 달렸다. 아이의 아버지는 마을에서 제일가는 부자였다. 농장을 경영하여 많은 집에 먹을 것과 임금을 주었고, 분쟁을 조정했으며, 교회와 학교를 돌보았고, 남자들이 제대로 투표를 하도록 도와주었다. 그렇게 해서 다른 아이들은 그 아이를 올려다보게 되었고 그에게 뒤지지 않으려고 했다. 그러다가 선생이 그 아이에게 보인 존경심과, 그 아이의 태도와 말투와 옷차림에서의 차이점은 그를 다른 아이들로부터 소외되게 만들었다. 만약 그 아이가 다른 아이들의 우두머리 역할을 맡았더라면 아이들은 기꺼이 그의 졸개가 되었을 것이다. 그러나 그 아이는 그런 것에는 전혀 관심이 없었다. 거만해서 그런 것이 아니라 자기 고집 때문이었다. 다른 아이들은 그들의 놀이를 놀아야 한다는 생각이었다. 그리고 그는 자신의 놀이를 놀았다. 그 아이는 다른 아이들이 필요치 않았다. 특히 달리기를 할 때에는 다른 아이들이 필요하지 않았다.

아이가 일곱 살이 되었을 때 부모는 아이에게 개를 한 마리 선물했다. 부모가 영국을 좋아하고 프리드리히 황제의 미망인인 빅토리아를 존경했기 때문에 부모는 영국산 양치기 개인 보더콜리를 선택했다. 달리기하는 아들을 동행하고 보호해주라는 것이었다. 그 개는 실제로 그렇게 했다. 늘 앞장서서 가면서 자주 뒤를 돌아다보고 아들이 가려는 곳을 미리 잘 짐작했다.

아이와 개는 들길과 밭두렁, 목책길과 숲길을 달렸고, 숲과 들판을 가로지르기도 했다. 아이는 탁 트인 들판과 숲속의 빈터를 좋아했다. 그러나 곡식이 무르익을 때면 이삭들 사이를 누비며 달렸다. 아이는 맨팔과 맨다리로 이삭들을 느껴보고 싶었다. 그리고 관목 수풀 사이로 뛰어다녔다. 수풀이 할퀴고 들러붙으면 그것을 떼어냈다. 해리들이 둑을 막고 시냇물이 웅덩이로 고이게 했을 때는 웅덩이를 누비며 달렸다. 그에겐 거칠 것이 아무것도 없었다. 아무것도.

아이는 기차가 역에 언제 들어오는지 그리고 언제 떠나는지 알고 있다가 역으로 달려가 기차가 출발하는 순간 함께 달리기 시작해 마지막 차량이 그를 추월할 때까지 옆에서 함께 달렸다. 나이가 더 들수록 아이는 더 오랫동안 기차와 대등하게 달릴 수 있었다. 그러나 그것이 중요한 것은 아니었다. 기차는 아이의 심장이 그 이상으로 빨리 뛸 수 없고 호흡이 그 이상으로 빨라질 수 없는 지점까지 그를 이끌었다. 아이는 그 지점까지 혼자서도 도달할 수 있었다. 그러나 기차와 함께 달리는 것이 더 좋았다.

아이는 헐떡이는 자신의 숨소리를 들었고 펄떡펄떡 뛰는 심장의 고동을 느꼈다. 아이는 규칙적으로, 확실하게, 가볍게 바닥을 치는 자신의 발소리를 들었다. 매 디딤 속에는 이미 떼어냄이 들어 있었고, 매 떼어냄 속에는 부유 浮遊의 느낌이 들어 있었다. 가끔 아이는 날아가는 것 같은 느낌이 들었다.

4

부모는 아이에게 헤르베르트라는 세례명을 주었다. 아버
지는 철두철미한 군인이었으며 그라블로트 전투*가 끝나
고 철십자 훈장을 받은 사람으로서 아들이 헤르베르트 즉
빛나는 전사가 되기를 바랐기 때문이다. 아버지는 아들에
게 이름의 의미를 설명해주었고, 헤르베르트는 자신의 이
름을 자랑스러워했다.

   아들은 또한 독일, 그 젊은 제국과 젊은 황제를 자랑스
러워했다. 그리고 아버지와 어머니, 누이동생 그리고 가족
의 장원과 상당한 재산과 훌륭한 저택을 자랑스러워했다.
다만 저택 전면부의 비대칭이 마음에 들지 않았다. 입구의

---

*프로이센-프랑스 전쟁 당시인 1870년 프로이센이 승리한 전투.

문이 오른쪽으로 쏠려 있었다. 문은 위층과 다락방에 대칭으로 위치한 다섯 개의 창문 아래쪽에 있으면서 세 개의 창문을 왼쪽에, 한 개의 창문을 오른쪽에 두고 있었다. 그렇게 균형이 깨진 것에 대해 설명해주는 사람이 아무도 없었다. 그 저택은 지어진 지가 이미 200년이 넘었고 아이의 가족 소유가 된 것은 겨우 한 세대 전이었다.

할아버지가 그 장원을 한 영락한 귀족으로부터 사들였을 때 할아버지는 자기도 언젠가 귀족 칭호를 받을 수 있기를 바랐다. 자신이 안 되면 그라블로트의 영웅인 자신의 아들이라도. 아버지 역시 귀족의 영지와 철십자 훈장과 함께 귀족 칭호를 바랐다. 그러나 줄곧 슈뢰더라는 이름에 머물러 있었다. 헤르베르트는 후에 슈뢰더라는 이름에 이음표를 하고 장원 명칭을 붙였다. 그 많은 슈뢰더 중의 하나가 되고 싶지 않았기 때문이다.

더 높은 곳에 오르고 싶은 꿈에도 불구하고 할아버지와 아버지는 이성적이었고 유능했다. 그들은 장원을 튼튼하게 만들었고, 설탕 공장과 양조장을 지었으며 주식 투자를 할 만큼 충분한 돈을 벌었다. 가족에겐 부족한 것이 없었고, 헤르베르트와 빅토리아 남매도 이성적인 소망이기만 하면 모든 소망을 다 이루었다. 학교와 교회를 쉬겠다는 소망이 아니고 베를린 여행을 하겠다는 소망이라면, 소설책이 아닌 조국의 역사책을 사달라는 소망이라면, 증기기관차가 달린 영국제 장난감 기차가 아니라 보트나 총을 사달라는 소망이라면. 마을의 아이들과 함께 4년 동안 초등학교에 다닌 뒤에 이제 남매는 가정 교습을 받았다. 수학과 자연을 담당하는 남자 선생과 문화와 언어를 담당하는 여자 선생을 모셨다. 헤르베르트는 바이올린을 배웠고, 빅토리아는 피아노와 노래를 배웠다. 그 밖에 헤르베르트는 장원 일을 도왔다. 훗날 관리인과 머슴들과 하녀들로부터 무엇을 기대할 수 있는지 알기 위해서였다.

헤르베르트를 위한 견진성사 수업이 있었을 때 비록 한 살 더 어렸고 아직 너무 어리기는 했지만 빅토리아도 함께했다. 부모는 남매가 초등학교뿐만 아니라 견진성사 수업도 마을의 아이들과 함께하도록 했다. 동시에 빅토리아를 덩치가 큰 오빠의 비호 없이 이들의 거칢 앞에 내맡기지 않기 위해서였다. 빅토리아가 다른 아이들을 무서워했다는 말은 아니다. 두 남매는 담대하고 겁이 없었다. 그들에겐 인생을 살면서 어떤 고통을 견디거나 두려워할 필요를 느껴보지 못한 사람들이 갖는 대담함이 있었다. 그러나 연약한 여인의 우아함을 배우는 것이 빅토리아에게 해가 될 것은 없었고, 강한 남자의 기사도를 연습해보는 것이 헤르베르트에게 해가 될 것은 없었다. 둘은 자신들의 역할이 마음에 들었다. 헤르베르트는 빅토리아를 보호해볼 요량으로 다른 아이들이 거칠게 나오도록 몇 번에 걸쳐 도발해보았다. 그러나 아이들은 말려들지 않았다. 아이들은 이 두 사람을 상대하려 하지 않았다.

올가를 제외하고는. 헤르베르트와 빅토리아는 올가가 그들의 세계에 보인 호기심과 경탄을 그냥 지나칠 수가 없었다. 그들이 그토록 빠르게 올가와 친구가 된 사실은 비록 자신들은 모르고 있었지만 그들이 얼마나 외로웠는지를 보여주는 것이었다.

5

한 사진은 정원에 있는 세 사람을 보여준다. 빅토리아는
헐렁한 원피스를 입고 차양과 꽃이 달린 작은 모자를 쓰고
양산을 펼쳐 든 채 양발을 꼬고 고개를 한쪽으로 기울이고
있다. 그녀의 왼쪽에는 짧은 바지와 흰 셔츠 차림의 헤르
베르트가, 그녀의 오른쪽에는 하얀 깃의 어두운 색 원피스
를 입은 올가가 그네에 기대어 있다. 두 사람은 금방 함께
그네를 밀기로 약속한 것처럼 서로를 쳐다보고 있다. 세
사람 모두 진지하고 열정적인 표정이다. 그들은 어느 책에
나오는 장면을 연출하고 있는 걸까? 헤르베르트와 올가는
빅토리아를 떠받드는 걸까? 그녀가 가장 어리니까? 그녀
가 오빠와 연상의 친구를 지배할 줄 알기 때문에? 무엇을
원하든, 그들은 그것을 진지한 열정으로 원한다.

세 아이는 열여덟 살처럼 보이지만 사진 뒷면을 보니 그 사진은 견진성사 하루 전날 찍혔다고 적혀 있다. 소녀들은 금발이다. 묶지 않은 빅토리아의 곱슬머리는 작은 모자 아래로 풍성하게 물결치고, 올가의 매끈한 머리카락은 뒤통수에 쪽머리로 묶여 있다. 빅토리아는 입가에 뾰로통한 표정을 하고 있어, 세상과 평화로운 관계를 갖지 못하면 불쾌함을 드러낼 사람임을 보여주고 있다. 올가는 탄탄한 턱에 광대뼈가 불거졌고 이마는 넓고 훤하고 얼굴에는 활기가 넘친다. 그 얼굴에 가서 눈길이 오래 머물수록 그만큼 더 즐겁다. 둘은 결혼하여 아이를 낳고 집안을 이끌어가는 것을 중요하게 여기는 눈빛이다. 그들은 젊은 여자들이다. 헤르베르트는 젊은 남자이고 싶지만 아직은 소년이다. 작고 탄탄하고 당찬 모습의 그는 가슴을 내밀고 목을 빼고 있지만 두 소녀를 넘어서지 못하고 결코 넘어서지 못할 것 같다.

나중에 찍은 사진들에서도 헤르베르트는 즐겨 포즈를 취하고 있다. 젊은 황제를 흉내 내고 있다. 빅토리아는 금방 살이 찐 모습이다. 먹는 일은 그녀를 세상과 화해시켜주고, 피하지방은 그녀의 불쾌한 표정을 지워주고 그녀에게 천진난만하고 감각적인 매력을 더해주고 있다. 꽤 오랫동안 올가를 찍은 다른 사진은 남아 있는 것이 없다. 헤르베르트와 빅토리아의 부모는 사진사를 쓸 만한 여력이 있었지만, 올가는 마침 그때 그 자리에 있지 않았다면 그 유일한 사진조차 찍지 못했을 것이다.

견진성사가 끝난 그해에 빅토리아는 쾨니히스베르크에 있는 여학생 기숙학교에 보내달라고 조르기 시작했다. 이웃 기사 영지에서 열린 어느 저녁 모임에서 그 집 딸은 기숙학교의 생활에 대해 이야기하면서 그것이 화려하고 우아한 생활이며 농부들 틈에서 자라면서 거기서 떠나지 못하는 여자애는 꿈도 꾸지 못할 것인 것처럼 말했다. 처음엔 부모가 반대했다. 그러나 빅토리아는 끈질기게 고집했다. 자신의 뜻을 관철한 뒤에도 기숙사의 검소한 생활은 아주 고귀한 생활이라는 주장을 끈질기게 굽히지 않았다.

올가는 포젠에 있는 국립 초등교원양성소에 가고 싶어했다. 그러려면 입학시험에서 여자고등학교 상급 학년의 실력을 입증해야 했다. 마음 같아서는 매일 아침 군청 소재지에 있는 그 여자고등학교까지 7킬로미터를 걸어갔다가 매일 저녁 7킬로미터를 걸어오고 싶었다. 그러나 그녀는 학교에 다닐 돈도 없었고 학비 면제를 위해 애써줄 후원자도 없었다. 마을의 선생과 목사는 여자애가 고등교육을 받는 것은 쓸데없는 일이라고 생각했다. 그래서 그녀는 상급반의 실력을 독학으로 습득하기로 마음먹었다.

여자고등학교 상급반의 끝에 가서는 무엇을 배워야 하는지 알아보기 위해 그 학교를 찾아간 그녀는 큰 건물과 널따란 계단, 긴 복도 그리고 수많은 문들, 종소리와 종소리 사이의 휴식 시간에 웃고 떠들며 복도에서 몰려다니는 소녀들의 경쾌함, 머리를 치켜든 채 교실을 드나드는 여선생들의 당당함에 주눅이 들어 계단 옆 모퉁이에서 지켜볼 뿐 그곳에서 빠져나오지 못했다. 그러다가 마침 수업을 끝낸 한 여선생의 눈에 띄었다. 여선생은 올가가 눈물을 쏟을 듯한 표정으로 들려주는 사정 이야기를 듣고는 그녀의 팔을 잡고 학교에서 나가 자기 집으로 데려갔다.

"종교, 독일어, 역사, 산수, 지리학, 박물학, 정서법, 미술, 음악, 수예, 이런 건 다 떼었니?"

올가는 교리문답을 견진성사 수업 때 배웠고, 실러의 드라마, 프라이타크의 소설 그리고 제게르트의 《프로이센 조국 역사》를 읽었고, 괴테와 뫼리케, 하이네와 폰타네의 시 그리고 에르크의 《독일 노래의 정원》에 나오는 많은 노래들을 외워서 알고 있었다. 선생은 올가에게 시 한 편을 암송해보라고 했고, 노래를 한 곡 불러보라고 했으며, 산수

문제를 암산으로 풀어보라고 했다. 선생은 올가가 뜨개질로 뜬 손수건을 살펴보았다. 그것을 보고는 올가의 수예 능력과 그림 및 정서 능력에 대해 아무런 의심도 하지 않았다. 약한 과목은 지리학과 박물학이었다. 올가는 많은 나무와 꽃, 버섯에 대해 알고 있었지만 식물과 동물의 계보라든가 칼 폰 린네와 알렉산더 폰 훔볼트에 대해서는 들어본 적이 없었다.

선생은 올가가 마음에 들었다. 그래서 그녀에게 일반 지리학 교과서와 가정학, 박물학 교과서를 주었다. 조언이 필요하면 다시 와도 좋다는 말과 함께. "그리고 내 앞에서 성경과 《파우스트》를 읽어봐 다오!"

헤르베르트는 열여덟 살이 되면 근위부대에 입대해야 한다는 것을 알고 있었다. 그때까지는 대학입학자격시험을 마쳐야 했다. 그는 선뜻 남자 선생과 여자 선생의 도움을 받아 시험 준비를 했지만, 그의 열정은 사격과 사냥, 승마, 조정 경기 그리고 달리기 쪽에 가 있었다. 언젠가 그가 설탕 공장과 양조장이 딸린 장원을 물려받아야 한다는 것과 아버지가 그를 경영과 장사 쪽으로 끌어들이려는 것은 당연하다는 것을 알고 있었다. 그러나 그는 자신이 농장이나 공장 주인으로 적임자가 아니라고 생각했다. 그는 드넓은 땅과 드넓은 하늘을 바라보았다. 달리기를 할 때 그가 집으로 돌아오는 것은 지쳐서가 아니라 날이 어두워지고 어머니가 걱정을 할 것이기 때문이었다. 그는 끝나지 않는 낮 동안 태양과 함께 달리는 것을 꿈꾸었다.

6

빅토리아가 떠난 뒤 올가와 헤르베르트는 둘만의 새로운 친분을 쌓기까지 시간이 필요했다. 그를 방문하는 것은 빅토리아와 함께 있는 그를 방문하는 것과는 완전히 달랐다. 올가는 그의 부모의 의심의 눈초리를 느끼고 헤르베르트를 방문하는 일을 그만두었다. 헤르베르트는 길에서 마주치는 마을 사람들이 그와 올가를 바라볼 때의 다 알고 있다는 듯한 미소가 싫었다. 그래서 셋이 있을 때 아무런 사심 없이 하던 산책과 뱃놀이를 그는 피했다.

선생이나 목사와 마찬가지로 할머니도 올가가 더 이상의 교육을 받는 것은 불필요하다고 생각하여, 부려먹을 일거리가 없는데도 집에서 입학시험을 준비하려던 그녀를 잠시도 편하게 내버려두지 않았다. 그 때문에 올가는 여름에 책을 싸 들고 숲가의 조용한 장소로 도망쳤다. 그곳으로 헤르베르트가 찾아왔다. 개와 함께 왔으며 가끔은 총도 들고 왔다. 그는 올가에게 비가 올 때 비를 피하며 공부할 수 있는 사냥오두막 하나를 알려주었다. 그는 심심찮게 그녀를 위해 작은 선물을 챙겨 왔다. 과일 한 개나 케이크 한 조각, 포도즙 한 병 등.

대개 그는 올 때마다 달려서 왔으며 숨을 헐떡거리며 그녀 옆 풀밭에 누워 그녀가 공부를 멈출 때까지 기다렸다. 그다음 그의 첫 질문은 이랬다. "오늘 아침까지 모르던 무엇을 알게 됐어?"

그녀는 흔쾌히 대답했다. 그렇게 해서 그녀는 자신이 마음에 새긴 것과 다시 망각한 것 그리고 다시 한 번 읽어야 할 것들을 깨달았다. 그는 특히 지리학과 박물학에, 그리고 땅이 제공하는 것을 가지고 우리가 어떻게 살 수 있는가에 관심이 많았다.

"지의地衣를 먹을 수 있어?"

"아이슬란드 이끼는 먹을 수 있어. 감기나 복통 치료제로 쓰이고 양식으로도 사용해."

"어떤 버섯이 독이 있는지 어떻게 알아?"

"버섯들을 마음에 새겨둬야 해. 300개의 식용버섯이든 아니면 300개의 식용 불가한 버섯이든."

"북극에서는 어떤 식물들이 자라지?"

"툰드라에서 자라는 것은⋯⋯"

"툰드라 지방 말고, 내 말은⋯⋯"

"동토지대? 동토지대에서는 아무것도 자라지 않아."

그녀의 부탁에 따라 그는 교과서들을 가져왔다. 그리고 그녀는 헤르베르트 앞에서 부끄러워할 것이 없음을 알았다. 단지 언어에서만 그가 그녀보다 나았다. 그의 여선생은 그와 영어와 프랑스어로 말했다. 반면 그녀에게는 그렇게 해줄 사람이 없었다. 입학시험에는 언어가 필요하지 않았다. 그렇지만 언젠가 파리와 런던으로 여행을 해서 그녀가 《마이어의 백과사전》에서 읽었던 도시들을, 그녀가 헤르베르트보다 더 잘 아는 도시들을 찾아갈 생각이었다.

7

헤르베르트가 올가에게서 그녀가 공부한 것에 대해 듣고
싶어 한 것처럼 그는 자신이 생각한 것을 그녀에게 들려주
고 싶어 했다. 어느 날 그는 그녀에게 자신이 무신론자가
되었다고 털어놓았다.

그는 이번에도 달려와서 그녀 앞에 멈추어 섰다. 두 손으
로 무릎을 짚은 채로 몸을 구부리고서 헐떡이며 말했다.

"신은 존재하지 않아."

올가는 책상다리를 하고 책을 무릎 위에 올려놓고 앉아
있었다.

"아무 상관 없어."

그는 호흡이 진정될 때까지 기다렸다가 풀밭 위 그녀 옆
에 누워 머리 뒤로 양팔을 두르고서 눈을 들어 한 번은 그

녀를, 한 번은 개를 바라보았다. 그녀는 그의 오른쪽에, 개는 그의 왼쪽에 있었다. 또는 하얀 조각구름들이 빠르게 흘러가는 짙푸른 여름 하늘을 올려다보았다. 이번에도 그는 그 말을 다시 한 번 했다. 무언가를 발견하거나 아니면 무슨 결심이라도 한 것처럼 차분하고 확신에 찬 어조로.

"신은 존재하지 않아."

올가는 보던 책에서 눈을 들어 헤르베르트를 쳐다보았다. "아니면?"

"아니면?"

"신 대신에 무엇이 있는데?"

"아무것도 없어." 헤르베르트는 그녀의 질문을 우스꽝스럽게 생각하고 웃으며 머리를 흔들었다. "세계가 존재하지. 하지만 천국이나 신은 존재하지 않아."

올가는 책을 옆으로 치우고 풀밭 위 헤르베르트 옆에 몸을 쭉 뻗고 누워 하늘을 올려다보았다. 그녀는 푸르거나 잿빛이거나 하늘을 좋아했다. 비나 눈이 와서 떨어지는 빗방울이나 훨훨 날리며 내리는 눈송이를 눈을 깜박이며 올려다보더라도. 신? 왜 신은 하늘에 살면 안 되나? 그러다가 가끔 지상으로, 교회나 자연을 향해 내려오면 안 되나?

"신이 갑자기 네 앞에 나타나면 넌 어떻게 할 거야?"

36

"스탠리 앞에 리빙스턴*이 나타나듯이? 나는 가볍게 인사하고 손을 내밀 거야. '신이신가요, 혹시?'"

헤르베르트는 자신의 위트에 감격하여 두 손으로 바닥을 치며 웃었다. 올가는 그 장면을 떠올려보았다. 가죽 반바지에 격자무늬 셔츠를 입은 헤르베르트, 흰 양복에 방서모를 쓴 신, 둘 다 조금은 당혹해하고, 둘 다 아주 깍듯하게 예의를 갖춘 모습으로. 그녀도 함께 웃었다. 그러나 그녀는 신을 가지고 익살을 떨어서는 안 된다고 생각했다. 다른 사람들이 신을 가지고 하는 익살에 대해 웃어서도 안 된다고 생각했다. 그러나 무엇보다 그녀는 방해를 받지 않고 차분히 앉아 공부를 하고 싶었다. 신이 그녀를 도와준다면 신과 함께, 그렇지 않다면 신 없이.

그러나 헤르베르트는 그녀를 가만히 두지 않았다. 마지막 질문들을 찾아냈던 것이다. 며칠 뒤 그는 물었다. "무한이라는 것이 있을까?"

그들은 다시 나란히 누워 있었다. 그녀의 얼굴은 두 손으로 들고 있는 책의 그늘 속에 있었고, 그의 얼굴은 두 눈을 꼭 감고 입술 사이에 풀줄기를 문 채 햇살 속에 있었다.

*탐험가이자 선교사로 1871년 아프리카 탐험 중 열병에 걸려 사경을 헤매던 중 역시 탐험가인 스탠리 수색대에 발견되어 목숨을 구했다.

"평행선은 무한 어디에선가는 교차해."

"그건 멍청한 생각이야. 그런 걸 사람들은 학교에서 가르치지. 네가 철도 레일들 사이를 계속해서 걷고 또 걸어가면, 언젠가 그 레일들이 교차하는 곳에 이를 것이라고 생각해?"

"나는 레일들 사이를 유한하게만 걸어갈 수 있어. 무한하게 가지는 못해. 만약 내가 너처럼 달릴 수 있다면······"

헤르베르트는 한숨을 내쉬었다. "내 말을 가지고 농담하지 마. 나는 유한한 삶을 살아가는 유한한 사람들에게 무한이라는 것이 어떤 의미가 있는 건지 알고 싶어. 아니면 신과 무한은 같은 것일까?"

올가는 펼쳐진 책을 배에 올려놓은 채 그것을 치우지 않고 그냥 두었다. 마음 같아서는 책을 들고 계속해서 읽고 싶었다. 그녀는 공부를 해야 했다. 무한 같은 것은 아무래도 좋았다. 그러나 그녀가 헤르베르트 쪽으로 고개를 돌렸을 때, 그는 근심과 기대가 가득한 눈빛으로 그녀를 쳐다보았다. "무한이라는 것이 뭐 어떻다는 거야?"

"나한테 무한이 뭐냐고?" 헤르베르트는 일어나 앉았다. "무한한 것은 도달할 수도 없겠지, 안 그래? 그렇지만 어떤 것은 무한하면서도 현재의 시점에서, 현재의 수단으로

만 그렇고 또⋯⋯"

"무한에 도달하면 무한을 어쩔 건데?"

헤르베르트는 침묵한 채 눈길을 먼 곳으로 향했다. 올가도 일어나 앉았다. 그는 무엇을 보았을까? 순무 밭이었다. 초록의 식물과 갈색 이랑이 긴 대열을 이루고 있었다. 대열은 처음엔 지평선을 향해 직선으로, 다음엔 저지대 때문에 휘어져 달리다가 결국에는 초록의 평지 속으로 녹아 들어갔다. 몇 그루의 포플러나무들. 일군의 너도밤나무들. 이들은 순무 밭의 환한 바닷속 검은 섬이었다. 하늘엔 구름 한 점 없었고, 태양은 올가와 헤르베르트의 등 뒤쪽에 떠서 그들을 위해 모든 것을, 즉 식물과 나무들의 초록빛과 땅의 갈색을 환히 빛나게 해주었다. 그는 무엇을 보았을까?

그는 그녀 쪽으로 얼굴을 돌리고 당혹스럽게 미소를 지었다. 질문에 답을 해야 하고, 자신의 그리움에 대한 하나의 성취 방도를 알려줘야 함을 분명히 알고 있었지만 해결책을 제시할 길이 없었기 때문이다. 그녀는 그를 끌어안고 머리를 쓰다듬어주고 싶었지만 용기가 나지 않았다. 그의 그리움은 세상을 향한 어린아이의 그리움처럼 그녀를 감동시켰다. 그러나 그는 이제 더 이상 어린아이가 아니었기 때문에 그녀는 그의 그리움과 그의 질문과 그의 달리기 속에서 그가 알지 못하는 어떤 절망을 느꼈다.

다시 며칠 뒤 그는 그녀에게서 영원이라는 것이 존재하는지 알아보고 싶어 했다. "무한과 영원은 같은 걸까? 무한은 공간과 시간과 관계되고, 영원은 시간과만 관계되지. 그러나 두 가지는 우리가 갖고 있는 것을 같은 방식으로 넘어서지?"

"우리는 많은 세월이 흐른 뒤에도 많은 사람들을 기억해. 영원히 기억할지는 모르겠어. 그렇지만 아킬레우스와 헥토르는 2천 년, 3천 년 전에 죽었어. 그런데도 우리는 여전히 그들에 대해 알고 있지. 너 유명해지고 싶어?"

"내가 원하는 건……" 그는 오른팔로 몸을 괴고서 그녀 쪽을 향했다. "내가 원하는 것이 무엇인지 모르겠어. 나는 이곳에 있는 것들, 밭이나 장원, 마을 이상의 것을 원해. 쾨니히스베르크나 베를린 이상의 것을 원해. 근위병 이상의 것을 원해. 보병근위대나 그런 것이 아니야. 기병근위대라도 다르지는 않을 거야. 나는 모든 것을 뒤에 두게 되는 그 무언가를 원해. 아니면 내 발아래 두게 되는 그 무언가를. 기술자들이 하늘을 날 수 있는 비행기를 만들고 있다는 것을 읽은 적 있어. 내 생각으로는……" 그는 그녀의 머리

너머로 하늘을 올려다보았다. 그리고 웃었다. "비행기도 일단 만들어서 비행기를 타고 날게 되면 그것 역시 다른 물건들과 마찬가지로 하나의 물건일 뿐이야."

"나는 갖고 싶은 물건들이 있어. 피아노, 쾨네켄 만년필, 새 여름 원피스와 새 겨울 원피스, 여름 신발 한 켤레와 겨울 신발 한 켤레. 방도 물건인가? 방이 물건이 아니라면, 돈은 물건이니까. 방을 구할 수 있는 돈이 있으면 좋겠어. 어쩌면 너는⋯⋯"

"내 마음대로 다 하냐고?" 헤르베르트는 계속해서 올가 쪽으로 몸을 돌리고 있었다. 오른팔로 바닥을 짚고 왼손으로는 머리카락을 헤집으면서 그녀를 쳐다보았다.

"미안해. 너는 제멋대로인 사람은 아니야. 너는 나 같은 존재로 산다는 것이 어떤 건지 모를 거야. 하지만 너 같은 존재로 산다는 것이 어떤 건지 나도 몰라. 너의 삶은 나보다 쉬울 거라고 생각해. 만일 내가 너나 빅토리아의 삶을 살 수 있어서 쉽게 여자고등학교에 가고 사범학교에 갈 수 있다면 나의 삶도 쉬울 거라고 생각해. 하지만 내가 빅토리아의 삶을 살 수 있다면 어쩌면 나도 여학생 기숙학교에 보내달라고 할지도 모르지." 올가는 고개를 가로저었다.

헤르베르트는 기다렸다. 그러나 그녀는 더 이상 말을 잇지 않았다.

"나 갈게." 그는 자리에서 일어났다. 올가에게 몸을 비비고 또 올가가 어루만져주던 개도 어느새 일어서서 헤르베르트를 올려다보았다. 헤르베르트가 지체 없이 떠나는 것에 올가는 익숙해져 있었다. 그토록 가깝던 개가 일순간에 그토록 낯설어질 수 있다는 것이 그때마다 마음 아팠다.

헤르베르트는 걸었고, 개는 그를 향해 높이 뛰어오르며 그와 함께 달리고 싶어 했다. 헤르베르트는 장난치듯이 개를 막아내면서 동시에 빠른 걸음으로 걷기 시작했다. 그러더니 멈추어 서서 올가 쪽으로 몸을 돌렸다. "나는 돈이 없어. 무언가 필요할 때만 돈을 받아. 들어가는 비용만큼만. 내가 돈을 벌게 되면 그 돈으로 네게 만년필을 사줄게."

그는 달리기 시작했고, 올가는 그의 뒷모습을 바라보았다. 그는 숲 가장자리를 따라가다가, 순무 밭을 가로지르고, 이어서 지평선 쪽으로 이어진 길로 들어섰다. 그 길을 따라 그와 개는 점점 더 작아지다가 마침내 지평선 너머로 사라졌다. 그녀는 애정 가득한 눈길로 그의 뒷모습을 바라보았다.

8

올가와 헤르베르트가 서로 사랑에 빠지는 일은, 만약에 빅토리아가 그들을 그들이 함께하는 일상적 과정에서 빼내지 않았다면 일어나지 않았을지도 모른다. 기숙학교는 여름 동안 문을 닫았다. 그래서 빅토리아가 7월에 집으로 돌아왔을 때 올가와 헤르베르트는 옛날처럼 친하게 함께 지낼 몇 주를 기대하며 기뻐하다가 실망하고 말았다. 빅토리아는 다른 것을 원했다. 그녀는 이웃 기사의 장원에서 열리는 무도회와 축제에 초대를 받았고 헤르베르트가 자기를 에스코트해주고 소개해주기를 기대했다. 그녀는 올가를 잊지 않고 있었고, 당연히 산책이나 차 모임에 초대했다. 그러나 그 뒤 그녀는, 그렇게 촌스러운 여자애하고는 상대하기 싫다고 오빠에게 털어놓았다. "여선생이라고?

오빠도 기억하지? 그 노처녀 폴 양 말이야. 남자 선생님이
아팠을 때 우리 집에 왔던 그 여자. 아무튼 걔는 폴 양과 마
찬가지로 유행 감각이 없어. 나는 걔를 좀 도와주려고 했
어. 어깨도 드러내고 치마폭도 좁게 입어야 한다고 했지.
그랬더니 내가 무슨 폴란드어라도 하는 것처럼 나를 쳐다
보더라. 그러면서 심지어 폴란드어로 말을 하는 거야. 걔
얼굴이 슬라브풍으로 생기지 않았어? 올가 링케는 슬라브
식 이름 아니야? 그런데 왜 내 앞에서 그렇게 당당하게 구
는 거야? 맞먹듯이? 나한테서 어떻게 행동하고 어떻게 옷
을 입는 건지 배우면 고마워해야 하지."

　그것이 헤르베르트의 마음을 상하게 했다. 올가는 이미
자체로 충분히 좋지 않나? 그녀의 얼굴은 충분히 아름답
지 않나? 다음번 만남 때 그는 올가의 얼굴을 자세히 살펴
보았다. 그녀의 휜한 이마, 불거진 광대뼈, 약간 비스듬하
면서 놀랍게 반짝이는 녹색의 눈을 자세히 관찰했다. 코와
턱은 더 작고 입은 더 컸으면 좋았을까? 그러나 그녀의 입
은 웃거나 미소 짓거나 말할 때면 너무도 생동감 있고 우월
해서 그 코는 딱 위쪽에, 그 턱은 딱 아래쪽에 있는 것이 적
당했다. 마침 지금처럼 그녀가 공부를 하면서 소리를 내지
않고 입술을 움직일 때도 그것은 마찬가지였다.

혜르베르트의 눈길은 올가의 목과 목덜미를 좇다가 젖 가슴 위쪽 블라우스의 불룩한 곳과 치마 속 허벅지와 장딴 지가 어림짐작되는 곳에 가서 멎었고 맨 발목과 맨발에 가 서 머물렀다. 올가는 공부를 할 때는 신발과 양말을 벗었 다. 그러나 혜르베르트는 그녀의 발목과 발을 이미 자주 보았지만 세세하게 관찰한 적은 없었다. 복사뼈 옆쪽의 움 푹한 곳, 발꿈치의 둥근 부위, 발가락들의 부드러움, 파란 핏줄 등. 마음 같아서는 그 발목과 발을 어루만지고 싶었 다!

"왜 그렇게 빤히 쳐다봐?"

올가는 혜르베르트를 쳐다보았고, 그는 얼굴이 빨개졌 다. "너를 쳐다보는 게 아니야."

그들은 서로 마주 보고 앉아 있었다. 둘 다 책상다리를 하고. 그녀는 손에 책을 들고 있었고, 그는 주머니칼과 나 무 한 조각을 들고 있었다. 그는 고개를 떨어뜨렸다. "나 는 네 얼굴을 안다고 생각했어." 그는 고개를 가로저었고 주머니칼로 나무에서 약간의 나뭇조각을 털어냈다. "이 제……" 그는 고개를 들고 그녀를 쳐다보았다. 여전히 빨 개진 얼굴로. "이제 나는 한참을 두고 쳐다볼 거야. 너의 얼굴을, 너의 목과 너의 목덜미를, 너의…… 바로 너를. 여태껏 나는 그렇게 아름다운 것을 보지 못했어."

그녀도 얼굴이 빨개졌다. 그들은 서로의 눈을 쳐다보았다. 그들은 눈과 영혼뿐이었다. 그들은 눈길을 풀고 싶지 않았다. 다시 익숙한 올가와 익숙한 헤르베르트가 되고 싶지 않았다. 마침내 올가가 미소를 지으며 말했다. "우리 뭘 하는 거지? 네가 쳐다보고 있으면 나는 공부를 할 수가 없어. 그리고 내가 너를 바라보고 있어도 그렇고."

"우리가 결혼하면, 너는 공부를 그만둘 거야."

올가는 몸을 앞으로 구부려 양팔로 그의 목을 휘감았다. "너는 나와 결혼하지 못할 거야. 지금은 네가 결혼하기에 너무 어려서이고, 나중에는 네 부모님이 너를 위해 더 나은 짝을 찾을 테니까. 우리에겐 1년의 시간이 있어. 네가 근위대에 들어가고, 내가 사범학교에 갈 때까지. 1년! 우리는 정해야 해." 그녀는 다시 미소를 지었다. "언제 우리가 서로 바라보고, 언제 내가 공부를 할지."

9

가을이 되도록 올가와 헤르베르트는 숲가나 사냥오두막에서 단둘이 있을 수 있었다. 이곳에서 그녀는 공부를 했고, 이곳에서 그는 그녀를 발견했다. 그러나 10월이 되자 날이 추워졌고, 11월에는 첫눈이 왔다. 파이프오르간 연주자가 올가에게 교회 열쇠를 주어서 올가는 오르간 연습을 할 수 있었고 일요일에는 가끔 대신 연주를 맡기도 했다. 그래서 그녀는 예배가 있을 때만 난방을 하는 차가운 교회에서 공부를 했다. 바깥보다는 따뜻했다. 심지어 올가에겐 그곳이 할머니의 집에 있을 때보다 더 따뜻하게 느껴졌다. 할머니의 차갑고 퉁명스러운 태도는 따뜻한 난로가 있어도 그녀를 얼어붙게 만들었다. 다가올 이별이 할머니의 마음을 아프게 했고 할머니의 원래 모습보다 더욱 퉁명스럽고 차갑게 만들었음을 올가는 몰랐고, 할머니는 더더욱 몰랐다.

1830년에 지은 고전주의풍의 아치형 교회 건물에는 후원자용 칸막이 특별석이 있었다. 이 칸막이 좌석은 교회 후원과 함께 장원의 귀족 소유자들로부터 헤르베르트의 가족에게로 넘어갔다. 헤르베르트는 일요일마다 교구 사람들의 눈길을 받아야 하는 그의 칸막이 좌석을 증오했다. 그렇기 때문에 그는 그 후원자 칸막이 특별석에 자체의 난로가 있다는 것을 곧장 생각해내지 못했다. 난로는 바닥 밑에 설치되어 계단 쪽에서 불을 지피게 되어 있었다. 아주 추운 날에는 그곳에서도 올가와 헤르베르트는 숨을 내쉴 때마다 김이 나는 것을 보았다. 그러나 바닥은 어느 정도 따뜻했으며, 칸막이 좌석의 지붕과 난간은 교회 본당의 추위를 조금은 막아주었고, 의자에는 쿠션이 달려 있었다. 올가는 공부를 하면서 헤르베르트를 위해 크고 두꺼운 풀오버를 뜨개질했고 자기 것도 하나 떴다. 헤르베르트는 겨울에 그 칸막이 좌석처럼 생긴 사냥오두막에서 며칠을 견디어가며 아버지가 목격했으나 잡지 못했던 그 멋진 사슴을 잡으려고 기다리는 상상을 했다.

올가는 공부하는 모습의 그를 곁에 두고 싶어 했지만 그는 공부를 하지 않았다. 책을 읽을 때면 그는 이내 조급해져서, 줄거리를 좀 더 빨리 전개하거나 그냥 직접 본론으로 들어갈 수 있겠다는 생각을 했다. 그의 선생은 니체, 신의 죽음, 초인, 동일자의 회귀에 대해 언급했고, 헤르베르트는 자신의 질문에 대한 답을 니체에게서 찾을 수 있기를 바랐다. 신은 그에게도 죽은 것이 아닌가? 그 역시 자신을 넘어서려는 것이 아닌가? 그 역시 시골에서의 삶의 끝없는 동일함을 알지 않는가? 그러나 그는 니체도 이내 힘들게 느껴졌다. 그래서 이런저런 표현을 골라내서 대화에 써먹는 것으로 만족하기로 했다. 그는 두 가지 계급에 대해—이 두 계급이 없었으면 상층 문화와 하층 문화가 존재하지 않았을 것이라며—순수한 인종의 힘과 아름다움에 대해, 고독의 풍요로움에 대해, 선택된 인간에 대해 그리고 위대함과 심오함, 두려움의 존재로까지 성장하는 초인에 대해 말했다. 그는 초인이 되기로 결심했다. 쉬지도 중단하지도 않기로, 독일을 위대하게 만들기로, 독일과 함께 위대해지기로 결심했다. 설사 그것이 스스로에게 두려움을 주고 다른 사람들에게 두려움을 요구하더라도. 올가는 그 거창한 말들을 공허하다고 생각했다. 그러나 헤르베르트의 뺨은 붉게 타올랐고 두 눈은 빛났다. 그녀는 사랑에 빠진 눈빛으로 그를 바라보는 수밖에 없었다.

그들은 1년 내내 잠자리를 같이하지 않았다. 장원 주인의 아들이 마을의 한 처녀와 사랑을 속삭인다고 해도 아무도 욕을 하지 않았을 것이고, 마을 사람들은 자신들의 딸이 그와 사랑을 나누는 것을 못 본 척했을 것이다. 그러나 올가에게 헤르베르트는 장원 주인의 아들이 아니었고, 그녀는 그에게 그 마을 출신의 처녀가 아니었다. 두 사람은 장원 주인의 아들과 장원 주인의 딸과 같은 관계도 아니었고 시민계층 가정 출신의 두 아이와 같은 관계도 아니었다. 그들은 계급들 사이에 위치해 있었으며 그 계급들의 관습에 묶여 있다고 느끼지 않았다. 그들은 봄과 여름에는 숲가에서 그리고 겨울에는 후원자 칸막이 좌석에서 단둘이 지냈다. 그들은 마음만 먹으면 잠자리를 함께할 수도 있었다. 그들은 그러지 않기로 했다. 그들은 마음의 여유를 가졌다.

그들은 서로 애무하고 서로를 발견했으며, 몸을 부비며 서로의 몸을 덥혔다. 그들은 서로 떨어질 수가 없었다, 올가가 공부를 하기 위해 포옹을 풀 때까지. 헤르베르트가 더 이상 참지 못하고 사정을 해버릴 때면 그는 사정을 하여 홀가분해진 상태로 조금 피곤해하며 투덜대듯 등을 돌렸고 축축한 팬티 속에서 자신의 물건이 축 늘어지는 것을 느껐다. 그러면 그는 벌떡 일어나 달리기 시작했다. 또 눈이 올 때에는 스키를 타고 폭풍처럼 달렸다.

10

섣달그믐에는 슈뢰더의 장원에서 그 지역의 가장 큰 축제
가 열렸다. 옛 귀족 집안 사람들도 찾아왔고, 아버지 슈뢰
더는 철십자 훈장을 달고서 귀족 칭호를 받을 수 있기를
다시 한 번 바랐다. 새해의 시작뿐만 아니라 묵은해의 성
공들, 즉 민법 제정, 독일과 미국 간의 전신 교환 도입, 호
화 유람선 MS 도이칠란트의 푸른 리본 수상, 새로운 식민
지 사모아에 독일 깃발을 게양한 일, 어떤 중국인도 이제
는 독일인을 삐딱한 눈으로 흘겨보지 못하리라는 것 등을
축하했다. 마침내 독일은 세계에서 차지하여 마땅한 자리
를 획득했다. 자정에 화려한 불꽃놀이가 펼쳐졌다. 쾨니히
스베르크 출신의 불꽃제조업자가 검은 하늘을 배경으로
희고 붉은 폭탄과 로켓 그리고 분수 모양 불꽃에 불을 붙

였다. 영국과 프랑스를 존중하는 마음에서 몇 개의 파란색 불꽃도 함께. 파리 세계박람회는 새로운 세기가 유럽의 모든 소녀들에게 위대한 미래를 약속한다는 것을 보여주지 않았던가? 그리고 아버지 슈뢰더는 화학 및 전기 주식에 성공적으로 투자하여 불꽃놀이에 들어가는 막대한 비용을 감당할 수 있었다.

헤르베르트는 올가를 초대하고 싶었지만, 빅토리아는 부모에게 올가가 오면 옛 귀족의 젊은 사람들로부터 받고 있는 부모의 명망에 흠이 갈 거라고 설득했다. 그 말을 듣고 헤르베르트는 자신도 축제에 참석하지 않겠다고 선언했다. 그리고 빅토리아의 눈물과 어머니의 부탁, 아버지의 호령에도 뜻을 굽히지 않았다. 괜히 부모를 자기 때문에 그렇게 대놓고 분노케 하지 말라고 올가가 설득할 때까지. 부모가 그녀를 만나는 것을 금해도 그럴 거냐고.

그러나 불꽃놀이 때에는 온 마을 사람들이 다 장원을 찾았다. 마을 사람들은 집으로 들어가는 진입로와 집 앞 광장에 머물지 않고 집을 에워싸고 있다가 널따란 테라스 쪽으로 다가왔다. 테라스에서는 손님들이 서서 분수 모양 불꽃들이 번쩍이며 솟구치고, 로켓과 폭탄들이 하늘로 치솟고 있는 정원 쪽을 바라보고 있었다. 처음에 마을 사람들은 손님들과 거리를 유지하고 있었다. 그러다 빛의 장관에 열광하여 점점 안쪽으로 파고들어 마침내는 손님들 옆에 그리고 손님들 틈에 서 있게 되었다. 손님들은 마을 사람들을 눈치채지 못한 것처럼 행동했고, 헤르베르트의 부모는 헤르베르트와 올가가 나란히 서서 서로의 손을 잡고 서로에게 "행복한 새해가 되기를!" 하며 속삭이는 것을 못 본 듯이 행동했다.

행복한 새해가 되었다. 올가는 포젠에 있는 국립 사범학교 입학시험에 합격했다. 그녀는 최우수 성적으로 합격하여 사범학교 여학생들을 위한 기숙사 입주 자격을 얻었다. 헤르베르트는 올가가 자랑스러웠다. 공부와 지식이 그녀에게 갖는 의미에 대해서는 질투가 났다. 그리고 그녀가 독립적이 되었다는 것, 가족이나 다른 사람들의 평가, 헤르베르트 자신으로부터 독립적이 되었다는 생각이 들자 불만스러웠다. 그녀는 두 사람이 결혼하지 못할 거라는 자신의 생각이 옳다고 여겼다. 그러나 그는 왜 그런 건지 인정하고 싶지 않았다. 다만 그가 생각할 수 있는 것은 그녀가 자신을 필요로 하지 않는다는 것 정도였다. 그럭저럭 대학입학자격시험에 합격하고 근위부대에 입대하고 나서야 그는 질투심과 불쾌감을 잊었고 올가에게 느꼈던 것과 같은 자랑스러움을 스스로에게서 느낄 수 있었다.

그는 파란 상의에 흰 바지를 입은 자신의 컬러사진 한 장을 그녀에게 보내왔다. 옷깃은 붉었고, 소맷부리도 붉었으며, 작고 검은 챙이 달린 모자는 붉고 푸른색이었다. 거의 대학생들이 쓰는 색깔 벙거지 같았다. 그는 잿빛 제복 차림에 금빛 장식이 달린 가죽 헬멧을 쓰고 찍은 사진도 보내왔다. 그녀는 그가 그런대로 괜찮아 보인다고 생각했다. 키 작은 남자라고 할 정도는 아닐 만큼의 적당한 키에 탄탄하고 힘차 보였으며 각진 얼굴에서는 쾌활한 단호함이 엿보였다. 의심을 모르는 듯한 맑고 파란빛을 띠고 있다가 그녀의 가슴에 감동을 불러일으키며 가끔은 멍한 듯 그리움에 잠긴 눈빛의 그의 눈을 그녀는 사랑했다.

사진과 함께 만년필도 왔다. 검은색이었고 몸통에는 "F. 죄네켄"이라고 쓰여 있었다. 펜촉 쪽을 돌려서 열자 몸통 안쪽에 피펫이 들어 있었다. 얼마나 멋지게 써지는지! 획을 올려 그을 때는 가늘게 써졌고, 획을 내려 그을 땐 굵게 써졌다. 뭔가 수정하거나 줄을 그어 지웠을 때도 멋져 보였다. 올가는 헤르베르트에게 이내 편지를 전처럼 정서해서 쓰지 않고 그냥 쓴 대로 부쳤다. 그는 약속한 대로 첫 월급을 받아서 그녀에게 만년필을 사준 것이다.

그녀도 그에게 사진을 한 장 보냈다. 통이 큰 검은 치마에 붉은 레이스가 달린 흰 튜니카를 입고 목과 팔을 드러낸 모습이었다. 그것은 개량복으로 올가가 직접 바느질해서 만든 것이었다. 머리는 느슨하게 틀어 올렸으며, 화장은 하지 않았고, 흥분하면 얼굴에 붉은 반점이 생겨서 다만 분을 조금 바른 모습이었다. 그녀는 당당해 보였다. 어쩌면 그녀가 다른 젊은 여자들과 달랐기 때문에 그리고 머릿속에 유행이나 남자들 생각만 넣어가지고 있지 않았기 때문에 당당했는지도 모른다.

11

2년간의 교육 과정을 마친 뒤 그녀는 교사가 되었고 가을에 첫 교사직에 부임했다. 옛날에 다녔던 학교였다. 그것은 교육청으로서도 올가 개인에게도 좋은 일은 아니었다. 그러나 그녀가 부임할 학교가 있는 마을에서는 천연두가 발생했고, 그녀의 옛 스승이 갑자기 세상을 떴던 것이다. 어쨌든 올가는 더 이상 할머니와 함께 살지 않아도 되었다. 그녀는 학교 건물 중 교사관사로 들어갔다.

그녀는 헤르베르트가 그리웠다. 학교, 교회, 집들, 길들, 숲, 이 모든 것에는 추억이 서려 있었다. 많은 추억들은 슬픈 사건들과 할머니에게서 받았던 신체적 벌, 마을의 아이들에게서 받은 멸시, 여자고등학교 진학의 후원을 부탁하기 위해 목사와 선생들에게 찾아갔던 헛된 발걸음으로 얼룩져 있었다. 헤르베르트와 빅토리아와 함께 보냈던 행복한 순간들의 기억은 빅토리아의 모욕적인 변절로 인해 망가졌다. 아름다운 기억으로 남아 있는 것은 헤르베르트와 그녀가 숲가에서, 사냥원두막에서, 교회의 후원자 칸막이 좌석에서 보낸 시간들이었다. 이 시간들은 그렇기 때문에 올가에게 헤르베르트를 더욱 사무치도록 그립게 했다. 그녀는 사범학교에 진학하고, 그는 근위부대에 들어가면서 두 사람은 아주 드물게 만났다. 몇 번인가 그는 집에 올 때 포젠을 거쳐 오면서 사범학교 앞에서 그녀를 기다렸고, 몇 번인가 그녀는 사범학교에서 사귄 친구의 아버지가 그 두 젊은 여자를 베를린 여행에 초대했을 때 헤르베르트의 병영 앞에 서 있었다. 두 사람은 언제 상대의 근처로 가게 될지 전혀 알지 못했다. 만남은 예기치 않게 이루어졌고, 포옹은 황급했으며, 사랑의 확인은 불안스러웠다.

10월에 헤르베르트는 3주 예정으로 장원으로 돌아왔다. 독일-서남아프리카로 가는 방위부대에 자원하여 그곳으로 출발하기 전에 휴가를 얻었던 것이다. 올가는 수업을 했으며, 처음 시작이라 특히 잘하려 했다. 모든 것을 미리 준비하고, 모든 것을 차후에 보충하고, 자신이 받아보지 못했던 도움을 학생들에게 주려고 했다. 그녀는 여학생 하나를 찾아내 필요한 용기를 주고 등록금이 면제되는 자리를 마련해주고 싶었다. 그러나 3주 동안 그 모든 것은 중요치 않았다. 중요한 것은 언제, 어디서 그리고 얼마나 오래, 얼마나 안전하게 헤르베르트와 만날 수 있느냐 하는 것이었다. 첫 2주 동안 그들은 부드러운 가을 햇살 아래 밖에서 만났고, 마지막 주는 올가의 집에서 만났다. 그가 그녀의 집에 몰래 찾아가고 그녀가 그에게 문을 열어줄 때면 남의 눈에 띄지 않게 하려고 조심했다. 동시에 그들은 마을에서 사람들이 수군대는 것 따위를 실제로 신경 쓰기엔 너무나 행복했다.

그들은 3년 동안 서로 구애를 했고 서로를 기다렸다. 이제 마침내 잠자리를 함께하는 것은 자신들의 소망을 금방 채우는 사람들은 경험하지 못할 성취였다. 혹시 임신이 되면 어쩌나 하는 걱정 역시 피임을 잘하는 사람들은 생각하지도 못할 그런 것이었다. 헤르베르트와 올가는 오랜 헤어짐 끝에 서로를 다시 갖게 된 것이 너무나 행복해 아무것도 억누르거나 삼갈 것이 없었으며 그런 걱정으로 한순간도 허비하지 않았다. 올가는 그 몇 주를 서로가 서로의 주위를 소용돌이치듯 빙빙 돌다가 다시 서로의 품에 안겨 쉬는 하나의 춤처럼 경험했다.

그녀는 헤르베르트가 방위부대에 자원한 것에 동의하지 않았다. 그녀는 군인이 조국을 위해 싸우고 어쩌면 죽기도 하는 것을 인정했다. 그러나 아프리카는 조국이 아니었다. 그가 그곳에서 무엇이라도 잃었단 말인가? 헤레로* 사람들이 그에게 무슨 짓을 했단 말인가?

그러나 함부르크에서 배가 출항할 때, 그녀는 페터젠 부두에 서서 소리치고, 마지막 인사의 손짓을 하고, 황제를 위한 만세삼창과 〈그대에게 승리의 월계관을!〉** 속으로 자신의 목소리를 섞었으며, 크고 작은 배들이 작별의 뱃고동을 울려 몇 분간 모든 다른 것들을 압도하는 소리를 들었다. 이윽고 소음도 잦아들었고 고요해졌다. 부두와 도시의 소음이 되돌아왔을 때 배는 올가의 시야에서 사라지고 없었다. 그리고 그녀의 손에는 떠나는 배를 향해 흔들려던 스카프가 구겨진 채 들려 있었다.

---

*서남아프리카 나미비아의 부족. 독일은 1884년부터 1915년까지 서남아프리카 지역을 식민 통치했다.
**독일 제2제국(1871~1918) 시절의 국가.

12

헤르베르트가 독일–서남아프리카령에서 보낸 몇 년 동안 올가는 빅토리아의 농락에 시달렸다. 빅토리아는 올가가 헤르베르트를 위해 좋은 배필이 될 수 없다고 생각했고 두 사람을 떼어놓으려고 자신의 부모나, 친구들의 부모, 목사를 상대로 끊임없이 음모를 꾸몄다. 그것을 알아챈 올가가 빅토리아를 만나려고 하자 빅토리아는 사람들을 시켜 자신이 집에 없다고 둘러댔다. 지방행정부의 행정장관인 친구의 아버지를 통해 그녀는 마침내 올가를 세상의 끝인 동프로이센으로 내쫓는 데 성공했다.

그 마을은 틸지트의 북쪽에 있었다. 마을을 가로지르는 단 하나의 도로는 비포장이어서 해가 뜬 날은 먼지투성이였고, 비가 오는 날엔 질척거렸다. 그 도로는 마을 가운데에 있는 초원까지 이어졌고, 그곳에 교회가 있었다. 도로 옆의 집들은 단층건물이었고 지저분했다. 뒤편의 선생들을 위한 관사와 정원이 딸린 교사校舍 역시 초라했다.

올가는 모든 학년을 다 돌보았다. 학교에는 저학년 아이들을 위한 반과 고학년 아이들을 위한 반이 있었다. 아이들은 얌전해서 올가는 다른 반에 있는 학생들이 얌전히 있는지 신경 쓰지 않고 한 반에서 강의를 할 수 있었다. 대부분의 아이들은 공부에 대한 열정이 없었다. 아이들에게 읽기와 쓰기, 산수를 가르치고 그들과 함께 찬송가 〈이제 모든 숲이 쉬고 있네〉를 부르고 이어서 해와 달의 행로, 별이 빛나는 하늘, 계절의 변화, 노동의 즐거움, 죽음에 대한 존중 등을 설명할 때면 그녀는 만족스러웠다. 늙은 프리츠*에 대한 일화 역시 교과과정에 들어가 있었고, 늙은 프리츠는 〈이제 모든 숲이 쉬고 있네〉라는 노래를 멍청하다고 생각했지만 그 노래를 부르고 싶은 사람은 불러도 된다고 했기 때문에 그녀는 그 한 곡의 노래를 가지고 아이들에게 관용에 대해 가르칠 수 있었다. 가끔 올가가 독려하여 김나지움에 보내고 싶은 소년이나 틸지트에 있는 여자고등

---

*프로이센의 왕 프리드리히 빌헬름 2세(1740~1772년 재위)를 민간에서 부르던 호칭.

학교에 보내고 싶은 소녀가 있었다. 때로 그녀는 학생 부모의 반대를 뚫고 후원자로 목사의 마음을 얻어 장학생 자리를 하나 받아내기도 했다.

그렇게 모든 것이 초라하고 궁색했어도 올가는 옛 마을과 옛 학교에서 멀리 떨어져 있고, 음모를 획책하는 빅토리아에게서 벗어난 것이 기뻤다. 그녀는 정원을 가꾸고, 수요일에는 그녀가 만든 교회 합창대와 함께 연습을 하고, 일요일에는 교회에서 오르간을 연주하고, 여교사협회에 참여하고, 가끔은 틸지트로 콘서트나 연극을 보러 갔다. 그녀는 이웃 마을에 사는 한 가족과 우정을 맺고 특히 그 농갓집의 많은 아이들 중 막내인 아이크를 돌보아주었다.

그녀는 〈틸지트 차이퉁〉에서 독일 방위군이 헤레로 사람들을 상대로 벌이고 있는 전쟁과 그것을 놓고 제국의회에서 벌이는 토론을 긴장감을 갖고 추적했다. 부르주아 정당들은 토착민들만 적당히, 기독교적으로 잘 다루면 독일 식민지의 미래가 밝을 것으로 생각했다. 사민당 쪽은 식민지에 반대했다. 식민지는 비도덕적이고 비경제적이며, 파견된 사람들의 성격을 망친다고 주장했다. 헤레로 사람들을 상대로 벌어지는 전쟁에 대해서도 입장이 상이하여, 언론에서 보도된 잔인성이 개개인의 그릇된 행동으로 평가되거나 아니면 식민 정책의 어쩔 수 없는 성격으로 평가되었다. 올가는 사민당원들과 뜻을 같이했다. 그녀는 어쩔 수 없이 잔인한 헤르베르트의 모습을 떠올리기 싫었고 광란이 어서 끝나기를 바랐다.

그리고 그녀는 헤르베르트에게 긴 편지를 쓰고 그의 편지를 기다렸다. 해가 바뀌어도 늘 똑같이 헤르베르트와 그녀가 나누는 사랑이 불과 몇 시간 또는 며칠에 지나지 않아 힘들게 느껴지면 그녀는 이별이 일상이고 함께 있는 것이 예외인 수많은 사람들, 이를테면 군인들이나 선원들, 연구나 사업을 위해 여행 중인 사람들, 독일에 있는 폴란드인들과 영국에서 일하는 독일인들을 생각했다. 그들의 여자들이 자신들의 남자들을 보는 것은 그녀가 헤르베르트를 보는 것과 다름없었다. 그녀는 속으로 말했다, 서로의 사랑은 마음대로 할 수 있는 것이 아니라 그냥 선물일 뿐이라고. 편지를 주고받는 것 역시 하나의 선물이라고. 헤르베르트의 편지는 그녀가 바랐던 것과 달리 갈수록 신문 기사처럼 건조하고 과장되어갔다. 그렇지만 그의 편지는 그녀를 행복하게 해주는 선물이었다. 그 역시도 그런 선물이었다.

13

헤르베르트는 독일-서남아프리카령을 향해 가던 항해에
대해, 흑인들과의 첫 조우에 대해, 몬로비아 항구에서 그
가 던진 동전들을 찾으려고 물속으로 뛰어들던 유쾌한 소
년들에 대해, 적도에서 물통을 들고 군인들끼리 주고받았
던 물싸움에 대해, 스와코프문트에 도착한 것에 대해, 멀
리 보이는 곳까지 온통 모래뿐인 풍경에 대해 편지에 썼
다. 춤추는 배에 올라타 부서지는 파도를 헤치며 달려 그
는 마침내 육지에 도착했다. 육지는 파도에 익숙해진 그의
발밑에서 오래도록 가만있으려고 하지 않았다.

　첫날부터 헤르베르트는 사막을 사랑했다. 남쪽에는 모
래언덕이 높이 치솟았다가 바다를 향해 가파르게 떨어져
장관을 이루었으며 부드럽게 둥근 모습이 감각적 아름다

움을 보여주었다. 동쪽으로는 드넓은 평원이 뻗어 있었다. 모래와 돌들, 때로는 붉고 때로는 잿빛인 모래알들, 그 사이사이에 검은 지의류와 밝은색의 가는 풀 그리고 가끔 여성의 큰 둔덕처럼 보이는 볼록한 작은 구릉. 헤르베르트는 단조로움과 다양함이 동시에 공존하는 것을, 돌과 모래와 식물들의 작은 변주를, 구불구불한 골짜기와 분지들과 갑자기 나타나는 요상하게 생긴 작은 산들을 사랑했다. 그리고 사막은 언제나 넓고 텅 비어 있었다. 헤르베르트는 뜨거운 모래와 불타는 태양과 반짝이는 공기로 이루어진 이런 세계가 있으리라고는 생각하지 못했다. 그리고 말을 타고 하루 종일 가고 또 가도 그런 아름다움이 끝나지 않으리라고는.

중대가 한 기차역에 이르러 조달품과 식량을 기다리게 되었을 때 헤르베르트는 폭이 좁은 선로를 달리는 기차가 마음에 들어 한 구간 동승해보았다. 산을 올라갈 때는 툴툴대며 느리게 갔지만, 내려갈 때는 급행열차처럼 빠르게 달렸다. 가끔은 흑인들, 지저분한 오두막 앞에 나와 있는 지저분한 형상들 또는 중대가 다가오자 잽싸게 도망쳐 정찰대의 추적으로부터 숨어버리는 녀석들, 또는 짧고 꼬불꼬불한 머리카락에 두꺼운 입술을 한 여자들을 보았다. 가끔은 덤불이나 바위 밑에 웅크리고 앉아 있는 검은 형상들이 있었다. 그들은 흑인들이 아니라 아프리카 원숭이 비비였다.

어느 날 저녁 헤르베르트는 한 불빛의 근원을 알아내기 위해 정찰에 파견되었다. 그는 대초원이 불타는 것을 보았다. 검붉은 연기구름 아래 풀과 덤불들이 활활 불타면서 불꽃 다발을 던지고 있었다. 그는 숙영지를 찾아보았지만 찾지 못했다. 그의 말이 더 이상 갈 수 없게 되었을 때 그는 이제 아침이 되기를 기다리며 대초원에서 잘 수밖에 없다는 것을 알았다. 그는 자칼이 우는 소리를 들었다. 개가 짖는 소리 같기도 했고 아이들이 신음하는 것같이 들리기도 했다. 그들은 먹이를 찾아 코를 킁킁거리며 점점 더 가까이 다가왔다. 마침내 그들의 울음소리가 그를 에워쌌고 그의 심장을 억눌렀으며 그에게 두려움이 무엇인지 가르쳐 주었다. 그의 손은 무기를 움켜잡았다. 그는 자리에서 일어나 어둠 속을 응시했다. 들려오는 자칼의 울음소리와 그가 알고 있는 표범과 그가 맞서 싸우는 헤레로 사람들에 대해 겁을 잔뜩 집어먹고서. 그러나 그의 눈에는 아무것도 보이지 않았다. 자칼도, 표범도, 헤레로 사람도. 그의 눈엔 머리 위로 이불이 드리운 것처럼 꿰뚫어 볼 수 없는 밤의 어둠만 보였다. 그는 저 밖에 있는 것에 대해 두려움을 느끼는 건지 아니면 그의 내면에 있는 그 무엇에 대해 두려움을 느끼는 건지 알 수 없었다.

그러나 그는 올가에게 자신의 두려움을 그려 보이기보다는 감동을 주고 싶어 했다. "우리가 이곳 서남아프리카에서 당신들을 위해 무슨 일을 하는지 알아? 어느 신문을 보니 우리가 지저분한 흑인들을 무찌르지 못하면 우리의 원정에 더 많은 돈이 허비될 것이고 그러면 차라리 모래통*을 영국에게 팔아버리는 것이 최상이라는 기사가 있더군. 당신도 그렇게 생각해? 그에 대해 나는 정부가 달리 행동할 수 없다고 대꾸하겠어. 정부가 모든 백인 민족들의 사명을 배신하지 않고 우리 조국에 해를 끼치지 않으려면 말이야. 우리는 낙원을 잃게 될 거야!" 그러면서 헤르베르트는 올가에게 폐병 환자를 위한 고향의 풍토보다 더 좋은 풍토에 대해, 파서 만든 우물들에 대해, 엽연초와 목화, 선인장 재배에 대해, 숲의 조성에 대해, 갱도 뚫기에 대해, 공장의 건설에 대해 열광적으로 떠벌였다. 이를 위해서는 독일인들이 지배해야 한다는 것이었다. "흑인들은 저항을 통해 지

*글씨를 쓰고 잉크를 말릴 때 쓰는 통으로, 잔구멍 사이로 모래가 빠져나오게 되어 있다. 여기서는 영국에 식민지 권한을 넘긴다는 뜻이다.

배권을 빼앗아 가려고 해. 그렇게 돼서는 안 돼. 우리가 승리하는 것이 그들의 축복이자 우리의 축복이야. 그들은 아주 낮은 문화 단계에 있는 인간 유형이라서 우리에게 있는 근면이라든가 감사, 동정 그리고 모든 이상적인 것에 대한 최고의 지고한 개념이 없어. 외적으로 교육을 받았더라도 영혼이 따라주지를 못해. 만약 그들이 승리를 하게 되면 문명화된 민족들의 삶에 끔찍한 타격이 있을 거야." 그는 만세를 부르며 앞장섰던 정찰에 대해, 소규모 전투와 추적에 대해, 그리고 황제의 전보가 장교들과 팀원들을 칭송할 때 외치던 환호성에 대해 썼다.

14

헤르베르트는 특히 워터버그 고원 전투*에 대해 자랑스럽
게 보고했다. 1904년 8월 10일에 독일 방위부대는 헤레로
족의 진영을 느슨하게 포위하고 밤을 틈타 산 뒤쪽으로 진
격하여 8월 11일 아침에 공격을 개시했다.

　헤르베르트의 중대는 남쪽에서부터 헤레로들을 향해 진
격하여 산으로 올라가지 않고 평지를 가로질렀다. 중대는
곧장 전투에 돌입했다. 덤불 뒤쪽과 구덩이를 엄폐물로 삼
아가면서 사격을 하고 도약하고 만세 소리와 함께 돌격하
고, 다시 엄폐물을 찾고, 다시 사격으로 응답하고, 더 멀리
앞으로 달려 나가고, 이번엔 만세 소리를 지르지 않고 도

*식민 통치에 반대하는 헤레로 족의 봉기에 대해 독일이 대규모 공격과 학
살을 가한 전투.

약하고, 몸을 숙이고, 다른 군인들과 하나의 선을 형성하고 기다리는 것, 그것이 전투의 첫 순간이었다. 기관총과 대포가 도착하여 그것들의 엄호 속에 더 앞으로 진전할 수 있었다. 헤레로 족의 저항과 반격에 밀려 중대는 다시 덤불 뒤쪽과 구덩이에 몸을 엄폐했다. 헤레로 사람들이 피하고 도망칠 수밖에 없는 상황에 처하면 부족 여자들의 노랫소리와 손뼉 치는 소리가 더욱 높아졌고, 헤레로들은 상황을 역전시켜 독일 중대를 저지하거나 심지어 후퇴시켰다. 헤레로들의 수원지水源池를 빼앗아야 했다. 그러나 오전이 되고, 오후가 되어도 성공하지 못했다. 저녁이 되어 기관총과 대포가 집중 투입되자 헤레로들은 수원지를 포기할 수밖에 없었다. "마침내 수원지는 우리 것이 되었어. 날이 어두워지기 시작했지. 갑자기 열기구에 불이 더해졌고, 사람들은 장군을 위해 환히 불을 밝혀줄 이 기구의 끈을 풀었고, 기구는 커다란 횃불이 되어 천천히 저녁 하늘로 둥실 떠올랐어."

헤르베르트도 함께 총을 쏘고 함께 돌격하고 함께 싸웠지만 헤레로는 한 명도 보지 못했다. 그는 동료들이 싸우다 쓰러지는 것을 보았다. 그는 헤레로들 중에서 검은 도가머리를 보기도 했고 이들이 엄폐물에서 엄폐물로 돌진하거나 뒤로 황급히 후퇴할 때의 유연한 도약을 보기도 했다. 한번은 헤레로 하나가 나무 우듬지에 앉아 있다가 총에 맞아 고꾸라지며 땅바닥으로 떨어지는 것을 보았으며, 또 한번은 헤레로들이 엄폐물로 삼고 있던 흰개미 집과 함께 대포에 맞아 산산조각이 나 허공에 흩날리는 것을 보았다. 그는 전진할 때마다 쓰러진 헤레로들을 보았다. 후퇴할 때마다 쓰러진 독일인들을 보았듯이. 그러나 싸우는 상대로서 헤레로들은 유령과 같았다. "우리가 검은 악마들을 더 잘 볼 수 있다면 좋았을 텐데! 그들의 목소리는 아주 가까이서 들렸어. 하지만 그들을 보고 붙잡는 것은 정말 어려웠어."

수원지를 장악한 뒤에 독일인들은 전투를 계속하기에는 너무 지쳤다. 헤레로들은 가축을 데리고 동쪽으로 도망쳤다. 이튿날 독일인들은 그들을 추적했고, 헤르베르트도 거기에 함께했다. 길가에는 도망치는 헤레로들의 대열에서 낙오한 채 죽어가는 자들과 부상을 입은 자들, 노인과 아이들이 굶주림과 목마름에 고통스레 누워 있었다. 길가에 선 채 굶주림과 목마름에 울부짖는 짐승들처럼. 많은 송아지들, 양들, 염소들이 칼로 목이 베어졌고 피를 빨아먹혔다. 수원지에는 도망치는 헤레로들이 먹을 물이 충분하지 못했다. 수원지에는 추적하는 독일인들이 먹을 물도 이제 더 이상 없어서, 독일인들은 후퇴할 수밖에 없었다.

헤르베르트는 헤레로들을 실제로 마주친 적이 없었다. 전투 시에는 기관총이 그들과 거리를 두게 해주었다. 전투가 끝난 뒤에도 기관총의 존재가 그들과 거리를 두게 하고 모래사막 가장자리에 있는 수원지에 접근하는 것을 막아주는 역할을 충분히 해냈다. 그 모래사막으로 도망쳤던 헤레로들은 수천 명이 결국 굶주림과 목마름으로 죽었다.

그러다 헤르베르트는 티푸스에 걸려 오랫동안 병상에 누워 있었다. 병에서 회복한 뒤에는 경계근무에 투입되어 다시 말을 타고 정찰을 하고 소규모 전투를 치르고 추적을 하였다. 자유로운 시간에는 아프리카 붉은 닭과 들기러기, 비둘기, 바위너구리, 사향고양이, 스프링복, 호저, 비비, 하이에나, 자칼, 표범 등을 사냥했다. 그는 동료들과 함께 두 번 크리스마스를 맞이했다. 그들은 깡통을 잘라 반짝이는 별을 만들고 크리스마스트리 삼아 가시나무를 장식했고 〈고요한 밤〉을 불렀다. 그들은 마음이 편안했다.

가끔 헤르베르트는 포로로 잡은 헤레로들을 감시하면서 이들을 노동에 투입하고 교육을 하면 어떨까, 아니면 이들을 기계로 대체하는 것이 더 좋을까 하고 자문해보기도 했다. 그가 그들에게 가장 가까이 다가가고, 그들을 가장 직접적으로 느꼈던 것은 워터버그 고원 전투 뒤에 그들을 추적하는 과정에서 그들이 고통스럽게 죽어가는 것을 보았을 때였다. 그러나 그들은 가축들과 함께 그리고 가축처럼 죽어갔다. 그들은 바닥에 누워 있었고, 그는 말 위에 앉아 있었다.

15

서남아프리카에서 돌아온 헤르베르트를 올가가 다시 만났을 때 그녀는 너무 기쁜 나머지 편지에서 읽었던 끔찍한 일들에 대해서는 물어보지 않았다. 그러나 그녀는 이내 전투와 소전투, 정찰과 추격에 대해서도 듣고 싶지 않아졌다. 끝없이 광활한 땅에 대해서도, 뜨거운 대기의 반짝임에 대해서도, 신기루와 무지개에 대해서도, 대초원의 화재가 일으키는 섬광과 연기구름에 대해서도. 무엇을 파고, 기르고, 심고, 뚫고 건설해야 하는가에 대해서도. "그건 환상이야! 현재는 어떤데?" 그녀는 흑인들에 대해, 그곳의 남자들과 여자들이 아름다운지, 무엇을 먹고 어떻게 사는지, 독일인들에 대해 어떻게 생각하는지, 미래에 대해 어떤 희망을 품고 있는지 알고 싶었다. 그 아래 지역에서 무엇이 그의 마음에 들었는지, 무엇이 혐오감을 주었는지, 혹시 그곳에서 살고 싶다는 생각은 해봤는지. 그 2년의 시간에서 그에게 남은 것이 무엇인지.

그들은 메멜 강가에 앉아 있었다. 올가는 도시락을 장만했고, 헤르베르트는 마차를 한 대 빌렸다. 그들은 한 시간을 달렸다. 먼저 마을에서 강 쪽으로, 그다음에는 강을 따라 달렸다. 이윽고 그들은 한적한 장소를 발견했다. 그들은 자리를 펴고 구운 고기완자를 곁들인 감자샐러드를 먹고 적포도주를 마시고 많은 이야기를 했다. 물어보고 싶었던 것을 아직 물어보지 못했기 때문이다. 읽고 듣는 것이 너무나 많았으므로. 그곳에서 흑인 여자와 함께 있었어? 외로웠던 것 같은데 혹시 이곳에서 어떤 남자를 찾았어? 당신 부모는 당신을 위해 여자를 하나 구했어? 우리는 앞으로 어떻게 될까?

그들은 또한 그날의 우울한 분위기를 이겨보려고 이야기했다. 그날은 구름이 낀 날씨였다. 해는 얇은 구름 뒤편에 흐린 빛의 원반으로 보였고, 나무들과 초원의 초록빛과 메멜 강의 파란빛도 흐렸다. 사방이 고요했다. 통통 소리를 내는 배도 없었고, 꽥꽥대는 거위도, 멀리서 들리는 목소리도 없었다. 말은 풀을 뜯었고 가끔 헐떡거렸다. 가끔 강물은 꾸르륵 소리를 내며 흘렀다.

올가는 헤르베르트가 들려준 이야기에 만족하지 못했다. 엉덩이가 넓은 흑인 여성들은 독일인들에게는 매력이 없으며, 헤레로들은 원시적으로 살고 있으며, 그들은 독일인들을 증오하지만 독일인들이 그들의 운명이며 그들의 미래임을 알고 있다는 것이었다. 그곳 아래쪽에서 그에게 혐오감을 준 것은 질병들, 티푸스와 말라리아, 황달과 뇌막염이었고, 그의 마음에 든 것은 그녀가 별로 듣고 싶어 하지 않겠지만 아무튼 땅의 광활함이라는 것이었다.

"저쪽을 한번 바라봐!" 이번에 올가는 그것을 자세히 알고 싶어 했다. "저건 끝 간 데 없는 광활함이 아니지? 눈길이 닿는 곳에는 들판과 숲이고. 이 땅은 평평하지 않지만, 가벼운 언덕들을 넘어서 눈길은 쉽게 뻗어가지. 지평선까지만. 그곳 아래쪽에도 지평선은 있지."

"저 언덕 왼쪽에 마을이 하나 있고, 언덕 뒤편에 그다음 마을이 있어. 저기 뾰족한 것은 어느 교회 첨탑의 용마루야. 30분만 배를 타고 강을 따라 내려가면 루이제 여왕 다리를 볼 수 있어. 곳곳에 사람들이 살아."

"사람들 때문에 이곳에는……"

"그래, 사람들 때문에 이곳에는 끝 간 데 없는 광활함이 없어."

"왜 사람들을 미워하는 거야? 사람들이 없으면 아무것
도 없어."

"사람들을 미워하는 게 아니야. 하지만 사람들이 도처에
있을 필요는 없지. 당신에게 더 잘 설명하지 못하겠어."

헤르베르트는 화가 났다. 그녀의 질문 때문인지, 더 잘
설명하지 못하는 자신의 무능력 때문인지는 알지 못했다.
그는 궁지로 내몰린 듯한 느낌이 들었다.

올가는 헤르베르트가 뭔가를 이해하지 못하거나 설명
하지 못하거나 표현하지 못하는 것이 좋았다. 그는 강했고
주눅 들지 않았으며 정복당하지도 않았다. 그런 남자를 그
녀는 원했다. 그녀는 자신의 남자를 존경하고 싶어 하면서
도 남자보다 뭔가는 우월한 것을 갖고 싶었다. 그러나 그
는 그 사실을 알아서는 안 되었고 그것에 대해 화를 내서도
안 되었다.

"당신이 달리는 것을 보노라면, 늘 나는 당신이 끝없이
달릴 수 있을 것 같은 생각이 들어. 나한테 당신은 끝 간
데 없는 광활함이야." 그녀는 그의 어깨에 머리를 기댔다.
"요즘도 달려?"

"저 아래에 있을 땐 안 했어. 베를린에 돌아와서는 5시에

기상해서 티어가르텐 지역에서 달렸지. 나 외에도 두서넛의 말 탄 사람들이 달리곤 했어." 그는 양팔로 그녀를 끌어안아 자기 쪽으로 당겼다. 이제 그들은 서로를 마주 보며 누워 있었다. "나는 지난 2년 동안 어떤 여자와도 접촉하지 않았어. 백인이든 흑인이든. 나는 말이야…… 가끔 혼자 있을 때면…… 그렇게 혼자 있는 일이 자주 있지는 않았어…… 나는 당신만을 생각했어. 나는 당신을 원해. 부모님과 이야기해보겠어."

16

그는 일주일 동안 머물렀다. 그들은 마을에서도 틸지트의
호텔에서도 함께 묵을 수 없었다. 그러나 때는 여름이었
고, 휴가였고, 숲과 초원이 있었다. 우리의 사랑은 숲과 초
원의 사랑이야, 그렇게 말하며 그들은 웃었다.

마지막 날 그들은 올가와 친분을 맺은 이웃 마을의 한 가
정을 방문했다. 메멜 강 북쪽의 모든 농가들이 그렇듯이
그 농가는 작았다. 집과 외양간들 사이에서는 아이들이 놀
고 있었으며, 수탉은 당당하게 걸어 다녔고, 암탉들은 발
로 땅을 파헤쳤고, 어미돼지와 새끼돼지들이 뛰어다녔고
개와 고양이들은 햇볕을 쬐고 있었다. 그 농가의 여주인인
잔네와 올가는 진심 어린 인사를 나누었고, 아이들은 붙임
성이 있었고, 헤르베르트만 어색해했다. 장원에서 하인들

및 하녀들과 잘 지내는 법을 익힌 그였지만 농가 여주인과 겸손하기는 해도 그렇게 비굴해 보이지 않는 아이들 앞에 서는 왠지 어색했다.

올가는 아이크와의 놀이에 헤르베르트를 끌어들이려 하였다. 그 꼬맹이는 두 살배기로 금발에 힘이 셌고 당찼으며 올가와 나무블록으로 탑을 쌓았다가 허물면서 마냥 즐거워했다. 그들은 반복해서 탑을 쌓았다가, 반복해서 탑을 허물었다. 헤르베르트는 바닥에 앉아서 놀이를 함께하고 싶지 않았다. 그는 서서 바라다보며 올가가 하는 말에 대해 곰곰이 생각해보았다. "나는 당신이 어렸을 때의 모습을 떠올려!" 그는 자신이 어렸을 때의 모습을 떠올릴 수 없었다. 어린 시절에 대한 유일한 기억은 그가 세 번째 생일에 선물로 받기 전 부모님의 침실에서 발견한 목마였다. 그렇게 해서 그는 훗날 말 타는 것을 좋아했다. 목마를 타고는 달릴 수도 없었고 목마와는 친구가 될 수도 없었다. 이제 그는 초라한 농가와 아이들과 짐승들의 뒤죽박죽과 시끄럽고 지저분한 꼬마 아이와 노는 올가의 놀이를 가까이 할 수 없었다. 다행히도 저녁에 농부가 돌아와서 독일-서남아프리카령에 대한 헤르베르트의 상상의 나래를 주의 깊게 들어주었다.

황혼녘에 마차를 타고 집으로 돌아오는 길에 헤르베르트는 그 사람들이 어디가 좋으냐고 물었고, 올가는 그들은 자기 사람들이라고 말했다. 그는 고개를 가로젓고 더 이상 묻지 않았다. 두 사람은 올가의 마을이 시야에 들어올 때까지 아무 말도 하지 않고 시큰둥하게 나란히 앉아 있었다. 그녀는 그가 들고 있던 고삐를 빼앗아 혀를 차서 걸어가던 말을 질주하도록 몰아 들판을 지나 숲으로 이어지는 길로 이끌었다. 헤르베르트는 당혹스러워하면서도 홀린 듯했다. 올가는 마차가 덜컹대도록 나뭇등걸과 돌멩이 위로 몰았다. 얼굴에는 반항적인 결연함이 서려 있었고, 머리카락은 바람에 흩날렸다. 그렇게 아름답고, 그렇게 낯선 모습의 그녀를 그는 본 적이 없었다.

그들은 다음 날 아침 그가 틸지트의 호텔로 돌아가 기차를 타야 할 때까지 사랑을 나누었다. 그녀는 들판을 가로질러 집으로 돌아갔다.

이삼 주 뒤에 그는 다시 왔다. 그는 부모와 이야기를 나누었다. 부모는 만일 그가 올가와 결혼을 하면 혈연을 끊겠다고 위협했다. 빅토리아는 가난한 옛 귀족 출신의 한 장교를 만났는데, 그 사람이 그녀와 결혼하면 장원을 넘겨받아 운영할 것이라고 했다. 그들은 또한 헤르베르트를 위해 한 처녀를 봐두었는데, 고아로 설탕 공장의 상속자였다. 헤르베르트의 어머니는 그 처녀가 아이를 많이 낳을 수 있다고 생각했고, 아버지는 그 처녀가 헤르베르트와 함께 그녀의 설탕 공장과 그의 설탕 공장을 합쳐 설탕 제국을 만들 것으로 보았다. 말싸움과 큰 소리 그리고 눈물이 있었다. 마침내 헤르베르트는 그냥 떠나버렸다. 친척 아주머니 하나가 그에게 돈을 유산으로 남겨주었는데, 올가와 결혼해서 가정을 꾸리기에 넉넉한 돈은 아니었다. 그러나 몇 년은 충분히 버틸 수 있을 만한 액수였다. 그런 뒤에, 오래 걸리지 않아 스스로 위대한 일을 해낼 것임을 헤르베르트는 알고 있었다. 다만 그것이 무엇인지는 몰랐다.

부모에게 뭐든 약속했던 것처럼 그는 올가가 하고자 하는 것에 대해서도 아무것도 거절하지 않았다. 그리고 올가는 조르지도 불평하지도 않았다. 여전히 여름이었다. 휴가는 끝났지만 올가와 헤르베르트의 숲과 초원의 사랑을 위해서는 시간이 충분했다. 다만 그는 그럴 마음이 되어 있지 않았다. 그는 올가가 비난을 마음에 가득 품고 있으며 다만 말로 표현하지 않을 뿐이라고 생각했다. 그래서 그는 그녀를 원망스럽게 생각했고 스스로도 원망했다. 그는 부모의 뜻에 스스로를 숙일 생각도 없었고 부모와 의절할 수

도 없었다. 그는 이러지도 저러지도 못했다. 며칠 뒤 그는
이곳으로부터도 그냥 떠나버렸다.

17

그는 아르헨티나로 떠났다. 다시 긴 항해가 있었다. 이번엔 군인들과 함께하지 않고, 해외로 이주하려 하거나 아니면 이주했다가 고향을 방문한 독일인들과 함께였다. 부에노스아이레스 독일 교구 소속의 목사, 아르헨티나에서 안데스 산맥을 거쳐 칠레로 여행하려는 바덴의 아닐린 및 소다 공장 사업가들, 알렉산더 폰 훔볼트의 흔적을 찾아 나선 빌헬름 황제 연구소 소속의 연구원들, 여행과 모험을 즐기는 한량들이었다.

헤르베르트는 부에노스아이레스에 머물지 않고, 배를 타고 파라나 강을 따라 올라갔다. 여태껏 본 적이 없는 그런 강이었다. 그는 아르헨티나의 파라나 강이 독일의 라인 강보다 어쩌면 월등하다고, 적어도 대등하다고 인정해야 했다. 오렌지나무와 버드나무들이 헤엄치는 숲들, 꼭 끝날 것 같다가 갑자기 드넓고 잔잔한 수면으로 이어지는 길고 좁다란 운하들, 사람이 사는 집도 없이 신비로움만 가득한 강가, 원숭이들과 새들의 외침 소리가 가끔 들리다가 찾아드는 깊은 고요. 로사리오에서 헤르베르트는 코르도바행 기차를 타고 텅 빈 객실에 앉아 오른쪽으로 보고 왼쪽으로 보아도 끝없이 펼쳐지는 평야를 보았다. 역들은 황량했고, 기차는 멈추었다가 계속해서 달렸다. 사람들 목소리도 들리지 않았다. 기찻길 옆으로는 말과 소의 사체들이 즐비했고, 그 위에 새들이 쪼그리고 앉아 사체를 파먹느라 단 한 번도 머리를 돌리지 않았다. 듬성듬성한 나무들은 헝클어진 기형의 모습이었다. 바람이 차갑고 날카롭게 평원을 거쳐 기차를 뚫고 헤르베르트의 얼굴을 향해 불어닥쳤다. 이빨들이 위아래로 맞부딪쳤다.

그는 코르도바에서 말과 식량을 구입하여 투쿠만을 향해 출발했다. 가는 중에 그는 높은 바퀴를 달고 둥근 지붕을 한 마차들의 긴 행렬을 추월했다. 마차에는 곡식이 실려 있었고, 여섯 마리 황소가 끌고 있었다. 그는 야생 말 떼와도 마주쳤다. 말들은 전속력으로 다가와 그의 옆쪽에서 달리다가 다시 전속력으로 달아났다. 마을들은 작고 가난

했고, 몇 채 되지 않는 집들의 전면은 붉은색이었고 성가
퀴는 흰색이었다. 건조한 소금바다의 끝없는 흰빛은 그의
눈을 부시게 했고, 바람이 일면 붉고 고운 모래가 옷 사이
로, 땀구멍으로, 눈과 귀와 입으로 파고들었다. 저녁에 헤
르베르트는 불을 피우고 마을이나 농가에서 산 닭, 고기,
감자 따위를 구웠다. 날은 점점 더 따뜻해졌다. 어느 날인
가 그의 눈에는 이제 더 이상 늘 똑같은 평원만 보이지 않
았다. 지평선에는 아지랑이 속에 꼭대기에 흰빛을 인 푸른
빛의 높은 산들이 늘어서 있는 것이 보였다. 안데스 산맥
이었다.

쉬던 중에 그는 뱀에게 다리를 물렸다. 그는 가까운 마을
에서 의사나 이발사를 발견할 수 있으리라는 희망을 갖고
말에 올라탔지만 더 이상 가지 못하고 이내 고꾸라졌다.
몇 시간 뒤에, 어쩌면 며칠이 지났는지도 모르지만, 그는
다시 정신을 차렸다. 여자들과 아이들이 그를 에워싸고 있
었다. 흙빛 피부에 가는 눈, 튀어나온 광대뼈, 인디언들이
었다. 뱀에게 물린 다리 부위에는 칼로 쨈 자국이 있었다.
꿰매지 않았지만 단단히 동여매져 있었고, 염증도 생기지
않았다. 헤르베르트는 재킷의 가장자리를 뜯어 그 인디언
들에게 위급 시를 위해 숨겨두었던 금화를 몇 개 건네주고

서 인사를 하고 말을 타고 그곳을 떴다. 그들은 뚫어져라 그를 바라보았다. 그리고 고개를 천천히 돌려 눈길로 그의 뒤를 좇았다.

일주일 뒤에 그는 투쿠만에 도착했다. 그는 열병에 걸렸다. 병에서 나았을 때 시간과 돈은 다 떨어져 있었다. 그는 안데스 산맥에 이르지 못한 채 돌아서야 했다. 어차피 그의 사랑은 평원과, 지평선에서 지평선으로 이어지며 아치 모양을 이루는 하늘과, 무엇에도 부딪치지 않고 광활함 속으로 사라지는 시야 쪽에 있었다. 마음 같아서는 안데스 산맥의 눈을 직접 체험해보고 싶었다.

대신 그는 카렐리야*의 눈을 체험했다. 그것은 그가 아르헨티나에서 돌아온 즉시 고독을 향해 떠난 바로 다음 여행이었다. 다시 말을 타고서 그리고 이번엔 개와 함께. 그는 여름 이삼 주 정도만 그 땅을 탐방할 생각이었다. 백야를 체험하고 곰도 잡아보고. 그러나 그는 아침에는 안개를, 저녁에는 호수와 강물을, 밤에는 하늘의 가장자리를 물들이는 황금빛 해와, 하얀 자작나무와 공터가 있는 숲과, 물에서 당당하게 솟구쳐 올라 물 위를 달려 허공을 휘휘 날다

*러시아와 핀란드 사이에 위치한 지역.

가 다시금 당당하게 내려앉는 백조들과, 혼자서 노는 땅딸막하고 힘찬 고니들과 헤어질 수가 없었다. 그는 물고기와 버섯, 산딸기로 연명하며 아침부터 저녁까지 그를 쫓아다니는 구름 같은 모기떼에 적응했다. 9월에는 색깔들이 바뀌었다. 자작나무들의 잎은 노랗게 반짝였고, 블루베리의 잎은 붉게 반짝였으며, 그 사이사이에서 소나무의 푸른 빛이 반짝였고, 수많은 지의식물의 흰빛이 빛났다.

여느 때보다 더 일찍 겨울이 찾아왔다. 카렐리야 사람들은 미리 그것을 감지하고 헤르베르트에게 경고했다. 그는 '우리 독일인들은 신은 두려워하지만 그 밖의 이 세상 무엇도 두려워하지 않는다'는 철의 재상과 뜻을 같이했기에 다시 출발했다. 첫눈이 왔을 때 헤르베르트는 어느 오두막에서 은신처를 구했다. 그러나 머물 수는 없었다. 내리는 눈에 갇힐 것 같았다. 그래서 길을 나섰다. 눈을 헤치고 걸어 마침내 일주일 뒤에는 역마차 역에 이르렀다. 그곳에서 사람들은 이미 그에게 경고를 했었고 그러는 사이에 그의 귀환을 포기하고 있었다. 그들은 그가 눈과 추위 속에서 포기한 것으로 생각하고 있었다. 그러나 그는 포기한 적이 없었다. 카렐리야 일을 겪은 후 그는 자신은 모든 일을 해낼 수 있으며 단지 포기하지만 않으면 된다고 믿었다.

18

또 다른 여행들이 이어졌다. 브라질로, 콜라 반도로, 시베리아로, 캄차카 반도로. 그는 대개 몇 달씩 여행을 했다. 시베리아에서는 거의 1년을 있었다. 여행 사이사이에 그는 부모를 방문했다. 그의 부모는 모든 것을 열어두려 했다. 빅토리아와 장교와의 결혼 그리고 헤르베르트와 상속녀의 결혼. 그러나 상황은 부모의 뜻과 다르게 전개되었다. 빅토리아는 루르 지역 출신의 젊은 제조업자를 만나고 있었는데, 그는 그녀에게는 관심이 있었지만 장원에는 관심이 없었다. 그리고 그 상속녀는 공명심이 많고 독립적이어서 헤르베르트 없이도 공장을 성공적으로 경영할 능력을 갖추고 있었다. 헤르베르트는 상속녀가 기다림에 지치고 빅토리아가 루르 지역에서 결혼을 하게 되면, 부모는 장원을 그와 올가에게 넘겨줄 것으로 기대했다. 그러나 부모는 포기하지 않았고 그를 닦달하고 협박했다. 그러면 그는 호통 치는 아버지와 우는 어머니에게서 도망쳐 베를린이나 올 가에게로 갔다.

어떤 때는 며칠 동안, 어떤 때는 일주일 이주일씩 와서 묵었다. 그는 틸지트의 호텔에 묵으면서 말을 한 마리 빌려 올가를 매일 방문했다. 그녀가 노트를 훑어보거나 바느질을 하거나 요리를 하거나 과일이나 채소를 절일 때면 그는 옆에 앉아 그녀를 바라보았다. 그는 자신의 여행 이야기를 들려주었다. 이미 다녀온 여행에 대해 그리고 앞으로 가려고 하는 여행에 대해서. 그녀는 귀담아들었고 듣고 나서 확인하는 질문도 했다. 그녀는 그의 여행의 여정과 목적지에 대해서 이미 읽어 내용을 꿰고 있었기 때문이다. 가끔 그는 마차를 한 대 빌렸고, 그들은 메멜 강가에서 소풍을 했다. 그들은 틸지트에서 메멜 강으로 가는 첫 기차를 타고 갔다가 마지막 기차를 타고 돌아왔으며 하루를 쿠를란트 모래섬 해변에서 보냈다.

그녀는 마음 같아서는 그를 그녀의 삶에서 더 많이 옆에 두고 싶었다. 수요일에 그가 합창대에서 함께 노래 부를 때나, 일요일에 성당의 2층석에서 파이프오르간의 송풍기

를 밟을 때나, 9월에 앤헨 폰 타라우 축제를 함께 꾸밀 때
나, 그녀와 함께 아이크의 성장을 보며 기뻐할 때 그녀는
그를 곁에 두고 싶었다. 그러나 그가 그녀와 동반할 때면
그는 다른 사람들 앞에서 너무 수줍어하거나 아니면 너무
나서서 그 자리에 맞는 태도를 취하지 못했고 스스로 편하
지 않게 느꼈다.

그녀는 헤르베르트의 삶에서 자신이 맡은 역할은 어느
유부남의 삶에서 애인이 하는 역할을 연상시킨다고 생각
했다. 그 유부남은 자신의 세계 속에서 살면서 자신의 일
을 추구하다가 가끔 비워놓은 자신의 삶의 일부를 애인과
함께 보낸다. 그 애인은 그의 세계와 그가 하는 일에는 전
혀 관여하지 못한다. 그러나 헤르베르트는 유부남이 아니
었고, 돌아갈 부인과 아이들이 없었다. 올가는 그가 그녀
를 사랑한다는 것과 그가 다른 사람에게 그럴 만큼만 그녀
에게 가깝다는 것을 알고 있었다. 그는 그녀와 함께할 때
그가 다른 사람과 함께할 때 행복한 정도로만 행복해했다.
자신이 그녀에게 줄 수 있는 것은 어느 것도 거부하지 않았
다. 그녀가 아쉬워하는 것을 줄 능력은 그에게 없었다.

1910년 5월에 헤르베르트는 틸지트의 조국지리역사학
회에서 '북극에서의 독일의 사명'에 대해 강연을 했다. 식

당에서 우연히 그 학회의 회장과 대화를 나누게 된 적이 있는데 그때 그는 자신이 한 여행과 앞으로 가려고 계획하고 있는 북극 여행에 대해 이야기했고 그 자리에서 곧장 강연 초대를 받았던 것이다. 학회 회장은 틸지트까지 와서 강연해줄 사람을 구하는 일이 쉽지 않았던 터였다. 위수衛戍학교의 강당은 만원이었고, 헤르베르트는 처음엔 천천히 더듬거리며 말했다. 그러다 청중의 얼굴에서 관심을 읽고 거기에 힘입어 점점 열광적으로 강연하기 시작했다.

그는 많은 사람들이 꿈꾸던, 얼음이 없는 극지 바다까지 진출하려던 1865년 페터만의 시도에 대해, 그리고 1869년에서 1870년 게르마니아와 한자 두 척의 배를 거느리고 갔던 칼데바이의 그린란드 동쪽 해안 탐험에 대해 이야기했다. 이 탐험에서 게르마니아 호 사람들은 중요한 학술적 성과를 얻었고 한자 호 사람들은 배를 잃은 뒤에 영웅적 오디세이를 통해 얼음덩어리 위에서 떠돌며 겨울을 나고 다음해 봄에 보트로 사람들의 거주 지역에 도착했다는 것이었다. 독일인의 규율, 독일인의 모험심, 독일인의 영웅 정신이 북극에서 놀랍게 증명되었으며, 이런 정신으로 미국인 쿡과 피어리가 부당하게 정복했다고 뽐냈던 북극에 독일 국기를 휘날리게 할 수 있다는 것이었다. 그러나 독일의 관심은 북극에서 눈을 돌려 남극을 향했다. 헤르베르트로서는 이해가 되지 않는 것이었다. 그는 또한 1901년과 1902년의 드리갈스키*의 남극 탐험 실패에 대해 아무런 동정심도 갖고 있지 않았다. "독일의 미래는 북극에 있습니다. 그곳 눈과 얼음 아래 잠들어 있는 땅에, 그 땅이 품고 있는 자원들에, 어장과 사냥터에, 독일을 태평양 식민지와 쉽고도 빠르게 연결시켜줄 북동 항로에 있습니다. 우리가 신에 대한 믿음과 우리 자신에 대한 믿음을 가지고 도전한다면 북극은 독일인의 손길을 뿌리치지 않을 것입니다."

헤르베르트는 연단 뒤에 서 있다가 박수갈채를 받으며 앞으로 걸어 나와 〈독일인의 노래〉**를 부르기 시작했고, 청중도 자리에서 일어나 함께 불렀다. "독일, 독일은 최고!"

*독일의 지질학자이자 탐험가인 에리히 폰 드리갈스키. 1901~1903년 독일의 남극 탐험을 지휘했다.
**하인리히 호프만 폰 팔러스레벤이 1841년에 지은 애국적인 시로 하이든의 곡 〈황제의 찬가〉에 붙여 독일 국가가 되었다.

19

"당신이 들을 만한 이야기는 하나도 없어." 헤르베르트는 강연 전에 올가에게 말했다. 그럼에도 그녀는 깊게 파인 가장 멋진 파란색 우단 원피스에 깃을 세운 가볍고 흰 블라우스를 받쳐 입고 찾아왔다. 그녀는 남자들의 놀라워하는 눈길을 보며 즐거워했다. 그녀는 연회가 끝날 때까지 기다렸다. 헤르베르트를 향한 열광적인 반응이 쏟아졌고, 독일을 위해, 황제를 위해, 해군을 위해, 북극을 위해 그리고 그를 위해 건배가 이어졌다. 그녀는 창가에 서 있었고, 그는 환한 얼굴빛에 반짝이는 눈으로 그녀에게 다가갔다. 그리고 그녀는 그에게 그가 듣고 싶어 하는 말을 했다. 이 환한 얼굴빛, 이 반짝이는 눈빛을 가지려면 이 모든 칭찬이 필요한 것이 아닌가?

그들은 마구간으로 갔다. 헤르베르트는 늦은 시간임에도 마차와 말을 빌려 올가를 집까지 데려다주었다. 그는 이야기하고 또 이야기했다. 자신이 강연 때 자랑스럽게 사용한 어법을 그녀가 아주 멋졌다고 말해주기를 바랐고, 남극에 대한 자신의 회의가 충분히 납득할 만한 내용이었고 북극에 대한 꿈은 환상적이라고, 이제는 말을 행동으로 옮길 때라고 말해주기를 바랐다. 그녀의 동의가 단 한마디로 끝나고 그가 침묵하게 될 때까지.

달이 떠서 들판을 흰빛 속에 담갔다. 올가는 눈과 북극과 남극을 생각하고 있었다. 그러나 때는 5월이었고, 대기는 부드러웠고, 나이팅게일은 노래했다. 올가는 헤르베르트의 팔에 손을 올려놓았고, 그는 멈추어 섰다. 그들은 매료된 듯이 귀를 기울였다.

"나이팅게일의 노래는 죽어가는 사람들에게 부드러운 죽음을 가져다준대." 그녀가 속삭였다.

"나이팅게일은 사랑하는 연인들을 위해 노래하는 거야."

"우리를 위해." 그녀는 그에게 기댔고, 그는 팔로 그녀를 끌어안았다. "당신은 그곳에 가서 뭘 할 건데?"

"우리 독일인들은……"

"아니, 우리 독일인들 말고. 당신은 그곳에서 뭘 할 건데?"

그는 침묵했고, 그녀는 기다렸다. 갑자기 그녀는 살랑대는 바람 소리와 말의 헐떡거림과 나이팅게일의 노랫소리가 슬프게 느껴졌다. 마치 그녀의 생은 기다림이며 기다림에는 목표도 없고 끝도 없다고 말해주는 것 같았다. 그 생각이 그녀를 흔들었고, 헤르베르트는 그것을 느끼고 대답했다.

"나라면 해낼 거야. 북극, 해협. 나는 아직 그곳에 가보지 못했어. 하지만 내가 해낼 수 있다고 확신해." 그는 고개를 끄덕였다. "나는 해낼 거야."

"그다음엔 어쩔 건데? 북극에 도달하거나 해협을 건너고 나면? 그게 무엇을 가져다주지? 스스로 말했잖아. 북극엔 아무것도 없고 해협은 대개 닫혀 있다고. 언젠가 당신이 해협을 건넌다 해도 해협은 대개는 닫혀 있을 거야."

"왜 그런 질문을 하지?" 그는 언짢은 표정으로 그녀를 쳐다보았다. "내가 당신의 질문에 아무런 답변도 해줄 수 없다는 건 당신도 알고 있잖아."

"광활함? 끝없는 광활함? 그건가?"

"부르고 싶은 대로 부르라고." 그는 어깨를 으쓱해 보였다. "근위대에 친구들이 있는데, 그들 말로는 곧 전쟁이 날 거래. 그러면 나는 전쟁에 나가게 돼. 그러나 전쟁이 나지 않으면…… 그에 대해서는 더 잘 설명할 수가 없군."

당신은 아무것도 설명하지 않았어. 그녀는 생각했다. 아무것도.

20

겨울이 되도록 그는 강연 준비를 했다. 틸지트에서의 성공이 베를린, 뮌헨, 그 밖의 다른 수도에서의 성공을 보장해주지 못한다는 것을 그는 알고 있었다. 이곳에서는 청중이 더 많은 정보를 갖고 있고 더 비판적일 수 있었다. 이곳에서는 노르덴시욀드*가 이미 1878년과 1879년에 북동 해협을 항해했다는 사실을 숨길 수 없었으며, 1908년에 북극에 도착했다는 쿡의 주장과 1909년에 북극에 도착했다는 피어리의 주장을 둘러싼 논쟁은 그런 주장을 증명하거나 반박하는 것이 얼마나 어려운 일인지 보여주는 것이었다. 북동 해협을 통과하는 일은 많은 행운과 많은 시간을 필요로

*핀란드 태생의 스웨덴 탐험가, 지리학자.

했다. 사람들은 그것을 알고 있었다. 무엇을 더 알아야 하나? 북극에 도착하고 그것을 증명하는 일은 비용이 많이 들고 위험하고 힘든 일일 것이다. 갈수록 개선되고 있는 비행기가 언젠가 그 일을 해내야 하지 않을까?

헤르베르트는 북동 해협에 대해, 그 지역을 독일인이 탐사해야 할 필요성에 대해, 그 자신이 탐사를 수행해야 할 필요성에 대해 강연하고 싶었다. 북극 해구의 시베리아 해안은 지도학상으로 제대로 파악되지 않았으며, 미국 해안쪽이나 그린란드 해안보다 상태가 더 나빴다. 그곳을 탐사하고 측량해야 유럽과 아시아를 연결하는 항로에 대해 결론적으로 판단할 수 있다는 것이다. 그렇게 해서 북극 해구를 둘러싼 원이 마무리되어야 그곳의 보물들을 알아낼 수 있다는 것이다.

강연 외에 헤르베르트는 편지를 썼다. 지리학회, 문화인류학회, 지리학 및 문화인류학회, 자연지리학회, 인류학 및 인종학회, 태고사학회, 해양연구학회 등 여러 학술단체에 강연을 하겠다고 제안했다. 폰 드리갈스키에게 편지를 써서 공적인 대변을 부탁했고, 베를린과 함부르크에 있는 회사들에게는 장비와 옷, 식량 제공을 통한 지원을 부탁했으며, 브록하우스 출판사에는 북극을 소재로 한 우편엽서를 찍어서 그 수익의 일부로 그의 원정을 지원해달라고 제안했다. 여러 학회의 초대장이 도착하자 그는 현지의 통치자, 정치인, 제조업자, 은행가, 그 밖의 유명 인물들을 자신의 강연에 직접 초대했다.

올가는 헤르베르트가 글을 쓰는 몇 달 동안 많은 시간을 그녀의 집에서 지내는 것을 즐겼다. 그는 강연 원고든 편지든 자신이 쓴 것을 그녀에게 읽어주었고 그녀의 제안에 귀를 기울였다. 그녀는 그에게 강연 원고를 단순히 한 편으로 쓰지 말고 여러 단락으로 나눠 써서 그것들을 여러 강연에 조합해서 쓰라고 가르쳐주었다. 그녀는 또한 그에게 자유롭게 말하는 법을 가르쳐주었다. 먼저 그는 여러 단락들을 노트에 적은 다음 그것들을 암기했고, 나중에 가서는 그 단락들에 대한 메모만 있으면 되었다. 그녀는 그와 함께 연습하고, 끊고, 사이사이 소리를 지르고, 질문을 던지고, 이의를 제기했다. 그녀는 그가 당황해서 머리를 쓰다듬거나 공격을 받아 소리가 커질 때면 그렇게 하지 않도록 점차 길을 들였다. 그녀는 그를 웅변가로 만들었다.

그녀는 그에게 원정을 위한 대변자와 후원자들을 얻으려면 사람들과 교제하는 법을 배워야 하며 이 마을에 있으면서 그녀의 집에서 시작하는 게 좋겠다고 분명하게 말해

주었다. 그는 교제에 있어 훨씬 개선되었다. 그는 소심성
을 버렸다. 그러나 가끔 고압적인 느낌을 주는 단호한 성
격은 그대로 남아 있었다.

그동안 빅토리아는 라인란트 사람과 결혼을 하고 설탕
공장의 상속녀는 다른 설탕 제조업자를 만났지만, 헤르베
르트의 부모는 여전히 올가는 그에게 어울리는 여자가 아
니라는 주장을 고집했다. 그의 돈, 그의 아주머니로부터
받은 유산은 다 떨어졌고, 부모는 임박한 재정 압박이 그
가 손을 들게 만들어주기를 바랐다. 그러나 당장 재정 압
박은 그가 틸지트에서 좀 더 싼 호텔에 묵고 말과 마차를
더 이상 빌리지 않고 슈말레닝켄까지 협궤열차를 타고 역
에서 마을까지의 6킬로미터를 빨리 걷거나 달리는 효과만
낳았다. 이제 집 앞에 말과 마차가 더 이상 서 있지 않았기
때문에 그는 사람들의 주목을 받지 않고서 밤새 머물 수 있
었다.

12월의 어느 날 저녁 이미 날이 어둑해진 무렵에 헤르베
르트가 찾아왔다. 올가는 그가 오리라고는 전혀 생각지 못
했다. 그녀의 집에는 아이크가 와 있었다. 농가의 다른 아
이들이 병에 걸렸고, 아이의 어머니는 장딴지싸개와 프랑
스브랜디, 보리수꽃차를 보내고 자신은 오지 않았다. 아이

크에게 병이 전염되지 않게 하려는 생각이었다. 올가와 아이크는 놀이를 했고, 헤르베르트는 약간 찌푸린 표정으로 옆에 앉아 있다가 함께 놀았다. 올가가 요리를 하는 동안 둘은 계속해서 놀이를 했고, 이어서 함께 식탁에 둘러앉아 먹었다. 그리고 둘은 다시 놀이를 했고, 올가는 설거지를 했다. 그녀는 헤르베르트와 아이크 쪽으로 귀를 기울였다. 보드게임인 '제기랄, 화내지 마!' 놀이는 둘에게 처음이었다. 둘은 화를 냈고, 욕을 했고 웃었다. 올가는 침실에 들어가지 않아 부엌에 놓아둔 침대에 아이크를 눕히고 식탁 위의 전등을 밑으로 쭉 내렸다. 나머지 공간과 아이크의 침대는 어둠 속에 있었다.

헤르베르트는 우편물을 읽었다. 북서 해협을 건넌 아문센의 보고가 우편으로 와 있었다. 올가는 한 더미의 노트를 앞에 두고 있었다. 그녀는 첫 번째 노트를 펼쳤지만 읽지는 않았다. 그녀의 얼굴 위로 눈물이 흘렀다.

"왜 그래?" 헤르베르트는 올려보다가 일어나 그녀 옆에 무릎을 꿇고 앉았다. 그는 그녀의 두 손을 어루만지며 속삭였다. "왜 그래?"

"그건……" 그녀 역시 속삭였다. 그러나 그 말과 함께 흐느낌의 봇물이 터졌다. "그건……" 그녀는 흐느끼며 머리를 흔들었다.

"뭐가?"

"아이크의 숨소리 들리지?"

21

1911년 3월 21일에 헤르베르트는 알텐부르크에서 첫 강연을 했고 에른스트 폰 작센 알텐부르크 공작을 첫 후원자로 맞이했다.

그는 1912년 여름에 북극 해협을 통과하는 탐사 일정에 돌입할 생각이었다. 1년이면 재원 마련과 준비에 충분할 것으로 생각했다. 그러나 폰 드리갈스키는 그의 생각에 찬성하지 않았을 뿐 아니라 반대까지 하면서 그의 지리학적 지식과 북극 경험의 부족을 나무랐다. 그리고 함부르크와 베를린의 회사들은 지원을 망설였고, 우편엽서 프로젝트에 처음엔 솔깃해하던 브록하우스 출판사도 관심을 접었다. 헤르베르트는 1912년과 1913년 겨울 동안 원정에 필요한 재원을 모을 때까지 이 도시 저 도시로 강연을 하러

다녀야 했다. 그것도 장비와 식량을 확인해보고 북극에서의 생활에 대원들이 완전히 녹아드는 훈련을 하는 등 예비 원정에 드는 비용이었다. 예비 원정이 성공하면 본 원정을 향한 열광의 물결이 일어날 것으로 헤르베르트는 기대했다.

그의 목표는 슈피츠베르겐 군도 중 하나인 노르아우스트라네 섬이었다. 그 군도의 거의 알려지지 않은 안쪽을 헤르베르트는 겨울이 되기 전에 횡단해볼 생각이었다. 애당초 1913년 초여름에 출발하는 것으로 계획을 세웠다. 그러나 그는 본 원정의 재정 지원을 위한 복권 판매에 동의했다. 본 원정은 꾸리기도 힘들었고 그 실행도 자꾸만 지연되었다. 마침내 그가 원정을 함께할 다른 참가자들과 트롬쇠에서 만나기 위해 출발했을 때는 7월 말이었다.

마지막 저녁에 그는 올가와 작별했다. 처음에 그녀는 그원정을 그가 했던 수많은 여행들 중의 하나쯤으로 생각했다. 그런 여행들을 할 때 그녀는 그를 기차나 배까지 배웅한 적이 여태 한 번도 없었다. 그러나 이번에 그는 그녀에게 부탁해서 출발 전에 베를린에서 만나자고 했다. 그녀는 왔다. 그녀는 가까이서 작별을 하려는 그의 소망에 대해 행복해해야 할지 아니면 그의 마음속에서 휘몰아치는 알

수 없는 불안에 대해 걱정을 해야 할지 몰랐다.

그는 그녀를 역에서 맞이했고, 원정 준비를 위해 몇 달 동안 세 들었던 집으로 데려가 집에 홀로 두었다. 그는 회의에 가야 했다. 언제 돌아올지 말할 수 없었다. 그는 긴장했고, 허둥댔으며, 불안하고 산만했다. 그리고 그녀는 그런 분위기에 감염되고 싶지 않았다. 그러나 그의 집에서 그를 기다리고 있자니 갈수록 마음이 심란했다. 그녀는 이리저리 서성였다. 마당이 보이는 부엌 창문에서 복도와 응접실을 거쳐 꽃들과 분수가 있는 광장이 보이는 서재의 창문까지 갔다가 다시 돌아오곤 했다. 그녀는 엿볼 생각은 없었지만 그러다가 헤르베르트의 책상 앞에서 발을 멈추고 그의 서류들을 훑어보았다. 계산서들, 목록들, 안내책자들, 엽서, 발췌문들, 편지들, 메모들. 그 사이에 헤르베르트의 필체로 쓴 시가 한 편 있었다.

먼저 잘 생각하라! 그런 다음

온 힘을 다해 시작하라!

인생이 꽃봉오리일 때

죽자,

인류의 대담한 투쟁에

쓸모 있는 존재가 되자,

무사태평한 삶 뒤에

지팡이를 짚느니.

그는 그녀에게 이 말을 하고 싶었던 것일까? 인생의 꽃
피는 시절에 죽고 싶어 떠나는 것이라고? 그는 절대 노르
아우스트라네 섬을 횡단하려는 것이 아니라 더 원대한 계
획들을 갖고 있는 걸까? 북동 해협을 통과하거나 북극을
정복하려는 걸까? 겨울이 되기 전에는 결코 돌아오지 않을
건가?

그녀는 부엌에서 감자와 계란, 햄을 발견하고 그것으로
시골식 아침 식사를 준비했다. 샴페인과 적포도주를 찾아
서 수돗물에 담가놓았다. 헤르베르트가 돌아오자 그들은
함께 식사했다. 그는 배 이야기만 했다. 그 배를 아직 갖지
못해서 트롬쇠에 가서 찾아봐야 한다고 했다. 만약 그 배
를 트롬쇠에 가서 찾지 못하면 어떻게 되는 걸까?

침대에 누워 있을 때 그녀가 말했다. "당신이 쓴 시를 읽
었어."

그는 아무 말도 하지 않았다.

"겨울이 되기 전에 돌아올 거지?"

"그건 벌써 몇 년 전에 쓴 시야. 꼭 원정만을 두고 쓴 시도 아니고. 다른 모든 것과 관련되지."

"겨울이 되기 전에 올 거지?"

"응."

22

8월이 다 가기 전에 올가는 〈틸지트 차이퉁〉에서 두 명의
대원이 트롬쇠에서 원정대와 헤어져 독일로 귀환했다는
기사를 읽었다. 그것은 헤르베르트가 노르아우스트라네
섬이나 슈피츠베르겐에서 겨울을 나기로 결심을 굳혔음을
의미하는 것일 뿐이었다. 올가는 너무나 실망했고 그에게
속았다고 느꼈다. 그녀는 헤르베르트에게 분노의 편지를
한 통 써서 유치우편*으로 트롬쇠로 보냈다. 그가 돌아와
서야 그 편지를 발견하겠지만. 그녀는 분노를 터뜨리지 않
을 수 없었다. 이틀이 지났을 때는 더 이상 화가 나지 않았
고, 두 번째 편지를 써서 봉투에 "먼저 읽을 것!"이라고 적

*수취인이 지정 우체국에서 직접 받아 가는 우편.

었다. 그녀가 그에게 길고 어두운 겨울 동안 용기를 북돋아주었다는 것 역시 그는 귀환한 후에야 읽을 수 있을 것이다. 그러나 지금 그녀는 그렇게 해서 스스로 용기를 얻었다. 그리고 그가 모든 일을 해내리라고, 포기하지 않으리라고 생각했던 것에 대해 스스로를 자책했다. 카렐리야에서의 그의 무모함을 말렸어야 했다고 생각했다.

1월에 그녀는 〈틸지트 차이퉁〉에서 다시 또 소식을 접했다. 헤르베르트가 트롬쇠에서 구입한 배가 총빙叢氷으로 발이 묶였다는 것이었다. 헤르베르트와 다른 세 명의 대원을 노르아우스트라네 섬에 내려놓기까지는 했지만 그들을 다시 태우지 못했다. 선장과 다른 대원들은 마침내 얼음으로 발이 묶인 배를 버리고 300킬로미터 떨어진 가장 가까운 마을을 향해 출발했고, 선장은 마침내 마을에 도착했다. 유일하게 도착한 그는 비참한 상태였다. 심한 동상에 걸리고 탈진하여 며칠 동안 말을 하지 못했다. 다른 대원들은 도중에 뒤처졌다.

그때부터 신문은 매주 원정대의 운명에 대해 보고하기 시작했다. 이미 1월에 노르웨이의 구조대가 출발했고, 2월에는 첫 번째 독일 구조대가, 3월에는 두 번째 독일 구조대가, 4월에는 세 번째 구조대가, 5월에는 네 번째 구조대가 출발했다. 어느 구조대의 출발이나 귀환에 대한 보도가 나오지 않으면, 그래도 충분히 추론해볼 만한 거리가 있었다. 슈피츠베르겐과 노르아우스트라네 섬에는 이전의 원정대나 고래잡이 어부들, 또는 사냥꾼들이 지어놓은 오두막들이 있었다. 원정대원들은 그중 어느 오두막에 도착하지 않았을까? 선장과 함께 출발했다가 나중에 그와 헤어진 대원들은 어떤 길을 택했을까? 헤르베르트와 그의 동료들은 어떤 길을 택했을까? 아니면 겨울이 시작되기 전에 오두막 하나를 발견하여 그곳에 숙소를 만들고 있다가 겨울이 끝난 뒤에 만灣에 나타나지 않을까? 노르아우스트라네 섬을 횡단한 그들을 배가 태워 가도록? 전문가들이 나름대로 의견을 내놓았다. 맞는 말도 있고 틀린 말도 있었다. 실종자들은 발견되어 구조될 것이라는 말도 있었고, 그들에겐 희망이 없다는 말도 있었으며, 모든 것은 그 만에 부는 폭풍이 노르아우스트라네 섬의 이번 겨울 날씨 환경에 얼마나 강하게 영향을 주었느냐에 달렸다고 하는 말도 있었다. 헤르베르트에 대한 이야기도 나왔다. 그의 전쟁 및 여행 경험에 대해, 그의 추진력에 대해, 결단력에 대해, 그리고 또한 그의 경솔함에 대해. 원정대의 출발 시기가 너무 늦었다는 것이다.

올가는 그 모든 것을 다 읽었다. 하지만 어떤 구조대가 언제 어디서 출발했는지에 대해서는 관심이 없었다. 그녀는 오로지 헤르베르트가 어떻게 되었는지에 대해서만 알고 싶었다. 4월에 원정에 참가했던 두 사람이 구조되었다. 이들은 선장과 함께 출발했다가 포기하고 배로 돌아간 사람들이었다. 네 사람은 죽었다. 그 두 사람은 지난 8월에 노르아우스트라네 섬 횡단을 위해 출발한 뒤로 헤르베르트에 대해서 들은 것이 아무것도 없었다. 7월에 원정대 하나가 돌아왔다. 이 원정대는 헤르베르트의 수색과 노르아우스트라네 섬 횡단 루트에 집중했지만 그에 대한 흔적을 발견하지 못했다. 그 소식은 짤막한 메모로 신문의 한구석을 차지할 정도의 가치밖에 없었다. 오스트리아가 세르비아를 상대로 바로 그때 전쟁을 선포했던 것이다.

올가는 희망을 거두지 않고 헤르베르트에게 유치우편으로 트롬쇠로 계속해서 편지를 써서 보냈다. 그녀는 구조 작업이 이미 중단되었음을 알고 있었다. 그러나 신문이 오면 그녀의 심장은 조금 더 빨리 뛰었다. 헤르베르트가 돌연 라플란드나 덴마크의 어느 마을에 도착했다는 소식은 이번에도 없다는 것을 확인할 때까지. 그녀는 어디선가 한 덴마크 원정대가 그린란드에서 두 번의 겨울을 견디어내고 살아남았다는 글을 읽은 적이 있었다. 어디선가. 그녀는 그것이 어디였는지 더 이상 몰랐다. 그리고 그녀가 잘못 읽었으며 그것이 단 한 번의 겨울이었음을 다시 찾아 읽고 확인하고 싶지도 않았다.

　그녀는 헤르베르트가 처한 상황이 아무리 해도 상상이 안 되어 고통을 겪었다. 독일-서남아프리카령에 대해서는 헤르베르트가 그곳으로 간 뒤 금방 그 모습을 떠올릴 수 있었다. 왜냐하면 그가 편지로 그곳의 모습을 눈에 선하게 묘사했고 군사우편은 신뢰할 만하게 규칙적으로 왔기 때문이다. 그는 아르헨티나와 카렐리야에서는 편지를 적게 썼지만 돌아와서는 이야기를 많이 들려주었다. 브라질, 콜라 반도, 시베리아, 캄차카에서 돌아왔을 때도 그랬다. 그녀는 북극의 모습을 떠올릴 수가 없었다. 아니면 반항심 때문에 그렇게 하고 싶지 않았던 것일까? 그녀는 겨울의 눈과 메멜 강과 쿠를란트 해안호에서 흘러가는 유빙을 본 적이 있었다. 그러나 눈 덮인 평원과 얼음산과 빙하, 북극곰과 해마, 스키와 썰매, 개들과 함께 영웅적인 포즈를 취하고 있는 모피와 천으로 무장한 남자들은 본 적이 없었다. 신문의 삽화가는 사진을 가지고 몇 개의 얇고 검은 선으로 그림을 그려놓았는데, 올가에게는 그것이 캐리커

처처럼 보였다. 북극이 저질 농담인 것처럼 보였다. 스스로에 대한 그녀의 비난은 진지했다. 그녀는 한 번도 헤르베르트와 그의 프로젝트와 계획에 대해 말한 적이 없었다. 그녀는 그것들에 대해 한 번도 의문시해보지 않았고, 그것들을 말릴 생각을 해보지 않았다. 헤르베르트가 보인 열광과 그의 빛나는 얼굴, 반짝이는 눈을 보며 즐거워했을 뿐이다. 그가 마치 아이인 것처럼, 그 모든 것이 마치 놀이인 것처럼. 이제 그 놀이는 네 명의 목숨을 앗아 갔고, 혹시라도 헤르베르트와 그의 동료들이 돌아오지 못한다면 여덟 명의 목숨을 앗아 간 것이 될 것이다.

23

그리고 독일은 러시아에 선전포고를 했다. 러시아는 틸지트를 점령했다가 그곳을 다시 비워주어야 했다. 그러는 동안 사람들은 집 앞에 나와 타넨베르크*에서 들려오는 대포 소리를 들었다. 전선은 동쪽으로 이동했고, 일상은 다시 농촌 경제의 법칙 아래 놓였다. 가을에는 가을걷이를 하고 타작을 하고 쟁기질을 했으며, 봄에는 거름을 주고 서래질을 하고 씨앗을 뿌렸다. 전쟁 중이던 1915년 여름에는 평화 시의 어느 여름과 다름없이 엉겅퀴를 솎아내고 괭이로 잡초도 파냈으며 감자딱정벌레도 잡아냈다.

　남자 어른들만이 빠져 있었다. 그리고 많은 여자들과 어

*1914년 여름 독일이 러시아를 상대로 대승을 거둔 제1차 세계대전 초기 전투.

머니들은 벌써 검은 옷을 입고 있었다. 노인들과 소년들은 남아서 평소에 남자 어른들이 하던 일을 해야 했다. 이웃 마을에 사는 올가의 친구들은 운이 좋았다. 남자는 전쟁에서 벌써 돌아왔다. 왼팔을 잃었지만 돌아왔다. 여자는 사실 행복을 드러내고 싶지는 않았지만 미소를 띤 채 마을을 휘젓고 다녔다.

올가는 이제 현실적으로 희망을 품고 있지 않았다. 헤르베르트가 북극으로 출발한 지 2년이 지났다. 헤르베르트가 덴마크 사람들이 전에 그린란드에서 버틴 것보다 더 오래 슈피츠베르겐에서 버티리라는 것은 꿈이었다. 올가는 그 꿈을 꾸기가 무섭게 꿈에서 깨어났다. 그러나 그의 죽음도 올가에게는 현실적으로 느껴지지 않았다. 예전 그가 많은 여행을 하는 동안 그를 생각하고 그와 이야기를 나누고 그를 경험했을 때처럼 그녀는 헤르베르트를 생각했고 그와 이야기를 나누었으며 그를 경험했다. 그녀는 이곳에 오랫동안 없는 헤르베르트와 사는 법을 익혔다. 이제 너무 많이, 이제 너무 오래되었다 해도 그녀는 아무런 단절을 느끼지 않았다.

그렇게 해서 그가 그녀의 삶에서 아직 사라지지 않았다 해도, 프랑스에서의 대량 죽음은 궁극적으로 그녀에게 그의 죽음을 이해하게 해주었다. 사범학교에 다닐 때 사귄 친구는 편지로 자신의 두 남동생과 남동생 친구들이 마른, 플랑드르, 샹파뉴 대전투에서 죽었다고 알렸다. 올가에겐 한 세대가 꺼져 사라진 것 같았다. 그 세대와 더불어 헤르베르트도. 얼음 속에 있는 그의 모습을 떠올리기는 쉽지 않았다. 그녀는 신문에서 보도한 공격전투들 중 하나에 임하고 있는 그의 모습을 힘들이지 않고 떠올릴 수 있었다. 이런 전투에서 젊은 남자들은 용감하고도 흔쾌히 죽음 속으로 돌진했다.

가을에는 그녀의 할머니가 소모성 질환으로 세상을 떴다. 할머니는 신체적 고통을 호소하고 갈수록 수척해졌다. 그러나 할머니는 올가에게 가지 않았고 올가의 보살핌을 받지 않았으며, 침대에 누운 채 자신의 죽음을 고집했다. 수시로 할머니에게 신경을 쓰던 이웃들이 어느 날 아침 할머니가 죽은 것을 발견했다.

올가가 도착해보니 할머니는 이미 교회 안의 관 속에 누워 있었다. 올가는 할머니 옆에 앉아 관을 지켰다. 그녀는 어둠이 내리기 시작할 때부터 동녘이 터올 때까지, 그녀를 받아들여 키워주었지만 좋아하지는 않았던 그 여인 곁에 앉아 있었다. 그녀는 할머니와 자신 사이에 있었던 일, 이

118

제는 다 지난 일 때문에 슬픈 것이 아니라 있어야 했지만 있지 못했던 일 때문에 슬펐다. 그녀는 또한 전쟁터에서 죽은 젊은 남자들의 살아보지 못한 삶 때문에 슬펐고, 헤르베르트와 그녀가 결코 갖지 못할 삶 때문에 슬펐다. 처음으로 모든 것이 현실적으로 느껴졌다. 상실, 이별, 고통, 슬픔. 그녀는 울기 시작했고 멈출 수가 없었다.

24

그녀는 계속해서 그녀가 살던 마을에서 아이들을 가르쳤
다. 메멜 강의 북쪽 땅이 베르사유조약 이후로 독일에서
분리되어 프랑스의 지배를 받다가 1923년 리투아니아로
합병될 때까지. 그 뒤로는 메멜 강의 남쪽에 있는 한 마을
에서 아이들을 가르쳤다.

그 몇 년 동안 그녀의 기쁨은 아이크였다. 재주가 많은
아이였다. 아이디어도 많고 손재주도 뛰어나서 배와 장난
감 자동차도 만들었다. 그러면서 동시에 몽상가여서 드넓
은 바다와 먼 나라들에 대한 이야기를 끊임없이 들으려 했
다. 아이가 조너선 스위프트와 대니얼 디포에 관심을 보였
을 때 올가는 헤르베르트의 여행에 대해, 독일-서남아프
리카에 대해, 아르헨티나와 카렐리야에 대해, 반도들과 시

베리아에 대해 들려주었다. 그녀는 슈피츠베르겐에 대해서는 이야기하고 싶지 않았고 헤르베르트가 실종되었다는 이야기도 하고 싶지 않았다.

그녀는 아이크에게 역사적 인물로서의 헤르베르트를 내놓았다. 스스로를 과대평가하다가 얼어 죽은 포메른 출신의 꼬마가 아니라 광활함과 먼 곳을 향한 동경을 가득 품은 모험가로서 포기할 줄 모르고 극한의 고통을 견디어내고 극단의 위험을 극복한 인물이었다. 올가는 세상 앞에서 좌초한 헤르베르트를 그가 보였던 모습으로, 그리고 보이고 싶어 했던 모습으로 내놓으려는 것 같았다. 그녀 스스로에게 했던 질책을 망각한 듯. 나중에 그녀는 아이크가 인생에서 길을 잃을까 봐 불안해했다. 헤르베르트가 길을 잃어 결국 불행 속으로 내달려 다른 사람들에게 불행의 표본이 되었던 것처럼 말이다. 그러나 그녀는 더 이상 아이크에게 아무런 영향도 끼칠 수 없었다.

타고난 재능 덕분에 아이크는 시골 마을에서 도회지로, 초등학교에서 김나지움으로, 틸지트에서 베를린으로 옮겨갔다. 그는 공과대학에서 건축학을 전공했다. 가끔 올가는 그를 방문했는데 그의 모습에 놀라움을 금치 못했다. 훤칠한 키에 머리는 금발이었고 얼굴은 깔끔했으며 눈은 파란색이었고 운동으로 단련된 몸매에 몸놀림이 민첩했다. 나중에 그는 여러 상을 받았고, 할레에 백화점을 지었고, 뮌헨에는 호텔을 지었고, 제노바에는 영사관을 지었다. 그리고 여러 해 동안 이탈리아에 머물렀다. 언젠가 올가는 그를 방문했고, 그의 안내로 로마를 구경했으며, 한 젊은 여성을 소개받았다. 그의 동료로 유대인이었으며 상당히 민첩했고, 아이크는 눈치채지 못한 것 같았는데, 그보다 더 영리했다. 올가는 그 여성이 마음에 들었고 아이크가 뛰어난 그녀를 잘 상대해나가기를 바랐고, 둘이 결혼하면 좋겠다고 생각했다. 그러나 어느 날인가부터 그녀는 더 이상 그의 편지들 속에 등장하지 않았다.

1936년 여름에 아이크는 이탈리아에서 돌아와 국가사회주의독일노동당과 나치친위대에 가입했다. 그는 메멜강과 우랄 산맥 사이에 독일인들의 생활공간을 상상했으며, 흑토와 대초원, 눈길이 미치는 곳까지 이어지는 물결치는 밀밭, 거대한 소 떼를 상상했다. 그의 상상의 땅에는 요새화된 독일 마을들이 있었다. 평소에 그 땅은 인적이 드물다. 쟁기 앞의 황소나 마차 앞의 말처럼 그 마을에 필요한 남녀 노동자들은 아침이면 어딘가에서 왔다가, 알 수 없는 미지의 땅으로부터 왔다가, 저녁이면 어디론가, 알

수 없는 미지의 곳으로 사라진다. 그는 슬라브족의 고통이 독일의 찬란함으로 바뀌는 것을 말 위에 높이 앉아 지휘할 것이다.

올가는 그것을 납득할 수 없었다. 그녀는 여태껏 아이크의 관심사, 그의 책 읽기, 그가 좋아하는 것들에 동참했고, 모든 것에 대해 그와 이야기했고, 그가 하는 모든 일을 후원해주었다. 그런데 지금은 어떻게 되었나? 어떻게 그는 그녀가 믿었던 것, 그녀가 살아왔던 것을 그렇게 단절해버릴 수가 있을까? 그녀는 사민당에 입당한 적은 결코 없지만 선거에서는 늘 사민당을 선택했다. 여선생들이 황제 치하에서보다 더 인정받고 더 많은 것을 할 수 있고 더 많이 벌 수 있는 공화제를 좋아했다. 그녀는 나치의 획일적 통합 조치에 앞서 자진 해체로 선수를 친 독일여교사협회의 의장단직을 맡은 적이 있었다. 그녀는 처음부터 나치를 거부했다. 비스마르크가 거대하게 만들려고 했고 또 그렇게 이루어낸 뒤로 독일이 다시 너무 거대해질 것 같았기 때문이다. 그러다가는 제1차 세계대전에 이어 제2차 세계대전이 올 것이다.

그녀는 아이크의 상상을 말리려 해보았다. 농업과 축산이라니? 어릴 적에 그는 농장 일을 돕는 것보다 뭔가를 만들거나 책 읽는 것을 좋아하지 않았나? 대학생 때는 제라늄은 들여놓고 고양이는 쫓아내지 않았나? 그는 농업 대신 건축학을 전공하지 않았나? 해가 떠서 질 때까지 뻗어 있는 드넓은 지평선과 텅 빈 공간에 대한 꿈은 무엇인가? 그곳에는 이미 사람들이 살고 있었고, 독일에도 밀은 얼마든지 있었고 소도 얼마든지 있었다. 그러나 그녀는 그를 어쩌지 못했다. 그는 너무 늙어 시대의 기호를 읽지 못하는 사람들에게 하듯 애정은 있으나 우쭐한 태도로 그녀를 대했다.

여름방학 동안에 올가는 열병에 걸렸다. 유행성감기이겠거니 생각하고 잠자리에 들었다가 이튿날 아침에 깼더니 귀가 들리지 않았다. 의사는 이렇게도 해보고 저렇게도 해보았다. 나중에 올가는 의사가 정말로 치료 가능성을 믿었던 것인지, 아니면 그녀가 귀를 먹었다는 사실에 서서히 익숙해지도록 하려고 그랬던 것인지 자문해보았다.

그녀는 쉰세 살이었고 해고되었다. 교육청은 그렇지 않아도 그녀를 쫓아내려던 중이었다. 그녀는 새 시대에 맞지 않았다. 교사직을 그만두지 않아도 되면 그만두지 않았을 것이다. 그러나 그녀는 이미 오래전에 나치가 자신을 해고할 것임을 예상하고 있었다. 그 뒤로는 학교가 갈수록 낯설어졌다. 그녀는 30년 넘게 선생으로 일을 했다. 어쩌면 그것으로 충분한 것인지 몰랐다.

평판이 좋은 농아학교가 있었기 때문에 그녀는 브레슬라우로 갔다. 언어 재능과 어휘력 덕분에 독순술에서 대가의 경지에 이르렀다. 농아학교를 졸업한 뒤에 그녀는 사실 그 도시에 머물고 싶었다. 시골에서 이미 오래 살아봤기 때문이다. 그러나 생활비가 적게 드는 어느 마을로 옮겼다. 그녀는 타고난 노련한 재봉사였다. 사범학교에 다닐 때부터 모든 옷을 직접 만들어 입었다. 브레슬라우에 고객들이 있었다. 대개의 경우 그녀는 집에서 일을 했다. 사람들에게서 일감을 가져와서 며칠 뒤 다시 갖다주는 것이었다. 그녀는 한 시간 걸려 기차를 타고 갔다.

그녀는 자신의 삶에 적응해갔다. 요리를 했고, 책을 읽고 정원을 돌보고 산책을 했다. 가끔은 예전에 가르쳤던 제자들이나, 메멜 땅에 사는 친구들이나 그 친구들의 아이들, 아이크의 방문을 받았다. 매일 음악이 아쉬웠다. 학교에서는 아이들과 함께 노래하고, 교회에서는 합창대를 이끌고 오르간을 연주하고 틸지트에서 열리는 음악회에도 가끔 갔던 그녀였다. 그녀는 악보 총보를 읽고 머릿속으로 음악을 연주해보았지만, 그것은 궁여지책에 지나지 않았다. 그

녀는 자연에서 들리는 소리들을 사랑했다. 새소리, 바람
소리, 바다의 파도 소리. 여름에는 닭 울음소리에, 겨울에
는 교회 종소리에 잠에서 깨는 것이 좋았다. 그녀는 확성
기 소리를 더 이상 듣지 않아도 돼서 기뻤다. 나치와 함께
세상이 시끄러워졌다. 나치들은 곳곳에 확성기를 설치해
놓아 그곳에서 늘 연설과 행진곡, 구호가 꽝꽝 울려 나와
사람 뒤를 쫓았다. 그러나 아무것도 듣지 못하는 것은 너
무 나쁜 일이었다. 나쁜 것과 함께 좋은 것까지도 듣지 못
하게 되니.

25

1945년 2월이 되어서야 올가가 살고 있는 슐레지엔 마을에 전쟁이 찾아왔다. 읍장은 사람들을 진정시키고 그냥 머물러 있으라고 경고까지 해놓고는 어느 날 아침 사라졌다. 그녀는 전선에서 들리는 소리를 듣지 못했다. 그러나 다른 사람들은 들었다. 그녀는 다른 사람들이 하는 대로 했다. 짐을 꾸려서 그곳을 떠났다. 군대가 트럭과 장갑차와 함께 오면 길에서 피했다. 폭격기가 저공 비행하여 다가오면 구덩이에 얼른 몸을 던졌다. 마침내 그녀가 탔던 기차의 기관차는 폭탄에 맞아 폭발했다.

도로에서의 서두름과 밀침, 전차 바퀴의 쩔그럭거림과 짓이김, 저공 비행기들의 요란한 쇳소리, 비행기에서 쏘아대는 기관총들의 따다닥 소리, 도망치며 엄폐물을 찾는 사람들의 혼미함, 부상당한 사람들의 절규, 기관차의 증기기관을 찢어버리는 폭발 한가운데에서, 전쟁의 쉭쉭 소리와 울부짖음 한가운데에서 올가는 완벽한 정적에 싸여 있었다. 사람들의 공포는 들리지 않았고, 찢겨진 얼굴에서는 아무런 절규도 들려오지 않았으며, 전차들은 묵묵히 자신들의 갈 길을 갔고, 비행기들은 도망치는 사람들 위로 획 스치는 소리 없는 그림자였다. 그리고 빗발치는 총알은 직선으로 이는 작은 먼지 소용돌이였다. 누군가 맞아서 끽 소리도 내지 못하고 순순히 쓰러지거나 구덩이 안으로 곤두박질치기 전까지는. 기관차의 폭발은 소리 없는 현란한 불덩어리였다.

기관차가 폭발하고 기차가 멈추어 그녀와 사람들이 걸어서 계속 가야 했을 때, 눈이 내리기 시작했다. 처음엔 성글게 내려서 거의 알아채지 못했다. 그러더니 곧 빽빽하고 축축하게 내려 잠깐 사이에 무릎 높이까지 쌓였다. 발을 떼어놓을 때마다 힘이 들었고, 발걸음 하나하나가 고역이었다. 게다가 바람도 불었다. 숲이 없는 곳에서는 바람이 불어 눈발이 바늘처럼 얼굴을 때렸다. 저녁이 되어 어떤 목표점도 불빛도 보이지 않게 되자 많은 사람이 포기했다. 그들은 좀 떨어진 곳에 있는 나무 밑이나 구덩이에 가서 몸을 눕혔다. 잘 때 그러는 것처럼 모로 또는 등을 바닥에 대고 배낭을 베개 삼아서. 올가는, 눈 속에서 피곤한 나머지 나무에 기대어 앉아 조금 쉬다가 추위를 느끼지 않고 잠드는 내용의 글을 읽은 적이 있었다. 그것은 멋진 죽음일 거라고 생각했다. 이제 그녀는 누워 있는 사람들의 모습을 보았다. 그들이 아직 자고 있건 아니면 이미 죽어 있건 매한가지였다. 그들은 화해했다. 올가에게 함께 눕자고 초대했다. 그들과 함께 눕자고, 이미 눈 속에서 죽은 헤르베르트와 함께 눕자고. 그러나 헤르베르트의 죽음에 대한 생각이 그녀를 분노케 만들었다. 아무도 살지 않으려 하는 섬을 가로질러 가다가 당한 또는 아무도 통과하려 하지 않는 해협을 통과하려다가 당한 또는 헤르베르트의 멍청한 머릿속을 늘 차지하고 앉아 있던 북극으로 가려다가 당한 멍청한 죽음에 대한 생각이 그녀를 분노케 만들었다. 그녀는 화가 치솟았다. 그래서 계속해서 걸어갔다. 아니다, 그녀는 헤르베르트처럼 죽고 싶지 않았다.

올가는 다른 사람들 뒤를 따라 서쪽으로 갔다. 걷거나, 마차를 타거나, 트럭을 타거나, 기차를 타고서. 다른 사람들은 어디로 가는 건지 알고 있을 거라고 그녀는 속으로 말했다. 그리고 다른 사람들이 헤매게 되면 그녀 자신도 어떻게 해야 할지 모르리라고. 독일이 항복하기 전에 그녀는 엘베 강을 건넜고, 그 뒤 마인 강을 건넜으며, 네카 강에 도착했다. 그 도시는 파괴되지 않았다. 폭격으로 무너지고 불타버린 집들, 숯처럼 변한 길가와 정원과 공원의 나무들, 굴뚝과 교회 첨탑, 지상 벙커만 우뚝 솟아 있던 폐허의 풍경, 사람들이 시궁쥐처럼 드나들던 지하실 구멍들이 있던 많은 도시들을 지나온 끝에 올가는 마침내 도착했다는 느낌이 들었다.

그녀는 피난민사무소에서 방을 하나 배정받았고 하루 만에 얼마 되지 않는 자신의 물건들로 방을 꾸몄고 기뻐 놀라워하며 도시를 둘러보았다. 간선도로를 따라가던 중 그녀는 한 사진관을 발견하고 그냥 안으로 들어갔다. 사진은 눈 주위와 콧방울에서 입 가장자리까지만 주름이 지고 뚫어져라 쳐다보는 눈빛에 단호한 입매를 한 훤하고 밝은 얼굴의 당당한 여인을 보여준다. 하얀 머리카락은 아직 풍성하여 젊은 소녀 때 견진성사 전날 머리를 틀어 올리고 찍은 사진과 같다. 그녀는 하얀 깃의 검정 원피스를 입고 있는데 목까지 단추를 잠그지 않고 어깨를 살짝 내놓은 모습이다. 다른 것에 몸을 기대거나 받치지 않고 그냥 자유롭게 서서 오른손을 내려뜨리고 왼손은 가슴 앞에 두어 장중한 제스처를 취하고 있다. 얼굴이나 자세에서는 어떤 긴장감이나 부자연스러움도 없어 아무것도 그녀가 귀가 먹었다는 사실을 보여주지 않는다.

그녀는 재봉 솜씨가 빠르고 정확해서 이내 고객이 많아졌다. 그러나 그 밖에는 아무런 접촉도 없었다. 그녀의 생은 피난을 온 뒤로 전보다 더 고독해졌다. 메멜 지역 출신 친구들을 적십자사를 통해 수소문했지만 아무 성과가 없었다. 역사와 정치에 관심이 있어 규칙적으로 주의 깊게 신문을 읽었고, 주민도서관에서 책과 음악 총보를 빌려 왔다. 그녀는 영화에 대한 자신의 사랑을 발견했고 입술에서 읽어낼 수 없는 것을 머릿속으로 그려볼 수 있는 것이 만족스러웠다.

그녀는 이곳저곳의 가정을 돌며 바느질을 했다. 그러다가 1950년대 초에 잃어버린 서류와 파기된 문서들을 두고 설왕설래한 끝에 약간의 연금을 받게 되었다. 전에 초등학교 교사로 프로이센 학교에 근무한 대가였다. 그 뒤로는 우리 집에서만 바느질을 했다. 우리 집에서 그녀는 특히 환대를 받는 느낌을 받았다. 우리 집에서 받는 돈은 그녀의 부수입으로 충분했다.

2부

Bernhard
Schlink
Olga

1

그녀는 이삼 개월마다 와서 며칠씩 머물렀다. 삼촌과 숙모들이 입던 원피스, 치마, 블라우스나 재킷, 바지, 셔츠를 나의 누나들과 형에게 맞게 고쳤고, 형이 자라서 더 이상 못 입게 되면 내게 맞게 고쳤다. 철조망이나 가시덤불 또는 스키스틱에 걸려 찢어진 구멍들을 수선했는데 안쪽에는 천을, 바깥쪽에는 가죽 조각을 댔다. 오래 써서 해진 침대 시트들의 가운데를 잘라서 그것들의 가장자리를 다시 꿰맸다. 스타킹과 양말도 꿰맸다. 사실 나의 어머니는 그런 일은 재봉사의 품위에 어울리지 않는다고 생각하여 맡기지 않으려 했다. 어머니가 그 일을 할 시간을 내지 못할 때 그녀가 그렇게 했다.

그녀가 오면 재봉틀을 부모의 침실에서 꺼내 식당 겸 피아노 방의 창가에 갖다 놓았다. 파프 재봉틀이었다. 파프라는 이름은 재봉틀 덮개의 어두운 색 목재에도 밝은색 나무로 새겨져 있었고, 재봉틀의 빛나는 검은색 몸체에서도 하얗게 반짝였으며, 재봉틀 탁자 아래에서도 각 뼈대 부위와 페달을 연결하는 무광택의 검은 주철로 된 장식의 일부를 이루었다. 다른 형제자매들에게 재봉틀은 성가신 물건이었다. 방을 비좁게 만들었으며, 피아노나 바이올린, 첼로 연습을 할 때 방해가 되었다. 나는 재봉틀을 사랑했다. 내 생각에 재봉틀은 환상적인 기구였다. 부엌에 있는 흰색 에나멜 전면부에 검은색 불판을 가진 오래된 레인지 같은 것이었으며, 축축한 타르가 깔린 도로 위의 증기 롤러 같았고, 가까운 광장을 달리는 검은색 전동 마차 같았고, 역에 있는 검은 기관차와 녹색 차량들 같았다.

그리고 그 소리! 찰가닥, 찰가닥, 찰가닥, 찰가닥, 찰가닥, 밝게 울리는 두드림 소리, 나직한 윗 소리, 가볍게 쩝쩝대는 소리, 그 소리는 천천히 시작되어 점점 빨라지다가 마침내는 기관차의 빠른 덜커덩 소리처럼 일정하고 리드미컬하게 울려 퍼졌다. 그러다가 소리는 좀 느려졌다 곧장 다시 빨라지거나 다시 시들었다. 어머니는 올가라고 부르고, 우리는 링케 양이라고 부르는 올가 링케가 와 있을 때면 나는 식당에서 놀았다. 나는 유치원에 가야 했을 때 사흘 동안 울었다. 급기야 어머니는 손위 형제자매들도 있고, 식사 때마다 집에 오는 아버지에, 아버지가 데려오는 손님들, 실습 가정부 그리고 가끔씩 세입자들이 있는 이런 큰 가정에서 사회성이야 얼마든지 익힐 수 있으니 유치원 때문에 울고불고 할 것 없다고 결심을 굳혔다.

재봉틀에서 나는 소리에다 나는 궤도를 달리는 나의 기차 소리를 섞어 넣었고, 나무블록으로 기관차나 공장을 만들거나, 아니면 어머니가 평소 쓰는 의자에 앉아 보조의자의 앉는 부위에다 헝겊 쪼가리를 올려놓고서 발로 바닥을 굴러가면서 직접 재봉틀 놀이를 했다.

링케 양이 귀가 들리지 않는다는 것을 나는 오랫동안 몰랐다. 어머니는 귀를 먹는다는 것이 무엇인지 몇 번 내게 설명하려고 애썼다. 그러나 내가 할 수 있는 것은 어른들도 다 하던데, 링케 양이 듣지 못한다는 것을 어떻게 이해하겠는가? 어머니는 내게 귀를 막아보라고 했다. 그러나 링케 양은 귀를 막고 있지 않았다.

가끔 나는 그녀를 향해 화를 내고는 했다. 내가 한 질문에 답을 하지 않거나 나의 부탁의 말에 응답을 하지 않았기 때문이다. 식구들에게 무시당했을 때 했을 법하게 나는 그녀를 움켜잡고 뒤흔들 생각은 하지 못했다. 그러나 그녀가 아랑곳하지 않고 하던 일을 계속하면 내 목소리는 점점 더 커졌고 그러다 그녀를 우연히 올려다보았다. 그러면 그녀는 차분하고 걱정스러운 목소리로 "페르디난트"라고 말하면서 무슨 일이 있느냐고 물었다. 그 말이 내 마음을 뒤집어놓았고, 나는 내가 무엇을 물었는지, 아니면 무슨 부탁을 했는지 알 수가 없었다.

다섯 살 때 나는 만성중이염에 걸렸다. 양쪽 귀가 아팠으며, 윙윙댔고, 두근거렸으며, 액체가 흘러나와서 하루 종일 솜으로 귀를 막고 있었기 때문에 모든 소리가 아주 멀리서 나는 것처럼 들렸다. 어머니는 나를 데리고 이비인후과로 갔다. 의사는 끔찍한 도구로 내 코에 바람을 불어넣고 내 귀를 물로 헹구었다. 매 단계 하나하나가 끔찍했다. 실제 그렇게 아픈 것은 아니었지만 내 머릿속으로 공포스럽게 파고들었다. 나는 그때 뿌리치며 하지 않겠다고 울었다. 어머니는 집에서 사탕을 나의 빨간 작은 어깨걸이 가방에 챙겨주면서 이번에 얌전하게 있으면 집으로 돌아가는 길에 그 사탕을 먹어도 된다고 약속했지만. 잠시 귀가 들렸다. 그러다 이윽고 양쪽 귀에 고름이 찼고 소리는 더욱더 먼 곳으로 물러났다.

2

나는 중이염을 앓고 난 이후로도 어릴 때 자주 아팠다. 거듭 기관지염으로 열이 펄펄 끓었으며 몇 주씩이나 침대에서 꼼짝하지 못했다.

나는 병실의 고요와, 집 안과 밖에서 들려오던 희미한 소리들을 기억한다. 여동생이 켜는 바이올린이나 형이 켜는 첼로의 단편적인 소리, 뜰에서 노는 아이들의 고함 소리, 길에서 들려오는 트럭의 요란한 소리를 기억한다. 나무들의 가지가 내 방의 천장에 마법처럼 그려놓던 빛과 그림자 놀이와, 자동차들이 지나갈 때 어두운 방을 스치던 밝은 노란 불빛을 기억한다. 그리고 병상에 있을 때 느꼈던 고독을 기억한다. 나는 많은 책들을 즐겨 읽었고, 어머니는 나를 위해 다양한 소일거리를 마련해주었다. 나에게 쥐털

린체*를 배우게 했고, 헌 옷가지들을 뜯어 새 옷을 만들기 위해 솔기를 뜯게 했고, 학교 수업 시간에 다룬 것들을 보충하도록 했다. 그러나 나는 누군가 찾아와서 이야기를 하며 노는 게 좋았다.

할 수 있는데도 어머니와 형제자매들이 나를 돌보아주지 않았다는 말은 아니다. 그러나 어머니는 가정을 꾸려나가고 목사의 아내로서 여자들 모임 및 소녀들 모임을 상대해야 해서 할 일이 많았고, 나의 형제자매들은 학교 수업과 음악 레슨 그리고 오케스트라와 합창단, 운동 등으로 바빴다. 그들은 찾아와서 잠깐 침대 가장자리에 앉아 있다가 갔다. 가끔 아버지도 찾아와서 내가 다리를 얼른 빼내지 않으면 내 다리를 깔고 앉았다. 몇 마디 나눈 뒤에 아버지는 생각에 잠겼다. 특히 토요일 오후에 나를 찾아오느라 하던 설교 준비를 중단했을 때 그랬다. 가장 신뢰할 만하게 나의 대화 욕구를 만족시켜준 사람은 우리 집에 드나들며 기꺼이 내 옆에 와서 앉던 여자들이었다.

그중에는 청소하는 아줌마가 있었는데, 그녀는 우리에게 자기는 사람들을 알게 된 뒤로 동물들을 사랑하게 되었

*1911년 루트비히 쥐털린이 개발한 독일 고유의 필기체.

다고 거듭해서 털어놓았고, 그러면서도 나를 교회 헌당식에 데려갔고 나와 함께 유령열차를 타고 스윙 캐러셀도 탔으며, 내가 병이 났을 때에는《그림 동화》를, 그것도 가장 무섭고 끔찍한 이야기들을 읽어주었다. 알코올중독에 걸린 교회 집사 남편에게서 자리를 인수하여 그 자리를 구해낸 교회 집사의 부인은 교회 일이나 예배 관련된 일에 대해 상담하기 위해 우리를 찾아왔는데, 자식이 없었고 나를 좋아해서 알코올의 저주에 대해 들려주었다. 회진을 의뢰받아 내 병상을 찾아오곤 하던 소아과 여의사는 내가 아는 유일한 유대인이었는데, 그녀는 제3제국 때 그녀를 숨겨주어 구해준 간호보조원과 여태껏 내가 보지 못했던 친밀감을 유지하고 있었다. 나의 아버지 친구 중 러시아에서 이민 온 남자는 예의 러시아 사람답게 손님 접대를 베풀거나 즐길 때의 유쾌한 성격을 드러내면서 그의 아내와 정신이상이지만 마음씨는 좋은 딸과 함께 거듭 며칠이고 몇 주고 우리 집에 와서 묵었는데, 그의 부인은 병상에 있는 나에게 혁명 전과 혁명 중이던 시절의 상트페테르부르크에서의 삶에 대해, 그리고 그녀의 아버지의 부탁으로 코사크 사람들이 그녀를 프랑스로 가는 배에 태워 상트페테르부르크에서 오데사까지 데려다준 스릴 넘치는 여행에 대해 들려주었다. 아버지의 첫 번째 부인의 여동생으로 죽은 언니의 유산을 받고 아내를 잃은 나의 아버지와 결혼을 하고 싶어 했던 여자도 자주 찾아왔는데, 그녀는 방혈 도구와 관장으로 나를 괴롭혀놓고서 나폴레옹의 척탄병을 노래한 하이네의 시를 작곡한 슈만에 얽힌 절절한 이야기로 나를 달래주었다.

3

링케 양은 우리 집에 와서, 내게 말동무를 해줄 사람이 아무도 없는 것을 보았을 때는 짜깁기 일감을 들고 내 옆에 와서 앉았다. 그녀는 슐레지엔과 포메른 민담이나 뤼베찰* 전설, 늙은 프리드리히 대왕의 일화를 들려주었다. 다른 아이들처럼 나도 같은 이야기를 듣고 또 들었다.

많은 일화는 늙은 프리드리히 대왕과 그의 플루트에 대한 것이었다. 그가 연주했던 것만큼 나도 그렇게 멋지게 연주하고 싶었다. 플루트를 향한 그의 사랑은 내가 더 규칙적이고 열성적으로 연습하는 동기가 되었다. 한동안 플루트는 나의 가장 친한 친구였다. 왜냐하면 늙은 프리드리

*리젠게비르게 산의 수호정령 이름.

히 대왕은 늦은 원정길에 플루트를 가져갔지만 통풍이 그의 손을 괴롭혀 연주를 할 수 없었고, 포츠담으로 돌아와서 다시 플루트를 손에 잡았지만 제대로 되지 않았고, 그래서 자신의 플루트들을 모두 챙겨서 치우도록 하며 슬픈 목소리로 이렇게 말했기 때문이다. "나는 가장 친한 친구를 잃었도다."

내가 더 자라서 《로빈슨 크루소》와 《걸리버 여행기》를 읽고, 스벤 헤딘*과 아시아의 사막을 그리고 로알 아문센과 남극을 여행했을 때, 링케 양은 내게 헤르베르트의 여행과 모험에 대해 들려주었다. 그녀는 헤레로들을 상대로 싸운 전쟁 이야기는 빼놓았다. 헤르베르트는 아르헨티나와 카렐리야와 브라질 등 어디든 발길 닿는 대로 떠돌았듯이 독일-서남아프리카령으로 갔다. 그녀는 사막과 신기루와 대초원의 화재에 대해, 뱀에 물린 것에 대해, 황금빛 물에서 당당하게 날아올랐다가 다시 내려앉는 백조들에 대해, 눈을 헤치며 나아가야 했던 고투에 대해 들려주었다. 슈피츠베르겐과 노르아우스트라네 섬으로 간 헤르베르트의 여행에 대해서는 말하지 않았다. 내가 그는 어떤 사람

---

*스웨덴의 지리학자로 중앙아시아 사막지대를 탐험했다.

이 되었느냐고 묻자 그녀는, 그는 마지막 여행에서 돌아오지 않았다고 말했다.

그녀는 생동감 있게 이야기했다. 내가 무엇을 묻거나 말하려고 하는지 보기 위해 눈길을 내 얼굴에 늘 고정시키고 있었기 때문에 나는 그녀를 나의 정면에서 느꼈다. 그녀는 침대 가장자리에 앉지 않았고, 의자 하나를 침대 쪽으로 당겨서 똑바로 앉은 채 두 손을 품에 올려놓고 있었다.

그러나 링케 양이 이야기만 들려준 것은 아니다. 그녀가 내 침대로 왔을 때 내가 마침 신열로 고생하고 있으면 그녀는 이불 하나를 더 덮어주거나 이마에 물 적신 시원한 수건을 얹어주었다. 움직임이 조심스러웠으며, 라벤더 향을 풍겼고, 손은 따스했고, 마음의 안정을 주는 당당함이 있었다. 나는 그녀가 가까이 있는 것과 나를 만지는 것을 좋아했다. 옷을 시험 삼아 입어볼 때도 그랬다. 이를테면 길이를 더 짧게 또는 통을 더 좁게 줄인 재킷을 내 몸에 대보거나 닳아서 해진 팔꿈치에 댈 가죽 조각을 위해 적당한 자리를 찾을 때, 그리고 나를 놓아주면서 손으로 내 등과 팔을 거쳐 나의 머리를 쓰다듬어줄 때.

김나지움 1학년인가 2학년 때였던 것 같다. 그때 어머니는 링케 양에게 부탁해서 며칠 동안 우리 집에 와서 지내며 나를 봐달라고 했다. 누나들은 합창단과 함께 여행 중이었으며, 형은 기숙보충학교에 가 있었고, 한 가정학교에서 반년간의 실습을 위해 우리 집에 배정된 실습 가정부들 중 하나는 이미 떠났고 다른 하나는 아직 오지 않은 상태였으며, 어머니는 아버지를 따라 외국에서 열리는 학술회의에 가 없었다. 어머니는 영어와 프랑스어를 할 줄 알았고, 아버지는 할 줄 몰랐다. 그리고 당시에는 모든 것이 통역되던 시절이 아니었기 때문에 아버지는 어머니가 필요했다. 이번 학술대회에서 주제로 삼은 교회들의 통일은 아버지뿐만 아니라 어머니에게도 중요했다.

조용한 나날이었다. 어머니는 시간만 나면 늘 피아노를 쳤다. 아침에는 찬송가를 치고, 낮에는 모차르트와 베토벤 소나타와 쇼팽 연습곡을 쳤다. 나의 형제자매들은 규칙적으로 악기를 연습했으며, 우리는 함께 실내악을 연주했고, 함께 노래를 불렀다. 나의 부모는 오랜 망설임 끝에 시대정신에 굴복하여 라디오를 한 대 구입하고 라디오 잡지의 정기구독을 신청하고 가끔 라디오콘서트를 가족을 위한 저녁 프로그램으로 정해놓았다. 링케 양과 보낸 며칠 동안에는 위에서 말한 모든 것이 하나도 없었다. 내가 플루트 연습을 할 때면 소리가 너무 커서 나 스스로도 불쾌했다.

나는 연습을 그만두었다. 링케 양이 아무것도 듣지 못하고 아무것도 얻지 못하는 라디오를 켜는 것이 불친절하게 느껴졌다. 우리는 서로 이야기를 나누었다. 하지만 우리의 대화는 우리 집 식탁에서 평소 벌어지는 것처럼 활발하게 오가는 것이 아니라 집중하여 나누는 의견 교환이었다. 대개 우리는 침묵한 채 앉아 있었다.

나는 링케 양의 호의를 느꼈다. 내가 학교에서 돌아오면 그녀는 나를 위해 요리를 마련해놓고 있었다. 쾨니히스베르크식 고기경단, 양배추 고기쌈, 겨자소스를 곁들인 삶은 계란, 국수 수플레. 내가 좋아하는 것들을 어디서 알았을까? 어머니는 버릇없이 키우는 것에 대해 반대하는 분이었으므로 링케 양에게 내가 좋아하는 요리를 해주라고 가르쳐주었을 리 만무했다. 링케 양은 함께 점심 식사를 할 때 내가 무엇을 특히 맛있게 먹는지 수년 동안 눈여겨보았음이 틀림없었다.

저녁마다 우리는 소파에 앉아 있었고, 그녀는 이야기를 들려주었다. 가끔은 팔을 내 어깨 위에 올려놓고 나를 가까이 끌어안았다. 나는 그녀에게서 친근함을 느꼈다. 따뜻하게 해주는, 버릇을 망치는.

4

그녀가 헤르베르트에 대해 이야기하기 시작한 까닭은 내가 여행과 모험 이야기를 읽었기 때문이고 헤르베르트가 여행을 하고 모험을 했기 때문이었다. 이후에 그녀가 헤르베르트에 대해 이야기한 까닭은 내가 그와 빅토리아와 그녀가 놀이친구 사이였던 때의 나이에 도달했기 때문이었다. 나는 장원과 시골 마을에서의 생활, 초등학교, 견진성사 시간, 헤르베르트의 개와 뜀박질의 즐거움, 함께했던 놀이와 산책 그리고 뱃놀이에 대한 이야기를 들었다. 그녀는 오르간 연주자로부터 설명을 들었던 오르간에 대해서도, 그리고 어찌나 손을 타게 했던지 선생이 그냥 가져가서 읽으라고 했던 책들에 대해서도 이야기했다.

　나이를 먹으면서 부모, 특히 어머니와의 갈등이 시작되

었다. 나는 그릇된 책들을 읽고 그릇된 영화들을 보았고, 내 친구들은 청바지를 입고 담배를 피웠으며 술을 마셨고, 나는 그들과 함께하고 싶어 했으며, 그들과 함께 낮에는 수영장이나 아이스크림 가게에서 빈둥대고 싶어 했고, 매주 일요일에 가는 예배에도 이제는 가려고 하지 않았고, 학교 성적은 갈수록 나빠졌다. 나는 부모가 내가 모험을 해보고 싶어 한다는 것을 이해해주어야 한다고 생각했고, 부모는 내가 생각이나 책임감 없이 행동한다고 생각했다. 나의 부모가 특별히 엄격했던 것은 아니었다. 그렇지만 때는 1950년대였고, 브리지트 바르도가 나오는 영화는 부모에겐 악덕이었으며 브레히트의 연극은 공산주의였고, 청바지는 부모 입장에서 내가 입을 수 있는 정상적인 바지가 얼마든지 있었기 때문에 불필요한 것이었으며 또 불량 청소년들이나 입는 것이었다. 게다가 부모가 선거 때마다 찬성표를 던졌던 아덴아우어의 정책에 대해 공격하기 시작하고 부모와 그것에 대해 토론을 하려고 하자 아버지는 나치의 끔찍함을 겪은 뒤 당신이 함께 건설했던 세계가 나에게 공격을 받는다고 생각했다. 어머니는, 아버지가 그냥 좋은 뜻으로 말씀하신 것이고, 나는 전혀 나쁜 뜻으로 말한 것이 아니라며 우리를 화해시키려고 했다. 그러나 우리는 화해하지 않았고 똑같은 논쟁을 반복하고 또 반복했다. 나의 손위 형제자매들은 나보다 영리해서 반항하는 대신 그런 상황으로부터 도망쳤다.

그런 상황에서 가끔 조부모가 도움이 되었다. 조부모는 부모보다 더 차분하고 교육의 의무나 책임도 없고 게다가 갈등은 언젠가 봉합되니 괜히 야단법석을 피울 필요가 없다고 경험을 통해 다 익히고 있었기 때문이다. 나의 조부모는 멀리 살고 있었다. 그러나 링케 양은 우리 집에 오면 재봉질을 멈추고 내 말을 이해심 있게 들어줄 준비가 되어 있었다. 흡연이나 알코올, 청바지 이야기에 대해서 그녀는 미소를 지으며 고개를 가로저었다. 정치에 대한 내 생각들은 설익어 보였겠지만 그녀는 진지하게 귀를 기울였는데, 그것은 그녀가 아데나우어 대신 올렌하우어에게 투표했고 연금수령자로서 노조에 가입했기 때문만이 아니라, 1950년대의 세계를 나의 아버지처럼 확고하고도 튼튼하게 자리 잡은 것으로 보지 않고 온갖 불확실성으로 가득 찬 것으로 보았기 때문이다. 그 외에 그녀는 브레히트의 시를 거의 하이네의 시만큼 사랑했다.

나의 학교 성적이 점점 나빠진 것에 대해서는 이해심을 보이지 않았다. 그리고 그녀가 그 밖의 다른 모든 것에 대해서는 이해심을 보이거나 다정하게 어깨를 으쓱해 보였기 때문에 나는 그녀의 불쾌한 감정을 경시할 수가 없었다. 그녀는 여자고등학교에 진학하고 싶었던 자신의 소망에 대해 이야기해주었으며, 형편이 안 되어 혼자 힘으로 입시 시험공부를 해야 했던 상황에 대해 들려주었다. 배움은 특권이었다. 배울 수 있을 때 배우지 않는 것은 멍청하고 철없고 오만한 짓이었다. 그래, 학교 성적이 나빠지는 것은 절대 있을 수 없는 일이었다.

5

내가 여자아이들에게 관심을 보이기 시작했을 때도 어머
니는 불안해했다. 나는 절대로 너무 일찍 사랑에 빠지거나
너무 일찍 사랑에 매여서는 안 되었다. 어머니는 내가 읽
은 것들을 기록했다. 내가 펠릭스 크룰*과 함께 여자들의
잠자리를 누볐으며, 쥘리앙 소렐**과 함께 레날 부인과 처
녀 마틸드 드 라 몰을 유혹했으며, 미트야 후작과 함께 시
골 처녀 카투사***를 창녀로 만들었다는 것을 알고 어머니는
경악했다.

*토마스 만의 《사기꾼 펠릭스 크룰의 고백》에 나오는 여성 편력이 심한 주
인공.
**스탕달의 《적과 흑》에 나오는 주인공.
***톨스토이의 《부활》의 주인공.

링케 양은 어떤 여자아이가 왜 내 마음에 들었는지, 그 아이의 마음을 사려고 내가 어떻게 했는지 나의 이야기를 기꺼이 들어주었다. 그녀는 헤르베르트와 그녀가 서로에게 구애를 하고 서로 가까워진 이야기를 들려주었다. 구애에는 시간이 필요하고, 동침을 하기 위해서는 꼭 결혼을 할 필요는 없지만 먼저 서로 구애를 하고 서로를 잘 탐색해야 한다고 했다.

나는 링케 양을 바라보면서 내가 사랑에 빠져 있는 소녀인 에밀리 나이의 그녀를 떠올려보려 해보았다. 그녀는 화장을 하지 않았었다고 말했다. 에밀리가 화장을 하지 않듯이. 그녀는 소박한 옷을 입었다. 에밀리가 그렇듯이. 그녀의 체격은 에밀리보다 더 탄탄하고, 얼굴은 더 넓적하고, 머리는 더 밝은 빛이었을 것이라고 내 나름대로 생각해보았지만, 모습은 여전히 떠오르지 않았다. 견진성사를 받기 전날 찍은 그녀와 헤르베르트, 빅토리아의 사진을 본 것은 나중의 일이었다.

올가와 헤르베르트가 오랫동안 서로 구애했다는 것을 나는 좋게 생각했다. 에밀리는 까다로웠고 나는 오랫동안 구애를 한 끝에 고작 나의 영화관 초대에 대한 응답을 받아낼 수 있었다. 1년이 지나서야 그녀는 내게 첫 키스를 해주었다. 그것도 그녀가 전차에 오르기 전 내 뺨에다 입김 불듯이 급하게 살짝. 다음번 만남 때 나는 영화관에서 나오면서 한 팔로 그녀를 끌어안았고 그녀는 머리를 내 어깨에 기댔다. 우리는 정류장에서 전차가 들어올 때까지 키스를 나누었다. 그 이후로 우리는 영화관이나 콘서트 또는 극장에 갔지만 가장 중요한 것은 그것이 끝나고 난 뒤 어둡고 텅 빈 학교 운동장이나 교회 옆의 공원이나 강가에서 나누는 애무였다. 우리는 혀가 얼얼해지도록 키스를 나누었다.

우리는 가족이나 친구들에게 우리의 사랑을 비밀로 했다. 우리의 사랑을 우리만을 위해 간직하고 싶었다. 그러나 올가가 헤르베르트가 데려갈 수 없어 포기했던 섣달그믐날의 축제 이야기를 들려주었을 때 에밀리와 나만의 비밀은 배반처럼 여겨졌다. 하이디 브륄*은 이렇게 노래했다. "우리는 절대 헤어지지 않을 거예요, 우리는 언제나 함께 있을 거예요." 나는 저녁 시간을 보내고 에밀리와 함께 집으로 갈 때면 그 노래를 가만히 흥얼거렸다. 나는 마뜩치 않아 하는 부모님과 호기심에 찬 형제자매들에게, 나의 친구들과 링케 양에게 에밀리를 소개했다. 2년 뒤 에밀리

*독일의 가수 겸 배우.

가 한 대학생 때문에 나를 떠났을 때 나는 모든 사람들에게서 위안을 구했다. 그녀는 사랑스러운 소녀였다고 말하면서도 누구나 그녀가 왜 내게 맞지 않는 여자인지 이유를 하나씩 말해주었다. 링케 양만은 아무런 이유도 대지 않았고 인생은 상실의 연속이며 나도 그런 상실과 화해하는 법을 제때에 익혀야 한다고 말했다.

6

내가 김나지움에 다니던 마지막 몇 해 동안 오후에 집에 있을 때 링케 양이 바느질을 하고 있으면 나는 함께 마실 커피를 타서 그녀 옆에 가서 앉았다. 그녀는 내게 여자사범학교와 포메른에서의 첫 직장에 대해 그리고 메멜 강가에서 얻었던 다음번 직장들에 대해, 황제 치하와 공화국에서의 여선생들의 대우에 대해, 여교사협회에서의 참여 활동에 대해 이야기했다. 그녀는 헤르베르트가 했던 여행들이나 그와 함께 보냈던 날들과 몇 주에 대해 이야기했다.

"우리는 너희보다 더 참을성이 많았어. 당시에는 많은 사람들이 몇 달, 몇 해씩 떨어져서 지내다가 가끔씩 만났지. 우리는 기다리는 법을 배워야 했어. 오늘날 너희는 차를 타고 비행기를 타고 전화를 하면서 상대방을 자기 마음대로 할 수 있다고 생각하지. 사랑할 때 상대는 그렇게 자기 마음대로 할 수 있는 것이 아니야."

그렇게 담담하게 링케 양은 헤르베르트와의 이별을 되돌아보았다. 광활함을 향한 헤르베르트의 그리움은 그녀에게 분노로 남았다. 어릴 적의 헤르베르트에게서 그녀는 그의 그리움을 감동적이라 여겼고, 나이가 든 헤르베르트에게서는 부조리한 것으로 생각했다. "황야, 모래로 된 황야에서 그는 우물을 파고 공장을 지으려 했고 얼음으로 된 황야에서는 해협을 탐색하고 극점을 정복하려고 했지. 그러나 그 모든 것은 너무 거창한 것이었어. 수다에 지나지 않았지. 그는 황야에서 아무것도 하려 하지 않았어. 황야 속으로 사라지려 했지. 광활함 속으로 사라지려고 한 거야. 그러나 광활함은 아무것도 아닌 거야. 그는 무無 속으로 사라지려 한 거지."

"혹시 그에게 물어봤나요, 왜……"

"아이고, 애야." 그녀는 나를 그렇게 불렀다. "우리는 어려운 일에 대해서는 대화를 하지 않았어. 우리가 함께 있을 때면, 마침내 우리가 함께 있을 때면 그는 무척이나 초조해했어. 늘 무척 초조해했어. 그의 내면에서는 뜀박질이 벌어졌어. 나는 그 옆에서 뛸 수밖에 없었고 내가 말하고 싶은 것을 숨 가쁘게 헐떡이며 말했지." 그녀는 고개를 가로저었다.

그사이에 그녀는 헤르베르트에 대해 이야기할 때면 그가 준비도 실행도 부족했던 북극 원정길에서 목숨을 잃었다는 말을 더 이상 빼놓지 않았다. 그녀는 또한 헤레로들을 상대로 벌였던 전쟁 이야기도 빼놓지 않았고, 제1차 세계대전 이야기를 하면서 만약 헤르베르트가 이미 얼음 속에서 죽지 않았더라면 아마도 전쟁에 나가 죽으려 했을 것이라고 했고, 제2차 세계대전에 대해서도 말했다. 그녀는 비스마르크와 더불어 재앙이 시작되었다고 생각했다. 그가 독일을, 스스로 제대로 몰 수 없는 너무 거대한 말 위에 태우는 바람에 독일인들은 모든 것에 있어 너무 거대한 것을 바라게 되었다는 것이다. 비스마르크는 식민지를 별로 중요하게 생각하지 않았지만 그녀는 비스마르크에게 헤르베르트가 머리에 품었던 식민지 꿈에 대한 책임이 있으며, 북극에 대한 허튼 생각에 대한 책임이 있고, 생활공간에 대한 아이크의 환상에 대한 책임이 있으며, 양차 대전에 대한 책임이 있다고 여겼다. 또한 재건과 경제 기적을 그녀는 너무 거대한 것으로 생각했다.

나는 역사 시간에 독일제국 창건에서 그런 면을 배운 적이 없었다. 그리고 독일에서 모든 것이 너무 거대한 쪽으로 빠져버렸다는 이야기도 여태껏 들은 적이 없었다. 헤르베르트가 무 속으로 사라지고 싶어 했다는 그녀의 말도 어떻게 이해해야 할지 몰랐다. 추구해야 할 목표도 없고, 일을 하는 목적의식도 없고, 믿을 것도, 무언가를 사랑하여 진정 만족을 느낄 수 있는 그 아무것도 없는 상황에 대한 느낌을 나는 알고 있었다. 이런 느낌을 철학으로 변환시켜 말한다면 바로 니힐리즘이라는 생각이 들었다. 그러나 무를 향한 헤르베르트의 그리움은 무언가 다른 것이었을 것 같았다.

7

링케 양이 우리 집에 오던 마지막 몇 년 동안 그녀는 여전히 이것저것 바느질을 했지만 아무 일도 하지 않는 채 재봉틀 앞에 오래도록 앉아 있을 때도 있었다. 천의 가장자리 선을 따라 재봉질을 하면서 천이 끝나는 곳에서 멈추지 않았으며 뭉친 실타래를 펼쳐놓고서 망연자실한 표정으로 슬프게 앉아 있었다. 바늘에 실을 꿰어 의자 등받이에 등을 기대고서 두 손을 품에 얹은 채로 눈길을 돌려 창문 너머 아무 일도 없는 도로 쪽을 바라보았다. 아니면 그녀는 잠이 들었다. 머리는 가슴 쪽으로 떨어졌고, 목이 아파지면 그때 잠에서 깨어났다. "바느질하는 다른 여자를 구해야겠어."

그러나 바느질의 시절은 끝났다. 형은 이제 내가 조금만 고쳐서 입으면 될 만큼 입던 바지나 재킷, 셔츠 이상으로 자라지 않았다. 절약심이 많은 어머니는 중고 옷가게를 하나 발견했는데 그곳에는 링케 양의 도움이 필요하지 않을 만큼 내게 딱 맞는 옷이 얼마든지 있었다. 그렇지 않아도 나의 형제자매들은 곧 집을 떠났고, 나 역시 대학입학자격시험을 치른 뒤 타지로 갔다.

링케 양이 바느질을 하다 지친 모습을 보면서 우리는 그녀가 이제 늙어서 피곤해하는 것이라고 생각했다. 반면 바느질로부터의 해방은 그녀에게 생기를 주었다. 이제 그녀는 자신을 위해 살았다.

남의 셋집에 다시 세입자로 들어가 살던 시절을 보내고 그녀는 이제 주택조합에서 지은 건물의 5층에 자기만의 집을 갖게 되었다. 부엌과 목욕탕, 발코니와 함께 작은 방 두 개가 있는 집이었다. 그 건물 이웃한 곳에서 화물역이 시작되었다. 그리고 그녀는 선로와 낡은 조차操車 건물 그리고 오래된 급수탑이 보이는 확 트인 시야를 좋아했다. 여름이면 그녀는 발코니에 앉아 있었다. 발코니에 길고 네모난 상자 화분으로 작은 정원을 만들어 꽃이 만발하게 했다.

마침내 그녀는 평소에 읽고 싶어 했던 모든 책들을 읽을 수 있게 되었다. 고전 작품과 현대 작품, 소설과 시, 그리고 여성, 앞을 못 보는 사람, 말을 못 하거나 듣지 못하는 사람, 황제국과 바이마르 공화국의 역사를 다룬 책들, 그녀가 오르간으로 연주했던 음악과 연주하고 싶어 했던 음악의 총보 등. 그녀는 영화관에 갔으며, 대화는 적고 사건은 많은 영화와 댄스영화, 모험영화, 서부영화를 보았다. 여전히 사민당을 찍었으며 5월 1일에는 노동조합의 시위에 참여했고 휴일에는 교회에 나갔다.

2주에 한 번 꼴로 어머니는 그녀를 일요일 점심 식사에 초대했고, 나는 그녀를 차로 데려왔다가 데려다주었다. 나는 구매자가 새 차를 사면서 쓰던 헌 차에 대한 보상금을 포기하고 넘긴 중고 오펠 자동차 하나를 삼촌에게서 선물로 받았다. 그 외에도 나는 가끔 그녀를 차로 데리러 갔고, 우리는 이런저런 일을 도모했다. 영화를 보기도 했고 전시회나 볼거리가 있는 곳을 찾아가기도 했으며 레스토랑에서 식사도 했다. 나의 조부모는 돌아가셨다. 나는 조부모 댁에서 어린 시절의 가장 행복한 휴가를 보냈다. 나는 조부모를 아주 사랑했고 자주 찾아갔었다. 나의 인생에서 한 자리가 비어 있었다.

그녀는 이웃 도시들에 있는 미술관에도 나와 함께 갔다.

그곳에서 그녀는 늘 똑같은 그림을 보고 싶어 했다. 당대의 유화들로 그녀가 젊은 시절에 스스로 발견한 것들이었다. 안젤름 포이어바흐와 아르놀트 뵈클린에서 인상주의를 거쳐 표현주의에 이르는 작품들이었다. 그녀가 좋아하는 그림 중의 하나는 에두아르 마네가 그린 〈황제 막시밀리안의 처형〉이었다.

"왜 그 그림을 좋아해요?"

"그 황제는 경박하고 우스꽝스러워. 하지만 우리의 동정을 사지. 화가는 나폴레옹의 정치적 모험을 비판하려 하지만 사실은 오히려 그것을 미화할 뿐이야. 그 그림은 아주 커서 사람이 들어가도 될 정도야."

가끔 우리는 함께한 우리의 길에서 그녀의 과거에 걸려 비틀대기도 했다. 어느 필기구 가게의 쇼윈도 앞에서 그녀는 자신의 죄네켄 만년필을 회상했다. "피난길에서 그 만년필을 시계, 반지와 함께 도난당했어. 러시아인들이 아닌 독일인들에게. 그래도 나는 운이 좋았어. 다른 여자들은 피난길에서 더 많은 것을 잃었으니까." 시장을 거닐던 중에 한 남자가 개와 함께 우리 쪽으로 다가왔다. 그녀는 걸음을 멈추더니 개에게서 눈을 떼지 못했다. 목둘레는 하얗고 눈은 파란 검은색 보더콜리였다. "헤르베르트의 개도 꼭 저렇게 생겼었어." 그녀는 개에게 손을 내밀었고, 개는 그녀의 손을 핥았다. 그녀는 개를 쓰다듬어주었다. 영화를 보고 집으로 가는 중에 보름달이 아주 크게 비추자 그녀는 학교에서 아이들을 가르치던 시절을 떠올렸다. "나는 아이들과 함께 〈이제 모든 숲이 쉬고 있네〉를 불렀어. 하지만 〈달이 떠올랐다〉를 더 좋게 생각했지. 그런 것들을 아이들에게 다 가르쳐줄걸 그랬어."

루트비히스회에까지 산행을 한 뒤에 우리는 카페 테라스에 앉아 있었다. 그녀는 갑자기 말을 멈추더니 몇 테이블 떨어진 곳에 앉아 있는 한 중년의 숙녀와 신사 쪽을 뚫어져라 쳐다보았다. 여자는 백발에 몸이 뚱뚱했고, 남자는 대머리에 몸이 호리호리했다. 그녀는 자리에서 일어나 두 사람 쪽으로 두세 걸음 걸어가 그 자리에 멈추었다. 그녀는 특유의 꼿꼿한 자세로 서 있다가 고개를 가로젓더니 어깨를 떨어뜨렸다. 나는 자리에서 벌떡 일어났다. 그녀는 내게 손짓으로 그러지 말라고 했다. 그녀는 그저 그 자리를 뜨고 싶어 했다.

"누구죠?" 나는 그 질문을 던져놓고 우리가 자동차에 올라탈 때까지 그냥 기다렸다.

내가 그녀의 집 앞에 와서 멈추었을 때야 비로소 그녀

는 대답했다. "빅토리아였어. 뾰로통한 입…… 거만한 눈빛……" 그러더니 당시에 빅토리아가 그녀와 헤르베르트를 떼어놓으려고 했던 일에 대해 들려주었다.

"그 여자는 어떻게 됐지요?"

"네 눈으로 보았잖아. 그 여자는 모든 것을 극복했어. 제1차 세계대전과 제2차 세계대전 그리고 폭탄과 인플레이션까지. 모든 것을 극복한 그런 여자야."

8

가끔 우리는 오덴발트나 하르트발트로 차를 타고 가서 그곳에서 도보 여행을 했다. 링케 양은 도보 여행용 지도를 갖고 있어서 어디로 차를 타고 갈 것인지, 어느 길을 택할 것인지 계획을 짰다.

나는 함께 걷는 길을 서로 대화를 나누는 기회로 알고 있었다. 아버지는 1년에 두 번씩 우리 자식들을 일요일의 산책길에 데려가 우리가 무엇을 하고 있는지, 무엇을 배우고 있는지, 무슨 책을 읽고 있는지, 무슨 생각을 하는지 물어보곤 했다. 어머니는 대화의 대상이 되는 것만 중요하게 생각했고, 또 별로 말수가 많지 않은 남편과 하고 싶은 대로 스스럼없이 이야기를 하지 못했기 때문에 함께 시장을 보러 가거나 함께 방문을 하러 가거나 함께 교회에 갈 때면 그 기회를 이용해 우리 자식들과 이야기를 나누었다. 또한 친구들과 산책을 할 때도 늘 의견 교환을 했다. 링케 양과 나는 산책을 할 때 서로 대화를 나눌 수가 없었다. 내가 하는 말을 알아들으려면 그녀는 나와 마주해야 했고 내 얼굴을 쳐다보며 내 입술을 읽어야 했다.

그렇게 우리는 침묵한 채 걸었다. 가끔 그녀는 속으로 흥얼댔다. 내가 그것에 익숙해지기까지는 시간이 걸렸다. 그러다가 나는 그것을 좋아하게 되었다. 말로 주의를 흩뜨리지 않고서 모든 것을 보고 모든 것을 들을 수 있다니! 풀과 꽃, 나무들의 푸른 잎과 알록달록한 잎, 풍뎅이, 새들의 노랫소리, 나무 사이를 스치는 바람 소리 등. 그리고 갓 벌목한 목재의 송진 냄새와 오래 쌓여 있던 목재에서 나는 곰팡내도 있었고, 늦은 여름에는 버섯 냄새가 있었고 가을에는 낙엽 썩는 냄새가 있었다. 또한 생각할 거리도 충분히 있었다. 왜냐하면 링케 양과 나는 우리 방식으로 대화를 나누고 있었기 때문이다. 우리가 벤치에 가서 앉을 때는 쉬거나 도시락을 먹기 위해서가 아니라 뭔가 이야기를 나눌 것이 있을 때였다. 그래서 우리는 어떤 벤치도 건너뛰는 법이 없었다. 링케 양은 숙녀들의 앉음새를 하고 옆으로 앉았고 나는 벤치에 양다리를 걸치고서 그녀와 마주 앉았다. 우리는 지난 벤치에서 대화가 끝났던 부분에 이어서 이야기를 계속 나누었다.

그녀가 피곤해서 산책을 하고 싶지 않을 때면 내가 모는 차를 타고 쾨니히슈툴 산으로 올라갔다. 도시 위쪽에 위치한 그 산은 길들이 평탄했고 서쪽으로 시야가 트여 있었다. 시야는 라인 강의 이편과 저편에 위치한 도시들 쪽까지, 연기를 뿜어대는 굴뚝들과 증기를 뿜어 올리는 바덴의 아닐린 및 소다 공장의 냉각탑들까지, 평원의 반대쪽에 있는 산들에까지 이어졌다. 평원에는 당시 아직 많은 과일나무들이 있어서 봄이면 그 나무들이 땅을 희고 붉은 꽃으로 장식했다. 가을에 그 땅은 알록달록하게 물든 나뭇잎들의 색깔의 향연 속에 있었고, 겨울에는 하얀색을 띠었다. 어느 날 저녁 안개가 그 땅과 도시들과 공장을 천으로 가리듯 가리고 우리가 서 있는 산으로부터 먼 산에 이르기까지 평원을 뒤덮었고 먼 산 뒤로는 붉은 태양이 안개를 살짝 붉은 빛으로 물들이며 지고 있었다. 날은 추웠다. 늦은 가을 저녁이나 이른 겨울 저녁이었던 것 같다. 우리는 으스스 추웠지만 그 장면이 꺼질 때까지 눈을 뗄 수가 없었다.

9

그녀는 도시의 공원묘지들을 누비며 다니는 일에 지칠 줄
몰랐다. 공원묘지는 열 개가 넘게 있었다. 그리고 링케 양
은 이 모든 공원묘지를 알고 있었지만 그중에 몇 개는 특히
좋아했다. 도시의 성문들 앞에 있는 베르크프리트호프, 명
예의 공원묘지, 유대인 공원묘지, 농부의 공원묘지 등. 도
시에서 가장 큰 공원묘지인 베르크프리트호프 같은 경우
에는 그 안에 있는 길들과 묘석과 영묘들의 다양성을 좋아
했고, 명예의 묘지 같은 경우에는 처음에는 위로 올라가다
가 아래로 떨어져 돌로 된 십자가들의 들판을 거쳐 하늘로
이어지는 것 같은 지형을 좋아했으며, 유대인 공원묘지 같
은 경우에는 우뚝 솟은 고목들 밑의 어둠을 좋아했고, 농
부의 공원묘지 같은 경우엔 이웃한 밭두렁에 핀 개양귀비

와 수레국화를 좋아했다. 물론 그녀는 베르크프리트호프의 꽃들도 좋아했지만 그곳에 내리는 겨울의 눈을 더 좋아했다. 길들과 묘지들을 뒤덮고 천사와 여인들 조각상의 머리 위에, 어깨 위에, 날개 위에 내려앉는 눈을 좋아했다.

우리는 말을 많이 하지 않았다. 다른 산책에서보다 더 적게 말했다. 간혹 링케 양은 발걸음을 멈추고서 어떤 묘비나 이름 또는 식물에 대해 한마디 하고서 나를 쳐다보았고, 나는 대답했다. 그렇지 않을 때는 우리의 발소리와 새소리, 그리고 가끔씩 들려오는 정원용 도구들의 짤랑대는 소리 또는 무덤 파는 기계의 요란한 소리나 장례를 치르러 온 사람들의 나직한 말소리나 노랫소리를 들었다.

나는 링케 양이 공원묘지에 들르는 것을 왜 그렇게 좋아하는지 안다고 생각했다. 그녀는 인생을 살아오면서 그토록 많은 사람을 잃었고, 이들의 무덤에 갈 수도 없고 또 어디인지 알 수도 없으니 낯선 묘지들 사이에서 그들의 주검과 대화를 하려는 것이라고. 헤르베르트와 아이크와 메멜 땅에 사는 그녀의 이웃과, 별로 이야기를 많이 꺼내지는 않았지만 그녀가 기억하고 있는 그녀의 할머니와 그녀의 부모와. 나는 그 심정을 알았다. 나도 나의 조부모의 묘소를 찾아가 고마워할 것에 대해 말씀드리기도 하고 아니면 조부모가 그립다고 하기도 했다. 그러나 내가 링케 양에게 그 이야기를 했을 때 그녀의 사정은 달랐다.

그녀는 낯선 무덤들 사이에서 그들의 주검과 대화를 나누지 않았다. 그녀가 즐겨 공원묘지를 찾았던 이유는 이곳에서는 모두가 동등했기 때문이었다. 힘 있는 자나 약한 자나, 가난한 자나 부자나, 사랑받는 자나 무시당하는 자나, 성공을 거둔 자나 실패한 자나. 그 사실은 영묘나 천사상이나 거대한 비석도 바꾸지 못했다. 모두 다 똑같이 죽었을 뿐이며 아무도 더 위대해질 수도 없고 위대해지려고 하지도 않았다. 너무 위대하다는 것은 전혀 있지도 않았다.

"그렇지만 명예의 공원묘지는……"

"무슨 말을 하려는 건지 알아. 명예의 공원묘지는 너무 크고 과도한 명예치레야. 사실은 모두가 함께 누워 있어야 해. 유대인이든, 농부든, 베르크프리트호프에 묻혀 있는 사람들까지도."

그들은 함께 누워 있어야 했다. 그리하여 우리가 죽음에 있어서나 삶에 있어서나 동등하다는 것을 상기시켜주어야 했다. 차별과 선호, 분리로 얼룩졌던 삶이 끝나고 죽음이 모두를 똑같이 만들어주는 엄청난 것이라고 해서 죽음이 그 경악스러운 성격을 잃는 것이 아니다. 그것이 아니라 서로에게 서로가 동등한 삶이 계속될 때 죽음은 그 경악스러운 성격을 잃는다.

나는 그렇게 살았던 영혼들이 죽음을 통해 새로운 삶 속으로 방랑하는 건지 그녀에게 물었다. 그녀는 어깨를 으쓱했다. 영혼의 방랑에 대한 생각은 인간에게서 죽음에 대한 공포를 덜어줄 것이라고 그녀는 말했다. 그러나 평등의 진리에 대해 이해한 뒤라면 인간은 죽음에 대해 두려움을 가질 필요가 없다고 했다.

그녀는 농부의 공원묘지에 있는 큰 참나무 밑 벤치에 앉아 그것을 내게 설명했다. 그러더니 웃었다. "나는 평등에 대해 말하는 거야. 내가 네게 말을 놓는 것처럼 너도 내게 말을 놓아야 해. 그리고 올가라고 불러."

10

그녀에게 무언가를 도모하는 것보다 더 중요한 것은 말하는 것이었다. 전시회를 가고, 산책을 하고, 영화를 보는 것 등은 혼자서도 할 수 있는 일이었다. 그녀는 우리와 대화를 함으로써, 가끔은 우리 어머니와 나의 형제자매들과, 무엇보다 나와 대화를 함으로써 의견을 나눌 수 있었다.

대화는 한 번도 동시에 이루어지지 않았다. 우리는 밖에서 함께 있을 때는 여느 산책 때 그랬던 것처럼 그냥 침묵했다. 함께 영화를 본 경우 우리는 영화관에서 나와 얼마간 걸어서 카페를 하나 찾아내 서로 마주 보고 앉았을 때에야 비로소 영화에 대해 이야기할 수 있었다. 내가 올가의 집을 방문했을 때도 우리 집이나 친구들의 집에 있을 때와 다르지 않았다. 함께 요리하기, 식탁에 수저 놓기, 음식 나르기, 그릇 치우기, 설거지하기. 다른 경우엔 이런 일들이 활발하게, 많은 말들과 함께 시끄럽게 이루어지겠지만, 우리 경우엔 묵묵히 이루어졌다. 오가는 말을 할 수도 있었을 것이다. 그러나 그녀는 상대방을, 그 사람이 반응하는 모습을, 그 사람이 반박하는 모습을 보지 않은 채 말하려 하지 않았다. 말할 것이 있을 때면 우리는 식탁에 마주 앉을 때까지 기다려야 했다.

그녀는 특히 정치적, 사회적 사건에 대해 나와 이야기하고 싶어 했다. 그녀는 매일매일, 주의 깊게, 비판적으로 신문을 읽는 사람이었다.

그녀는 독일-서남아프리카령과 관련하여 발표된 소식들을 샅샅이 훑었다. 독일인들이 헤레로들에게 인종말살 행위를 저질렀다는 주장이 나오기까지는 오래 걸리지 않았다. 그 책임을 헤르베르트에게 돌리든 아니면 그 정반대되는 기사를 찾아보든 그녀는 격하게 반응했다. "인종말살이라고? 독일인들이 그 끔찍한 식민지 전쟁을 벌이는 것으로도 족하지 않아서? 다른 나라들처럼?" 그녀는 두 손을 번쩍 치켜들었다. "위대한 것이라는 것이 바로 그거였어. 첫 번째 인종말살!"

동유럽에 대한 개방 정책이 점차 형태를 드러냈을 때 그녀는 그것에 대해 찬성이었다. 동시에 그녀가 성장하고 공부하고 가르치고 헤르베르트를 사랑하고 아이크를 돌보았던 그 땅을 상실했다는 사실을 극복하기 힘들어했다. 그 땅은 잃은 것이 아니며 곧 그곳으로 여행도 할 수 있고 언젠가는 그곳에서 어쩌면 다시 살 수도 있을 거라고 내가 이의를 제기했다. 그러나 그녀는 말없이 고개를 가로저었다.

대학생들의 데모를 그녀는 동정심 어린 눈으로 바라보다 이내 조롱 어린 빛으로 보았다. 전통들이 시험대에 오르고, 교양이라든가 자유, 정의 같은 거창한 구호가 사회적 현실에 직면하고 옛 나치의 민낯이 드러나고 사람들이 주택 철거와 교통비 인상에 반대하는 것이 그녀는 좋았다. 그러나 우리 학생들이 다른 유형의 인간과 다른 유형의 사회를 만들려 하고 제3세계를 해방시키고 미국의 베트남 전쟁을 종식시키려 하자 그녀는 너무 지나치다고 생각했다. "너희도 나을 것이 없어." 그녀는 말했다. "너희는 너희의 문제를 해결할 생각은 하지 않고 세계를 구원하겠다는 거야. 너희도 너무 거대한 쪽으로 나아가고 있어. 그것을 못 느끼니?"

나는 그것을 느끼지 못했으며 반박했다. "너무 거대하다고요? 물론 우리의 과업이 너무 거대할 수는 있어요. 하지만 그 과업을 위해 있는 힘을 다하는 것은 그렇지 않아요! 식민주의와 제국주의는 끔찍하고, 부당하고, 비도덕적이에요."

"너희가 도덕을 내세운다는 것은 알아." 그녀는 나를 화난 얼굴로 바라보았다. "도덕을 앞세우는 사람은 위대한 것을 좋아하고 거기서 마음 편함을 느끼지. 그러나 자신이 앞세우는 도덕만큼 그렇게 위대한 사람은 없어. 그리고 도덕은 마음 편한 게 아니야."

너무 거대한 것. 올가는 그것 때문에 헤르베르트와 아이크를 잃었다고 생각했고, 너무 거대한 것에 대한 책임의 근원을 비스마르크에게 돌렸으며, 그리고 우리 세대도 너무 거대한 것에의 유혹에 빠져 있다고 보았다. 나는 그녀의 생각에 대해 반박했고, 그녀가 사소한 것, 무가치한 것, 고루한 것을 미화하고, 옳은 위대한 이념과 그른 위대한 이념, 좋은 위대한 이념과 나쁜 위대한 이념을 구별하지 못한다고 비난했다. 그러나 그녀를 설득시키지는 못했다.

11

내가 그녀를 올가라고 부른 뒤로 나는 그녀에게 더 직접적이고 개인적인 질문을 던질 수 있었다. 그녀는 자신의 어린 시절 이야기로 나의 어린 시절을 동반했고, 내가 더 나이가 들었을 때는 자신의 이후의 삶에 대해서도 들려주었다. 그러나 그것은 대개 외적인 삶에 대한 것이었고, 올가의 내적인 삶에 대해서는 그녀에게 묻고서야 많은 것을 알게 되었다.

나는 헤르베르트를 향한 그녀의 사랑에 대해서도 더 많은 것을 알고 싶었다. 그를 향한 그녀의 사랑과 그의 환상에 대한 그녀의 거부감이 어떻게 함께할 수 있었는지 알고 싶었으며, 사랑이란 상대방의 좋은 점과 나쁜 점의 합계가 아니라는 것을 알게 되었다.

"상대방과 잘 맞는지 알려면 그런 것이 중요하지 않나요?"

"아, 얘야, 그런 것들이 두 사람이 잘 맞는지 여부를 결정하는 게 아니야. 사랑이 하는 거지."

그다음 나는 그녀에게서 사랑은 얼마나 오래가는지, 죽음을 넘어서까지 가는지, 그리고 어떻게 해서 헤르베르트를 향한 애도의 마음은 50년이 지나서도 계속될 수 있는지 알고 싶었다.

"나는 헤르베르트를 애도하지 않아. 나는 그와 함께 살고 있어. 어쩌면 내가 청력을 잃어서 그 뒤로 더 이상 많은 사람들을 만나지 않았기 때문에 그런지도 모르지. 내가 청력을 잃기 전에 나와 가까이 있던 사람들은 내 마음속에 여전히 가까이 남아 있어. 나의 할머니, 아이크, 이웃 마을에 살던 나의 친구, 동료, 몇몇 제자들. 가끔 나는 그들과 대화를 나누곤 해. 여전히 마음속에 떠오르는 다른 사람들도 있어. 장학사, 사범학교에 다닐 때의 소녀들, 헤르베르트의 부모, 내가 오르간을 쳤던 교회의 목사들. 그의 죽음 뒤로 나는 오랫동안 헤르베르트에 대해서는 전혀 거들떠보지도 않으려 했어. 그러나 내가 더 이상 듣지 못하게 되고 그가 다시 내게 노크를 해왔을 때 나는 그에게 문을 열어주었어."

이어 나는 그녀에게 왜 헤르베르트가 죽고 나서 다른 사람을 취하지 않았느냐고 물었다.

"취한다고? 남자들을 마치 나무에서 떨어지는 사과 집듯 그렇게 잡을 수 있다는 말 같구나. 좋은 남자들이 좋은 사과들처럼 그렇게 많이 매달려 있다면 그렇겠지. 내가 사는 마을에서 어떤 남자를 찾지? 만약 내가 틸지트로 가서 그곳에서 합창단과 함께 노래 부르거나 앤헨 폰 타라우 축제를 위한 서클을 함께했다면 거기서 남자 하나를 구할수 있었을지도 모르지. 그러나 대부분의 남자들은 전쟁터에 나가 있었어. 그리고 전쟁터에서 돌아온 몇 안 되는 남자들에게는 이미 다른 여자들이 구애를 했고. 내 품안으로 사과 하나가 떨어졌으면 좋았으련만……" 그녀는 나직이 웃었다. 그러고는 고개를 끄덕였다. "그런 거야, 애야. 네게 주어진 것을 받아들이지 않으면, 너는 그것을 최고의 것으로 만들 수 없어."

12

몇 학기 뒤에 나는 다른 도시에 있는 다른 대학으로 학교를 옮겼다. 전공도 바꾸었다. 신학과 의학을 공부해본 후 철학을 전공하기로 결정했다.

부모님은 직장을 구하기 힘든 학문임을 알고 걱정스레 생각했지만 그럼에도 지원을 해주었다. 자식이 넷이나 되니 물론 지원이 넉넉지는 않았다. 그래서 나는 내가 살고 있던 시골스러운 변두리 마을의 한 카페에서 아르바이트를 했다. 나는 아르바이트하는 대학생들에게 칭찬의 말과 함께 친절하게 팁도 주는 손님들이 좋았다. 나는 더욱더 많은 접시와 유리잔들을 흔들림 없이 나를 수 있는 능력에 기쁨을 느꼈다. 가끔 술값을 속여먹으려는 사람도 있었고, 시끄러운 말싸움도 있었고, 주먹질도 있었으며 경찰의 출동도 있었다. 내가 카페 아르바이트를 하면서 겪었던 가장 흥분된 일은 한 남자가 아내의 정부를 칼로 찌른 일이었다. 그 사건 후 하루 동안 카페를 닫아야 했다. 몇 주 뒤에 보니 공격을 했던 남자와 공격을 받았던 남자가 맥주잔을 기울이며 같이 앉아 있었다. 여자는 그 두 사람 누구와도 더 이상 상대하지 않으려 했다. 나는 일주일에 사흘 저녁을 카페에서 일했다. 그 일과 전공 공부 그리고 오케스트라 일로 나의 일상은 가득 찼다.

나는 올가의 생일에 그녀를 찾아갔으며, 평소에는 두세 달에 한 번 꼴로 찾아갔다. 대학이 있는 도시와 고향 도시를 오가는 기차 여행은 오래 걸렸다. 고향 도시에서는 많은 이들이 나의 시간을 원했다. 부모, 옛 남녀 친구들, 수년 동안 플루트를 연주했던 사중주단 등. 그러나 나는 올가와 내가 하루 오후와 저녁을 쓸 수 있도록 신경을 썼다. 가끔 우리는 무언가를 함께했다. 올가는 정정하고 여전히 호기심이 많았다. 가끔 오후 시간을 그녀의 집에서 보냈고, 그러다가 저녁이 되면 나는 그녀를 데리고 한 음식점으로 갔다. 겨울이면 우리는 거실 겸 식당에 있는 소파의 양쪽 끝에 마주 보고 앉아 있었다. 그녀가 포메른이 떠오른다면서 벼룩시장에서 구한 소나무와 바다와 갈대가 있는 수채화 밑에 앉아 있었다. 여름이면 우리는 의자 두 개가 딱 들어갈 만한 공간인 발코니에 앉아 있었다. 화물역에서는 기차 차량들이 덜커덩거렸고 기관차는 기적을 울렸으며, 작은 정원은 향기를 풍겨 벌들을 유혹했다. 나는 그것이 전원적이라고 생각했다. 그러나 나의 마지막 방문 때 올가는 그런 풍경에 더 이상 만족하지 않았다. 급수탑은 파괴되었다.

작별을 할 때면 그녀는 내게 늘 무언가를 주었다. 직접 구운 초콜릿을 입힌 케이크, 직접 만든 잼, 또는 직접 말린 사과 조각 등. 그 장면에 나는 울컥했다. 작별은 늘 힘들었다. 몸놀림이 경쾌하고 힘도 있었지만 그녀는 아흔이 다 되어가고 있었다. 쓰러지거나 심장이 멎거나 뇌가 말을 안 들을 수도 있었다. 작별은 언제든 마지막 작별이 될 수 있었다. 우리는 만날 때는 서로 포옹을 했지만 작별할 때는 하지 않았다. 물론 늘 그랬던 것은 아니다. 그녀는 어릴 적에 내 머리를 쓰다듬어주었던 것처럼 내 머리를 쓰다듬었다. 그녀는 여전히 나를 '아이'라고 불렀다.

13

봄날 어느 월요일에 어머니가 내게 전화를 했다. 올가가 병원에 입원했으며 그녀가 곧 죽을지도 모르니 어서 오라는 말이었다. 어머니는 폭발과 사람이 심하게 다친 사건이 있었다는 이야기를 전하며, 지금 세세한 이야기를 할 형편이 못 되니 역에서 신문을 사 보라고 했다.

제1면에 머리기사가 있었다. 토요일에서 일요일로 넘어가는 밤에 내 고향 도시의 시립공원에서 폭발물 테러가 발생했다. 테러는 비스마르크 기념비를 향한 것이었지만 기념비를 손상시키지는 못했고 지나가던 여인에게 치명적인 부상을 입혔다. 아마도 그녀가, 준비 중이던 테러를 중단시킨 것 같고 그녀 때문에 테러가 엉겁결에 미리 터진 것 같았다. 함부르크의 전몰자 기념비와 엠스의 빌헬름 황제 기념비에 대한 테러에 이어 이번이 그런 종류의 세 번째 테러였다. 그런 종류의 테러에서 사람이 다친 것은 이번이 처음이었다. 머리기사는 대학생들이 극단주의와 테러리즘으로 나아가는 것에 대해 다루었다. 인간의 육체와 생명에 대한 배려가 더 이상 없는 상황에서는 최악의 것을 예상할 수밖에 없으며 법치국가의 모든 엄정함과 단호함을 동원할 수밖에 없다고 기사에는 적혀 있었다.

내 머리에 가장 먼저 떠오른 것은 올가와 비스마르크였다. 그녀가 그토록 많은 것들의 원인으로 책임을 돌렸던 비스마르크가 이제는 그녀의 죽음에도 책임을 져야 하는 건 아닌가. 뭔가 우스꽝스럽고, 아이러니하고, 부조리하다는 생각이 들었다. 나는 만약 올가가 아직 웃을 수 있다면, 이것에 대해 웃지 않았을까 자문해보았다. 그리고 또 그녀가 간밤에 어디서 어디로 걸었던 건지, 그녀가 귀가 먹었기 때문에 범인들의 소리를 못 듣고 그들을 피하지 못한 것은 아닌지, 부상은 어느 정도인지, 고통에 시달리고 있는지, 모르핀은 맞았는지, 우리가 서로 대화를 나눌 수 있는지 등에 대해 자문해보았다. 그제야 어머니가 전화로 했던 말이 가슴을 쳤다. 올가는 죽을지도 모른다.

나는 기차에 앉아 파란 하늘 아래 펼쳐진 봄 풍경 사이로, 막 피어나는 초록의 숲 사이로, 분홍의 꽃망울을 터뜨린 과일나무들 사이로, 걷거나 산책을 하면 딱 좋을 풍경 사이로 달렸다. 올가는 어서 봄이 오기를 기다렸었다. 원래 3주 뒤에 나는 그녀를 다시 방문할 계획이었다.

그녀가 죽음을 두려워하지 않는다는 것은 알고 있었다. 그녀를 아무튼 간에, 조만간 잃게 되리라는 것도 알고 있었다. 그녀는 늙었다. 그러나 정신적으로 호기심이 많고 관대했다. 그러나 내게서 기쁨을 발견하곤 하던 그녀의 사랑은 나를 필요로 하지도 내게 무엇을 요구하지도 않았다. 그런 사랑은 조부모에게서나 찾아볼 수 있었다. 그 밖에 어디서도 볼 수 없었다. 부모에게서도, 친구에게서도, 사랑하는 여인에게서도. 나는 다시는 볼 수 없는 무언가를 잃었다. 나는 그녀와의 대화를 잃었고 그녀의 얼굴과 그녀의 모습, 따스한 손, 그녀에게서 나는 라벤더 향기를 잃었다. 그녀가 죽고 나면 나는 더 이상 나의 고향 도시에 전과 같은 마음으로 오지 못하리라, 전처럼 그런 마음으로 도착하지 못하리라.

어머니는 차를 가지고 나와 역에서 나를 태워 곧장 병원으로 갔다. 폭발은 올가의 옆구리와 배를 찢어놓았고 내장 기관을 많이 손상시켜서 이제 그녀의 고통을 덜어주고 죽음을 기다리는 수밖에 없는 상황이었다. 모르핀을 맞은 그녀는 의식이 침침해져 잠이 들었기 때문에 가끔씩만 대화를 나눌 수 있었고 대개는 그렇지 못했다. 그녀는 자신이 곧 죽을 것임을 알고 있었고 그것을 인정하고 있었다. 그녀는 손꼽아 나를 기다리고 있었다. 그렇지만 내가 도착하면 아마 잠들어 있을지도 몰랐다. 나는 그녀가 깨어나지 못할 것을 각오하고 있어야 했다.

14

간호사가 나를 올가의 병상으로 데려갔다. 그녀는 1인 병실에 누워 있었다. 커다란 창문으로 햇살이 비쳐들었고, 내 눈에는 주차장과 작은 풀밭과 일렬로 서 있는 포플러나무들이 들어왔다. 그녀는 링거를 꽂고 있었고, 간호사는 맑은 액체가 올가의 힘줄 속으로 규칙적으로 들어가는지 확인하고는 갔다.

올가는 잠들어 있었다. 작은 탁자 위에는 큰 꽃다발과 엽서가 놓여 있었고, 엽서에는 놀라움과 걱정을 표하고 완쾌를 비는 시장의 말이 적혀 있었다. 탁자 옆에 의자가 하나 있었다. 나는 의자를 병상 가까이로 옮겨놓고 의자에 앉아 올가의 손을 잡았다. 그리고 그녀를 바라보았다.

그녀의 얼굴에는 생채기가 나 있었다. 붓으로 그린 듯 붉게 그어져 있어 눈에 띄었지만 그리 흉하지는 않았다. 피부는 잿빛으로 쪼글쪼글했으며, 입은 열려 있었고, 나직이 코를 골았다. 그리고 눈꺼풀은 바르르 떨렸다. 치명적인 테러를 당한 뒤의 모습이 아니라 불면의 밤이나 힘겨운 일을 끝낸 뒤의 모습 같았다. 마치 하루만 해를 쬐고, 잘 먹고, 잘 자면 모든 것이 다시 정상으로 돌아올 것만 같았다.

그녀의 손은 살포시 내 손 안에 들어 있었다. 나는 검버섯과 튀어나온 힘줄, 툭 불거진 마디의 가는 손가락과 짧게 깎은 손톱을 보았다. 나의 머리를 쓰다듬어주고는 하던 그녀의 오른손이었다. 나는 마치 내가 비호해줄 수 있기라도 한 것처럼 나의 다른 손을 그녀의 다른 손 위에 올려놓았다.

그녀는 눈을 떴다. 눈길이 잠시 무언가를 찾다가 나를 발견했다. 그러자 그녀의 얼굴이 사랑으로, 기쁨으로 빛났다. 나는 울지 않을 수 없었다. 그녀의 얼굴에서 빛이 나는 것이 나 때문이라는 것을, 그녀가 나를 그토록 사랑하고 내가 온 것을 그토록 기뻐한다는 것을, 이 세상에 누군가가 나를 그렇게 사랑하고 나 때문에 그렇게 기뻐한다는 것을 나는 믿을 수가 없었다.

"아이고, 애야." 그녀가 말했다. "아이고, 애야."

우리는 짧은 문장을 몇 마디 나누었다.

"아파요?"

"아니, 안 아파."

"사람들이 잘해줘요?"

"네가 와서 기뻐."

"이렇게 뵐 수 있어서 저도 기뻐요."

"어머니가 내 이야기를 해주었니?"

"토요일에서 일요일로 넘어가는 밤에 무슨 일이 있었죠?"

"그건 아무래도 상관없는 것 아니니?"

"그런 식으로 죽으려 해선 안 돼요."

"죽는 방식치고 나쁜 것도 아니야."

그러더니 그녀의 눈이 다시 감겼고, 나는 계속해서 손을 잡은 채 그녀의 얼굴을 바라보았다. 그녀 역시 울었다. 그녀의 뺨에 눈물이 매달려 있었다.

나는 의사가 회진을 위해 들를 때까지 그곳에 남아 있었다. 의사는 잠들어 있는 올가를 잠깐 쳐다보고는 내게 고개를 끄덕이고 간호사에게도 고개를 끄덕이고서 나갔다. 간호사는 주사장치에 새 주사 봉지를 매달고서 올가가 얼마나 잤는지 묻고는 나한테 나중에, 또는 내일 다시 오라고 말했다. 올가가 회진 시에도 깨지 않았으니 그렇게 금방 깨지는 않을 거라고 간호사는 말했다.

　나는 도시를 누볐다. 다리에서 다리로, 반대편 강가로, 다시 이편 강가로, 이 도로 저 도로를 거쳐 들판으로. 나는 운하에 앉아 나룻배들과 물을 바라보았다. 그런 다음 나도 모르게 시립공원의 비스마르크 기념비 쪽으로 발을 옮겼다. 접근이 차단되어 있기는 했지만, 아무도 테러의 흔적을 찾아 자갈이나 풀을 헤집어놓지는 않았다. 그리고 비스마르크의 흉상은 높은 대 위에 탄탄하게 앉아 있었다. 나는 어린 시절부터 그 흉상을 잘 알고 있었다. 어두운 색깔의 반짝이는 화강암 위에 밝은 사석으로 된 것으로 대머리와 콧수염은 나의 할아버지의 대머리와 콧수염과 같았다. 여태껏 그 기념비를 그렇게 자세하게 관찰한 적은 한 번도 없었다. 그 기념비는 약간 기울어져 있었던가? 아니면 상상으로만 그랬던 것인가? 요즘 들어 비로소 그렇게 된 것인가? 아니면 원래부터 그랬던 것인가?

　8시에 나는 다시 병원에 들렀다. 올가는 전처럼 자고 있었다. 나는 이번에도 그녀의 병상 앞에 앉아 다시 그녀의 손을 잡았다. 가끔 그녀는 눈을 뜨거나 고개를 가로저었다. 가끔 입은 무언가 말하려는 듯 소리를 냈다. 그러나 완전한 말이 아니었다. 아무것도 알아들을 수 없었다. 가끔 내 손 안에 있는 그녀의 손이 움칠거렸다. 링거 봉지 속의 액체가 서서히 줄어들었다. 바깥은 서서히 어두워졌다.

설핏 잠이 들었다. 내가 눈을 떴을 때 올가의 손은 내 손 안에 차갑게 놓여 있었다. 나는 야간당직 간호사를 찾아 함께 병상으로 돌아왔다. 그렇다, 올가는 죽어 있었다.

15

그녀는 베르크프리트호프에 묻혔다. 올가의 생애에 대한
기사를 쓰려던 기자가 나를 찾아내 그녀의 생애에 대해 물
어왔다. 나는 그에게 베르크프리트호프에 대한 그녀의 사
랑에 대해 들려주었고, 그는 그것을 그의 기사에서 언급했
다. 테러의 희생물로 그녀는 이제 아주 유명해졌고, 시장
의 지시로 아무나 묻힐 수 없는 곳에 묻힌 것이었다.

그전에 내가 장례식에 간 것은 나의 조부모의 장례식 때
였다. 그것은 수많은 친지들과 친구들이 몰려와 조부모에
대한 기억을 나누고 그분들의 생애를 칭송했던 사건이었
다. 올가의 장례식에는 처음엔 어머니와 나뿐이었다. 그러
나 시장의 대리인이 커다란 조화를 갖고 왔고 내가 알고 있
는 기자와 내가 얼굴을 모르는 신사 하나가 왔다. 우리는

예배당에 서서 성직 대리인이 나의 어머니가 그에게 미리 들려준 올가 이야기를 언급하는 것을 들었고 무덤 가장자리에 서서 알록달록한 장미 꽃다발과 각자 한 줌의 흙을 무덤 속으로 던져주었다.

주차장으로 가는 길에 얼굴을 모르는 그 신사가 말을 걸어왔다. "벨커 경감입니다. 잠시 시간 좀 내주시겠습니까? 선생님을 별도로 우리 쪽으로 부를 생각은 없습니다. 두세 가지 질문이면 됩니다."

우리는 그 자리에 멈추어 섰다.

"이번 테러 사건에는 풀리지 않는 점이 많습니다. 폭발의 결과나 부상 종류 등을 놓고 보면 이번 테러가 돌아가신 분을 목표로 했던 것이 아닌가 하는 생각이 들거든요. 이 말씀이 선생님이나 우리에게나 좀 이상하게 들릴지 모르겠습니다만, 이런 질문을 드리지 않을 수 없습니다. 본인의 뜻이든 아니면 타의든 간에 고인이 연루되었을 법한 어떤 위험한 이야기에 대해 혹시 아시는 것이 있습니까?"

나는 웃지 않을 수 없었다. "말투를 보니 마치 경찰 쪽에서 자신을 무슨 위험한 일에 연루된 것으로 생각하면 올가가 기뻐하기라도 할 것처럼 생각하시는군요. 하지만 그럴 가능성은 전혀 없어요. 올가가 귀가 안 들린다는 사실을 알고 계신가요?"

그는 고개를 끄덕였다. "링케 양이 토요일에서 일요일로 넘어가는 밤 2시와 3시 사이에 시립공원에서 무엇을 했는지 상상해볼 수 있겠습니까?"

"물어봤지만 대답하려 하지 않았어요. 말할 힘도 없었고, 중요하게 생각하지도 않았어요. 산책하는 것을 좋아했는데, 잠이 오지 않을 때 그러지 않았을까요. 그런 얘기는 한 번도 한 적이 없었지만, 잠이 오지 않는 밤에 올가가 이 도시의 길거리를 거니는 모습은 떠올릴 수 있어요. 겁이 없었거든요."

벨커 경감은 감사를 표하고 갔다. 어머니는 우리가 나누는 대화를 귀 기울여 들었다. "그게 올가의 습관 중 하나였다면 언젠가 말을 했을 것 같구나."

나는 어깨를 으쓱해 보였다. "나도 그렇게 생각해요. 하지만 내가 알 도리가 있나요?" 나는 그녀를 잘 안다고 생각했었다. 그러나 시립공원으로 야간 산책을 간 것은 수수께끼였다. 밤에 시내로 산책을 하는 습관이 가장 훌륭한 해명이었다.

나는 다음 날 대학으로 돌아가기 전 부모님 집에서 하룻밤을 묵었다. 살림살이의 해체, 은행 계좌, 보험, 여러 가지 회원, 정기구독 등의 해지, 사실 이런 일들은 올가를 위해 내가 처리해야 했다. 그러나 시험이 임박해 있었기 때문에 어머니가 그 일을 떠맡아주었다. 우리는 아침에 함께 올가의 집으로 가서 내가 갖고 싶은 물건들을 기록했다. 소나무와 바다와 갈대가 있는 수채화, 책들, 글로 적어놓은 것들, 올가가 하고 있을 때 멋져 보였던 장신구들 등. 유산 문제는 어머니가 처리하기로 했다.

이삼 주 후에 나는 유산재판소로부터 서면 통지를 하나 받았다. 올가는 나를 상속인으로 지정해놓았던 것이다. 그녀의 계좌에는 1만 2천 마르크가 들어 있었다. 나는 그 돈을 건드리고 싶지 않았다. 그 통장을 내 이름으로 명의 변경한 뒤 나의 출생증명서와 견진성사증명서 그리고 나의 증명서들이 있는 곳에다 놓아두고서 잊었다.

16

나는 대학 공부를 루소의 철학적 교육학적 소설인 《에밀》
에 대한 박사학위로 마쳤다. 나의 박사학위 논문에 대한
평가는, 되고 싶은 마음이야 굴뚝같았지만 교수가 될 정도
는 아니었다. 그러나 개혁 지향적인 문화부장관들은 자신
들의 부서를 위해 교사와 법률학자뿐만 아니라 아웃사이
더도 구했고, 그렇게 해서 나는 문화부처에서 일을 시작하
게 되었다. 문화부에서 일하면서 나는 아내를 알게 되었
다. 내가 정식 공무원이 되었을 때 우리는 결혼했고, 곧 두
아이가 생겼고, 우리의 집을 지었다. 우리 결혼 생활의 손
쉬웠던 그리고 힘들었던 시기, 자식들에게서 느끼는 기쁨
그리고 자식들에 대한 걱정, 그것은 인생의 흐름이었다.
운명은 우리에게 타격을 주지 않았고, 우리는 다음 날을

두려워하지 않아도 되었다.

나는 문화부에 남아 수년 동안 학교 통계, 수요 및 과제 계획, 인력 수급 계획 및 인력 개발, 임명, 진급, 자율학교 일을 담당했고 참사관으로 정년퇴직했다. 가끔 나는 교사가 되지 않은 것을, 아이들을 직접 대하는 일을 하지 않은 것을 후회했다. 물론 아이들을 위해 간접적으로는 일했다. 나는 내가 일하는 곳을 좋아했다. 모든 것을 훤히 꿰고 있는 그곳으로 아침에는 즐겁게 들어갔다가 저녁이면 만족스레 나오는 것이 나는 좋았다. 그 뒤로는 아무도 나를 더 이상 필요로 하지 않았다. 은퇴한 상태에서도 자신들의 후임자들을 조금 거들어주는 일을 하는 의사나 변호사, 그리고 고문으로 수요가 있는 매니저나 엔지니어들이 나보다 형편이 좋았다.

아내가 사무직원으로 일했기 때문에 나는 평소에 거의 해보지 않았던 일을 맡아 하게 되었다. 장보기, 요리, 설거지, 빨래, 정원 등. 처음에 아내는 나의 저녁 요리 솜씨에 기뻐하고 빨래가 원래의 색깔을 유지하고 풀오버가 울거나 셔츠가 구겨지지 않은 것을 보고 좋아했다. 그녀가 거기에 익숙해지고 지쳐서 말도 별로 없이 식탁에 앉고 내가 수십 년 동안 그래왔듯이 그녀가 속옷을 당연한 듯이 옷장에서 꺼내 입기 시작했을 때 나는 그 일에 흥미를 잃게 되었다. 나는 정원 일을 하는 데에서 즐거움을 유지했다. 꽃과 관목들은 자라서 꽃이 피고 열매를 맺으면서 그들을 가꾸어준 정원사에게 보답한다. 지쳐서 말수가 적은 아내는 칭찬의 말을 하지 않지만. 나는 아내가 일을 그만둘 그날을 애타게 기다렸다. 그러면 우리는 집과 정원 일을 나누어 하고 마침내 우리가 꿈꾸었던 북쪽 여행을 하게 되리라. 헤브리디스 군도, 스코틀랜드와 스칸디나비아, 캐나다와 알래스카로.

상황은 다르게 전개되었다. 아내의 정년퇴직을 불과 몇 달 앞두고서—그날 아침 신문에서 우리는 피난민 숙소에 화재가 났다는 보도를 접하고 소스라치게 놀랐다—아내는 차를 몰고 가다가 쏟아지는 우박 때문에 사고를 당해 병원으로 옮겨지던 중 죽었다. 나는 더 이상 그녀와 작별 인사를 할 수 없게 되었다.

그 뒤로 나는 혼자 살고 있다. 집은 너무 크다. 하지만 나는 그 집을 좋아하고 그 집에서 잘 살고 있다. 아들은 건축가로 중국에서 건물을 짓고 있다. 그 아이는 독일에 오면 내 집에서 묵는다. 딸은 이웃 도시에서 교사로 일하고, 결혼해서 세 아이의 엄마다. 아이들은 번갈아가며 하나씩 방학 때 나를 찾아온다. 내가 비록 아내를 잃은 고통을 겪기는 했지만 내 인생에 대해 감사해야 할 이유는 충분하다. 나는 사람과 장소들을 좋아하고 지속을 필요로 하며 단절을 증오한다. 나는 지속성의 삶을 살고 있다.

그리고 나는 지속적으로 올가를 기억해왔고 앞으로도 기억할 것이다.

17

내 책상 옆 벽에 내가 사랑하는 사람들의 사진들이 붙어 있고 또 올가가 피난길을 끝내고 스스로 찍은 사진도 붙어 있기 때문에 그런 것만은 아니다. 나는 그 사진을 그녀가 견진성사 받기 전날에 빅토리아와 헤르베르트와 함께 찍은 사진과 같이 발견했다. 사진은 올가의 사범학교와 농아학교 졸업장과 함께 그녀의 서류들과 아이크의 서명이 들어간 어느 학교의 풍경 스케치와 평면도, 그리고 독일-서남아프리카령에서 헤르베르트가 보낸 한 꾸러미의 편지들 속에 끼어 있었다.

내가 고향 도시에 갈 때면—부모님이 더 이상 생존해 있지 않은 후로 이제는 규칙적으로 가지 않고 가끔 있는 반창회나 친구 모임 때만 가는데—나는 비스마르크 기념비를 찾아간다. 이제 여러 번 자세히 살펴보아서 그사이 기념비가 약간 기울어져 있다는 것을 확신하게 되었다. 비스마르크 기념비는 전과 다름없지만, 약간 기울어진 그 기념비는 내겐 올가를 위한 기념비이다.

내가 누군가와 도보 여행을 하거나 산책을 하면서 서로 침묵할 때면, 내가 누군가와 영화관에서 나와 차분히 서로 영화에 대해 이야기를 할 때면, 나는 올가를 생각한다. 또한 누군가가 자기는 함께 침묵할 수 있는 사람을 발견했다고 행복하게 말할 때에도 그렇다. 자신의 마음을 보여주거나 꼭 즐겁게 해주지 않아도 상대방과 하나 되어 있다면 좋은 것이다. 그러나 어떤 사람들은 할 수 있고, 어떤 사람들은 할 수 없는 그런 것은 없다. 어떤 사람들은 연결시켜주고 어떤 사람들은 떼어놓는 그런 것은 없다. 침묵은 배울수 있다. 침묵에 속하는 기다림과 함께.

내게는 올가와 함께한 공원묘지 산책의 기쁨도 올가와의 기억 중 하나로 남아 있다. 그리고 공원묘지가 특별하면, 특별히 오래되었거나 특별히 아름답거나 마법의 향기를 풍기거나 섬뜩할 때면, 나는 그녀를 생각 속에 동반한다. 우리가 가장 가까웠던 것은 내가 미국의 시골에서 언젠가 휴가를 보낼 때 즐겨 찾아가던 공원묘지에서였다. 그

공원묘지는 숲속에 쓸쓸히 놓여 있었다. 평평한 초원이었다. 초원은 풀로 뒤덮이고 나무들이 많은 작은 언덕들로 이어졌다. 망자들이 초원에까지 매장되기 전 이 언덕에는 처음엔 인디언들이 망자들을 묻었고 그다음엔 18세기, 19세기의 거주민들이 망자들을 묻었다. 무덤에 한 뙈기의 부지도 없었고 단지 비석들만 있었다. 어른에게는 큰 비석이, 어린아이에게는 작은 비석이 주어졌고, 그 비석들의 대부분에는 영어, 네덜란드어, 독일어로 된 동일한 이름들이 있었으며, 많은 비석들에는 망자의 직업과 공적들이 적혀 있었고, 비석 중 하나에는 남부에서 북부로 도망친 노예가 자유를 얻은 해를 기입해놓았다. 많은 비석들 옆에는 작은 미국 국기가 꽂혀 있어 비석의 주인이 퇴역 군인임을 알려주었다. 과거에 죽은 인디언들부터 현대에 죽은 요즘 사람들까지 모두가 함께 누워 있었다. 그곳은 평등의 장소였고, 죽음은 어떤 경악스러움도 갖고 있지 않았다.

나는 DVD나 인터넷으로 영화를 볼 때면 요즘의 모든 영화에 자막 기능이 있는 것을 알고 올가가 얼마나 기뻐했을까 하는 생각을 떠올리지 않을 수 없다. 그녀가 비록 스크린에서 입술을 읽어 글자를 만들 수 있었다 해도, 그녀의 가장 큰 기쁨은 독일어 자막이 들어간 외국 영화였다.

나는 포이어바흐나 뵈클린의 그림들 그리고 〈황제 막시밀리안의 처형〉을 그녀를 생각하지 않고는 볼 수가 없다. 그리고 만년필이나 재봉틀, 특히 오래된 재봉틀을 보면 그녀 생각이 난다.

그리고 그녀라면 너무 거창한 쪽으로 기울었다고 생각할 법한 무슨 일이 벌어지면 나는 그녀 생각이 난다. 그녀는 우리 대학생들이 도덕성을 앞세워 우쭐해한다고 생각했다. 그녀는 오늘날의 미디어들을 보고 비웃었을 것이다. 미디어들은 조사하는 법은 망각하고 도덕성을 앞세운 선정적 보도로 조사를 대체했으니까 말이다. 그녀라면 연방총리 공관이나 연방의회 건물 그리고 홀로코스트 기념비를 너무 거창하다고 생각했을 것이다. 그녀는 독일의 재통일에 대해서는 기뻐했겠지만 그 뒤로 커진 유럽을 너무 거대하다고 생각했을 것이다. 그리고 세계화라는 것도.

18

가끔 헤르베르트에 대한 생각도 떠올랐다.

아주 오래전의 일이다. 아이들은 아직 어렸다. 어느 일
요일, 아내와 나는 아이들을 데리고 큰 벼룩시장에 들렀
다. 그릇들과 식사 도구들, 놋쇠 촛대들, 합성수지로 만
든 만년필들, 손가방과 손수건 틈의 옛 우편엽서들이 담
긴 한 상자에서 나는 〈서남아프리카의 독일 기병들〉이라
는 우편엽서 시리즈를 발견했다. 독일 방위부대 소속 기마
병 및 보병들의 컬러 그림들로 언덕 위에서 먼 곳을 바라보
는 것도 있었고, 사구 뒤에 엄폐하고 있는 것도 있었고, 대
포나 기관총을 사격대형으로 포진한 것도 있었고, 군도를
치켜들고서 또는 착검을 한 상태로 돌격하는 것도 있었고,
끝으로 아프리카 나무와 금속으로 만든 별들 앞에서 성탄

절 노래를 부르느라 입을 벌리고 있는 것도 있었다. 두 장의 사진은 전투 중인 그들의 모습을 보여주고 있다. 한 사진에서 그들은 바위 고원 위에 누워서 사격을 하고 있고 총구에서는 하얀 연기가 피어오르고 있다. 다른 사진에서는 말을 타고 두서넛의 헤레로를 향해 돌진하고, 헤레로들은 도망치고 비틀거리며 쓰러진다. 그들 서남아프리카의 독일 기병들은 말쑥하다. 잿빛 모래색 제복을 입고 짙은 잿빛 모자를 쓰고, 검고 희고 붉은 모표가 달린 오른편 차양을 과감하게 높이 치켜 올리고, 콧수염은 뾰족하게 비틀어 놓은 모습이다. 이들이 독일인들의 심장을 더욱 높이 뛰게 만들었다는 것이 이해가 되었다.

오밤보 족의 해방전쟁과 나미비아의 독립에 대한 기사를 읽었을 때에도 나는 헤르베르트를 생각했다. 그리고 미국과 소련의 잠수함들이 북극에서 얼음을 깨고 물 위로 떠올랐다는 기사나 소련의 쇄빙선이 북극 해협을 거쳐 가는 항해를 18일 만에 해냈다는 기사를 읽었을 때도 그랬다. 역사가 자신의 모험의 불필요성을 증명했다는 것에 대해 헤르베르트는 화를 냈을까? 올가는 기뻐했을까?

그 후 나는 신문에서 헤르베르트에게 당시 무슨 일이 일어났는지 알아보기 위해 노르아우스트라네 섬을 향해 출발한 원정대에 관한 기사를 읽었다. 그 원정은 헤르베르트의 생을 기억하고 그의 아프리카 파병 근무와 북극을 향한 공명심과 노르아우스트라네 섬을 향해 허술한 준비 끝에 너무 늦게 시작된 원정의 멍청함과 원정의 실패와 그 섬을 횡단하기 위해 출발한 헤르베르트와 그의 세 동료들을 구하기 위한 몇 번의 구조원정대의 헛된 시도들을 돌아보는 계기가 되었다. 또한 당시의 여러 장비들에 대해서도 언급이 있었다. 1937년에 한 노르웨이의 바다표범 사냥꾼이 알루미늄 코펠을 건져 올렸고, 1945년에는 독일의 군인들이 알루미늄 접시를 우연히 발견했다.

원정대는 헤르베르트에 대한 아무 흔적도 발견하지 못했다. 열쇠를 잃은 사람이 등불 아래 불빛이 있는 곳에서만 열쇠를 찾을 수 있으므로 불빛 아래쪽만 찾듯이 원정대도 지형이 수색을 허락하는 곳만 찾아볼 수밖에 없었다. 헤르베르트가 길을 잃었을 법한 빙하 고원이나 빙하가 아니라. 원정대의 보고에서는 효용성이 높은 태양광과 순록이나 북극곰과의 조우와 썰매 타기에 대해 읽을 수 있었다. 대개는 총빙이나 빙하 진흙을 뚫고 가야 하는 힘겨운 고통 이야기였고 가끔 쌩쌩 달리는 행복감에 대해 이야기했다. 사진들은 새하얀 눈과 푸른 하늘, 붉은 텐트와 붉은

색의 짐 썰매들, 붉은 혀의 시베리안허스키들 그리고 온몸을 천으로 가린 즐거워하는 인간들을 보여주었다.

나는 북극의 모습을 다르게 상상했었다. 암흑의 심연으로, 헤르베르트의 그리움이 길을 잃고 헤매는 무로서. 나는 대학도서관에서 헤르베르트의 원정에 대해 쓴 책들을 발견했다. 그 안에는 흑백사진들이 있었고, 사진에서도 모든 것이 어두웠다. 눈과 하늘은 잿빛이었고, 남자들과 개들은 어두운 허깨비들이었으며, 땅은 불분명하고 거칠고 황폐해 보였다. 헤르베르트의 원정대에 참여했다가 돌아온 한 대원은 그의 수기를 잔혹한 자연의 파악할 수 없는 섭리에 대한 한숨으로 끝맺으면서 자연의 경이로움 앞에 고개 숙여 말없이 경의를 표했다.

찾고자 했던 것을 발견하지 못한 그 원정대와 애국심을 고취시키기 위해 만들어졌었지만 오늘날에는 골동품에 지나지 않는 몇 장의 우편엽서들. 이 얼마나 놀라운 일인가, 이것들이 우리가 갈 길을 규정하다니!

그 원정대에 대한 보도를 접한 지 반년쯤 지났을 때 나는 베를린으로부터 한 통의 편지를 받았다. 아델하이트 폴크만이라는 여자가 내게 만나자는 것이었다. 그녀는 자신의 아버지로부터 헤르베르트와 올가 링케에 대한 이야기를 들은 적이 있으며, 그 원정대에 대한 신문 보도가 아버지가 하려다 포기한 올가 링케에 대한 탐문 작업을 다시 하게 만들었으며 이번에는 한 탐정사무소의 도움을 빌려 하게 되었고, 그러다 보니 올가의 상속인인 나를 찾게 되었다는 것이었다.

동시에 나는 진스하임에 사는 로베르트 쿠르츠라는 또
다른 우편엽서 수집가로부터 이메일을 한 통 받았다. 서남
아프리카 주재 독일 기병대를 소재로 한 우편엽서들은 옛
날 우편엽서들에 대한 나의 기쁨을 일깨워주었다. 아내는
벼룩시장을 사랑했다. 아내가 모든 것에 대해 관심을 열어
둔 채 주위를 그냥 둘러보는 사이 나는 옛날 우편엽서가 담
긴 상자들을 일일이 훑어보았다. 그사이에 나는 우편엽서
수집가들의 세계를 알게 되었고, 이들이 주제, 사건, 지역
에 따라 전문 분야가 다르다는 것도 알게 되었으며, 그들
의 잡지, 만남, 주식, 웹사이트, 채팅 방에 대해서도 알게
되었고, 우편엽서의 가치와 가격을 결정하는 기준이 무엇
인지도 알게 되었다. 내가 전문적인 엽서 수집가가 된 것
은 아니다. 전문적인 엽서 수집가는 나름의 분야가 있고,
특히 야심이 있는 수집가들은 완벽성을 추구한다. 이를테
면 키프호이저 기념비나 골든게이트브리지에 대한 모든
엽서를 갖추는 것이다. 나는 내 마음에 드는 엽서만 모았
다. 또한 엽서 뒤쪽에 필기된 내용에도 신경을 썼다. 전문
적인 수집가들은 그런 것은 무가치한 것으로 생각한다. 그
러나 나는 엽서가 내게 이야기를 들려주는 것을 좋아한다.

내가 수집한 것 중에 보스턴라이트 등대를 소재로 한 엽서가 있다. 그 엽서에는 한 어머니가 1918년 9월에 카사블랑카에 있는 아들에게 치명적인 유행성감기가 번지고 있으니 보스턴으로 돌아오는 것을 뒤로 미루라고 경고하고 있다. 1926년 10월에는 벨파스트의 길버트가 가득 찬 포도주잔 사진과 함께 오슬로에 있는 친구 하콘에게 휴가를 즐기느라 투표하는 일을 태만히 하지 말라고 요구하고 자신은 노르웨이에 내려진 금주령이 해제되면 방문하겠다고 적었다. 1936년 6월의 한 우편엽서는 세인트헬레나 섬에 유배된 나폴레옹의 모습을 보여주고 있다. 이 엽서에서 제임스는 세인트헬레나에서 옥스퍼드에 있는 동생 필에게 안부를 물으면서 파리로 이장되기 전 나폴레옹이 묻혀 있던 그 땅에서 비소의 흔적을 발견했다고 쓰고 있다. 나는 또한 받침대와 흉상이 똑바르게 서 있는 비스마르크 기념비를 담은 옛날 우편엽서 하나를 갖고 있다. 그러나 이 이야기는 본론에서 벗어난다.

3년 전에 나는 독일 제국의회의 모습이 담긴, 페터 골트바흐 앞으로 트롬쇠로 우송된 1913년 5월자 유치우편 엽서를 하나 발견했다. 그것을 팔던 고물장수는 그 엽서를 어디서 구입했는지 알지 못했다. 나는 우편엽서 수집가들이 광고를 내는 곳곳에 광고를 냈다. 1913년과 1914년에 유치우편으로 트롬쇠로 우송된 우편엽서들을 팔려고 내놓은 사람을 누가 알고 있을까? 내가 받은 정보들은 별로 도움이 되지 않았다. 하지만 나는 거기에 흔들리지 않고 계속 새롭게 광고를 냈다. 아델하이트 폴크만의 편지를 받고 며칠 안 돼서 내게 로베르트 쿠르츠로부터 이메일이 도착했다. 그의 아들이 노르웨이 유람선으로 막 많은 양의 우편엽서를 가져왔으며 트롬쇠의 한 고서점에서 발견한 것들이라고 했다. 수신자는 모두 트롬쇠 유치우편으로 되어 있다고 했다. 고서점의 명칭이 무엇인지는 그의 아들이 기억하지 못한다고 했다.

인터넷을 찾으니 트롬쇠에 있는 고서점 이름 하나가 나왔다. 나는 전화를 걸어 영어로 물었고 영어로 대답을 들었다. 그 아들은 이곳에서 우편엽서를 발견한 것이 아니었다. 트롬쇠에 또 다른 고서점이 있느냐고 나는 물었다. 하나 더 있기는 하지만 주인이 서점을 비우고 리모델링을 하는 바람에 아직 제대로 영업을 하고 있지 않다고 했다. 서점 이름도, 주소도, 전화번호도 알려주지 못해 유감스럽게 생각한다고 했다.

나는 아델하이트 폴크만에게 편지를 써서 2주 뒤에 한

번 만나자고 제안하면서 그녀에게 나의 전화번호와 메일 주소를 알려주었다. 나는 비행기 표를 예약하고 이틀 뒤에 오슬로로 날아가 그곳에서 다시 트롬쇠로 갔다.

20

아침에 트롬쇠에서 눈을 떠보니 밖은 어두웠다. 나는 이곳에서 1월에는 다른 뭔가를 기대할 것이 없음을 깨달았다. 고작해야 정오 동안 비치는 희미한 빛이 전부였다. 나는 창가로 다가가 거룻배와 크고 작은 배들이 있는 항구와 평평한 지붕에 매끈한 정면을 가진 호텔들과 지저분한 눈이 깔려 있는 주차장을 바라보았다. 전날 저녁 나를 태운 버스가 눈 덮인 땅과 긴 터널을 지나 공항에서 도시로 그리고 상점들과 레스토랑들이 있는 환히 불 밝혀진 거리를 지나 나를 골목에 있는 호텔로 데려다주었다. 불이 환하게 밝혀져 있던 도로는 간선도로였을 것이다. 그곳에 서점이 하나 있을 것이고, 그곳에 가면 시내 지도를 구하고 그 고서점이 어디 있는지 물어볼 수 있을 것이다.

혹시 아직도 있다면, 그 고서점은 언덕을 끼고 있는 도로가에 있을 것이라는 말을 사람들에게서 들었다. 그래서 나는 언덕을 끼고 나 있는 도로를 따라 내려갔다. 교회, 대학 캠퍼스, 사무실 건물들, 주택들, 어느 원예원에서 하는 꽃가게, 그리고 쇼윈도 너머로 판매하는 물건들은 없고 남자들과 여자들이 컴퓨터 앞에 앉아 있는 가게가 하나 보였다. 나는 간선도로에 있는 한 레스토랑에서 점심을 먹고서 다시 언덕을 끼고 나 있는 도로 쪽으로 돌아갔다. 눈이 내렸고, 눈으로 미끄러운 보도를 따라 천천히 조심스레 한 걸음 한 걸음 발을 옮겼다.

정오의 잿빛이 어둠에게 다시 자리를 물려줄 즈음에 나는 그 고서점을 발견했다. 고서점은 한 주택 건물의 반지하층에 있었다. 아래쪽으로 계단이 나 있었고, 창문은 땅과 맞닿아 있었다. 창문에는 은박지로 "고서점"이라는 큰 글자들이 붙어 있었다. 글자들 사이로 서점 주인이 책들을 서가에 정리하는 모습이 보였다. 안으로 들어서면서 나는 인사를 했고 상대방도 인사를 했다. 그것이 다였다. 다른 손님들은 없었지만 고서점 주인은 내 쪽으로 몸을 돌리지도 않았고 내게 무엇을 찾느냐고 묻지도, 무엇을 도와줄까 묻지도 않았다. 그는 뭔가 마뜩찮은 시큰둥한 표정으로 나를 뜯어보더니 이내 책들 쪽으로 몸을 돌렸다.

나는 서가를 따라가며 가끔 작가의 이름을 알아보기도 했고 책 제목의 뜻을 어림잡아볼 수도 있었다. 또한 "지리geografisk"와 "역사historisk" 같은 말도 알아볼 수 있었지만 그 밖에는 낯선 언어 앞에 굴복할 수밖에 없었다. 한 책상 위에는 전 세계에서 온 낡은 우편엽서들을 모아놓은 상자들이 나라 별로 정리되어 있었다. 나는 엽서를 하나하나 꺼내서 주소를 살펴보았다. 트롬쇠, 유치우편.

무엇부터 해야 할지 난감했다. 어디서 그 많은 트롬쇠 유치우편을 구했는지 그냥 물어볼까? 트롬쇠로 유치우편으로 보낸 편지도 있는지? 편지들을 찾아봐도 되는지? 편지 한 통에 얼마를 주면 될까? 서로 말이 잘 통할까?

나는 영어로 서점 주인에게 독일어로 된 책들이 어디 있는지 물었고, 그는 내게 영어로 옆방에 있는 독일문학 서가를 알려주었다. 나는 30, 40년대에 출간된 지리학, 지질학, 생물학 관련 실용서와 소설들을 찾았다. 그 책들은 점령이 끝난 뒤 그냥 그대로 남은 것 같았다. 그 방의 중앙에 의자가 두 개 딸린 책상이 하나 있었고, 책상 위에는 다시 상자들이 있었다. 이번에는 오래된 우편엽서들이 아니라, 오래된 편지들이었다. 그리고 주소는 다시 트롬쇠 유치우편으로 되어 있었다.

나는 서점 주인에게로 돌아갔다. "아주 흥미로운 물건들을 갖고 계시는군요."

"그렇게 생각해주시니 고맙습니다. 품목을 좀 많이 갖추고 싶었지요. 하지만 이제 막 시작하는 거라서."

"오래된 우편엽서와 편지들을 많이 갖추고 계십니다."

"네. 오로지 편지들 때문에 찾아오는 고객들도 자주 있어요. 사람들에게 과거의 잊힌 사람들의 편지에서 느끼는 관음증적 쾌감이 없다면 이런 일을 할 수 있을까 나도 모르겠어요."

"이 편지들은 어디서 구한 거죠?"

서점 주인은 웃었다. "그건 내 비밀입니다."

"편지가 더 있나요?"

"얼마든지요. 상자에 몇 년은 더 채울 분량이 있지요."

이제 올가의 편지에 대해 이야기할 시점이 되었다는 생각이 들었다. 그러나 서점 주인은 비밀이라는 말을 했다. 우선 나는 그의 말에 운韻을 맞추기로 했다. 아무튼 그는 편지들을 갖고 있고 우리는 영어로 소통을 할 수 있으니. 그래서 나는 말했다. "다시 오겠습니다." 그리고 나갔다. 문에는 "영업시간 14:00~20:00"라고 적혀 있었다.

21

이튿날 나는 저녁이 될 때까지 기다렸다. 나는 목제 가옥들과 교회들이 있는 구시가의 도로들을 따라 이리저리 거닐다가 항구에 서서 잿빛으로 은은히 빛나는 바다와 다리를 바라보았다. 다리는 트롬쇠가 위치한 섬으로부터 육지까지 높은 아치를 그리며 이어져 있었다. 나는 갈매기들에게 빵조각을 던져주었다. 갈매기들은 날면서 빵조각을 낚아채 입에 물고 저편으로 날아가버렸다. 나는 잿빛 다리를 건너갔다. 바람이 다리의 격자 창살 사이로 세차게 불어왔다. 나는 케이블카를 타고 어느 산 위에 올라 눈 속에 서서 도시와 바다를 발치 아래로 바라다보았다.

트롬쇠로 우송된 유치우편들은 얼마든지 있다, 몇 해를 두고 상자에 담을 만큼. 그것은 정상적으로 보이지 않았다. 나는 공무원으로 일했다. 고객이 찾아가지 않은 유치 우편들은 우편보관소로 옮겨지거나 폐기되어야 마땅했다. 그 밖의 방식의 것들은 예전 같으면 그냥 규정을 무시하는 것으로 여겨졌겠지만 오늘날에는 개인정보보호법에 상치 되는 것이 된다.

나는 8시 직전에 고서점 안으로 들어갔다. 서점 주인은 막 외투를 입고 있었다. "퇴근하시나요? 당신과 꼭 이야기 할 게 있어요."

그는 망설이며 서서 나를 마뜩찮은 표정으로 쳐다보다 가 마침내 외투를 다시 벗었다. "잠깐만 시간을 내보죠."

"가게 문을 닫고 건너편 방으로 갑시다." 나는 두 소파 중의 한쪽 소파에 앉아 사 가지고 간 부르봉 포도주와 잔 두 개를 주머니에서 꺼내 술을 따랐다. 그가 자리에 앉았 을 때 나는 잔을 들어 올렸다. "우리의 거래를 위해!"

"무슨 말씀인지 모르겠군요……"

"드시죠!" 우리는 마셨다. 그리고 나는 그의 얼굴에서 이미 전날 눈에 띄었던 거부와 불신의 표정을 보았으며 또 한 욕심의 빛도 보았다.

"당신이 내가 찾는 물건을 갖고 있는지 모르겠어요. 어 쩌면 전혀 없을 수도 있고 이미 팔아버렸을 수도 있어요.

그렇지만 당신이 갖고 있는 보물 속에 트롬쇠로 우송된 유치편지들이 있을 수도 있습니다." 나는 그에게 올가 링케와 헤르베르트 슈뢰더 이야기를 들려주었다.

"그 편지들이 얼마나 가치가 있는 것들이죠?"

"그 편지들을 갖고 있나요?"

"모르겠어요. 당신이 보물이라고 부르는 것들을 뒤져봐야 해요. 품이 많이 드는 일입니다. 시간도 많이 걸리고요. 다시 한 번 말해주시죠. 그 편지들이 당신한테 얼마나 가치가 있죠?"

"한 통당 100유로요."

"100유로?" 그는 웃으면서 머리를 가로저었다. "한 통당 1,000유로면 모를까……"

"차라리 우편보관소 사람들을 찾아가는 게 낫죠. 그 사람들이 당신에게서 그 보물을 다시 찾아가면 그때 가서 그 보물을 뒤져보도록 해봐야죠."

"그 사람들이 보물을 뒤져보지 못하게 하면요?"

"그러면 곤란하죠. 그래서 당신과 거래를 하려는 겁니다. 하지만 우리는 먼저 합의를 봐야 해요."

"500유로."

"200유로."

우리는 300유로에 합의를 보았다. 그리고 그는 그 보물을 어떻게 입수하게 되었는지 들려주었다.

"저편에 있는 옛날 우체국을 아세요? 곧 도서관이 되는 건물? 그 건물에 거대한 창고가 있어요. 그곳에 남아 있는 유치우편 편지들을 우편보관소에 넘기는 것이 당연한 일이었지만 우체국장들은 그것들을 창고에 쌓아두었어요. 그편이 간단했죠. 그런 물건을 포장해서 발송하는 일보다 해야 할 더 중요한 일들이 있었으니까요. 이제 새 우체국이 마무리되어 옛날 우체국을 버리고 비워야 하는데, 그것들을 포장해서 발송하기에는 이미 좀 늦은 거죠. 그래서 우편물들을 처분하기로 한 거예요. 물론 은밀하게요. 우체국에서 일하는 내 친구가 그 우편물들을 신경 써보겠다고 했어요. 그래서 우리가 창고를 깨끗이 비우고 그것들을 가져왔죠." 그는 자리에서 일어나 옆방으로 통하는 문을 열었다. 그곳은 지하실 공간으로 낱개나 묶음으로, 크고 작은 봉투의 편지들이 가득했다. 크고 작은 소포들과 엽서들도 있었다.

나는 그에게 다가갔다. "내가 이것들을 뒤져보면 안 될까요? 당신은 다른 할 일들도 많잖아요."

"그렇게 해서 당신이 편지를 20통 발견하고서는 10통은

숨기고 나한테는 10통만 보여주게요? 내가 멍청이인 줄 알아요?"

"나는 다만……"

"그런 건 없어요. 매번 몸수색을 합니까? 안 돼요. 내가 편지들을 뒤져볼 겁니다. 내가 뭔가 찾아내면 당신이 먼저 돈을 보내고 그러면 편지들을 보내줄게요. 찾는 데 허탕 칠 것에 대비해서 1,000유로를 지금 당장 주면 좋겠군요. 만약 편지들을 발견하면 그때 정산하기로 하고요."

"시간이 얼마나 필요하지요?"

"이삼 주나, 한두 달, 아니면 세 달. 당신 말대로 나는 다른 할 일이 많거든요. 서둘러볼게요."

"2,000유로 드리죠. 두 달 이내로 합시다."

그는 고개를 끄덕였다. 나는 잔에 술을 다시 한 번 따랐고, 우리는 서로 잔을 부딪쳤다.

이튿날 나는 은행에서 2,000유로를 찾아 그에게 전해주고 비행기로 돌아왔다.

22

아직 이룬 것은 아무것도 없었다. 그러나 이번 여행과 발견과 흥정, 그리고 남에게 편지들을 찾아보도록 했다는 것과 그 일을 괜찮은 값에 관철했다는 사실은 내게 활력을 주었다. 나는 평소 더 과감해야 할 때 너무 신중했던 것은 아닐까?

어릴 적 고향 도시의 동물원에서 보았던 여우가 떠올랐다. 동물원은 작았고, 차양을 한 철조망 우리 역시 작았다. 우리 안에서 여우는 끊임없이 좌에서 우로, 우에서 좌로 뛰어다녔고 방향을 틀 때마다 앞발로 철조망 우리 안 콘크리트 주춧돌의 반짝반짝하게 닳은 어두침침하게 빛나는 부분을 반복해서 찼다. 나도 반짝반짝하게 닳은 어두침침하게 빛나는 부분을 남겼을까? 아니면 전혀 그렇지 않을까?

그러나 나는 평균적인 삶을 가진 평균적인 사람이다. 나는 위대한 일을 아무것도 해본 적이 없다. 다른 사람들의 위대함을 알아보는 눈은 있기 때문에 파우스트적인 친구나 인생의 나무에 잘못 오른 친구를 가졌다면 훌륭한 연대기 작가는 되었을 것이다. 나는 그런 친구를 갖지 못했다. 그러나 나는 올가를 가졌고, 그녀에 대한 나의 기억은 소중했다. 그녀의 연대기 작가가 될 자격은 내게 충분했다.

그것이 나를 트롬쇠로 이끌었고, 내게 아델하이트 폴크만의 방문을 선물했다.

우리는 두세 번 전화를 했다. 그녀가 비행기를 타는 게 나을지 아니면 기차를 타는 게 나을지, 강 쪽의 호텔을 잡는 게 나을지 아니면 내 집 근처의 펜션을 잡는 게 나을지. 그녀는 기차 여행과 펜션으로 결정했다. 그리고 나는 그 이유를 곰곰이 생각해보았다. 그녀는 신경이 덜 쓰이는 기차 여행과 가까운 길을 좋아하나? 돈이 별로 없나? 돈을 아끼거나 인색한가? 기차 할인권은 비행기 표보다 쌌고 호텔보다는 펜션이 쌌다. 그 밖에 그녀는 어떤 모습일까? 목소리는 젊어 보였다. 그러나 나이 든 여자들도 목소리가 젊을 수 있다. 조용한 말투는 그녀가 차분하고 또한 느릿느릿하거나 혹은 지루한 사람일 수 있음을 알려주는 것이었다.

나는 기차역으로 그녀를 마중 나갔다. 그날은 2월의 어느 날이어서 봄기운이 대기에 서려 있었고 사람들은 셔츠 차림으로 길거리의 카페나 옥외 맥줏집에 앉아 있었다. 나도 그녀를 태우고 강변의 한 옥외 맥줏집으로 갔다. 해가 지려면 한 시간의 여유가 있었고 차 한 잔 마시기에는 충분했다. 우리는 자리에 앉았다. 나는 그녀를 바라보았다. 눈가와 입가의 주름, 잿빛 금발 머리, 초록빛 눈, 큰 입. 피부는 탄력이 없어 보였는데 담배를 피우거나 아니면 최근까지 피운 것 같았다. 화장은 하지 않았고 립스틱도 바르지 않았다. 우리가 기차 플랫폼에서 자동차 쪽으로 그리고 자동차에서 내려 맥줏집으로 걸어갈 때, 내가 그녀보다 조금 컸고, 그녀는 나보다 조금 뚱뚱했는데 그녀의 자신감 있고 확실한 걸음걸이가 눈에 띄었다. 바로 그렇게 그녀는 내 맞은편에 앉아 있었다. 자신감 있고 당당한 모습으로.

"담배를 끊은 지 얼마 안 되었나 보죠? 티슈상자에서 티슈를 꺼내고서 당신은 나한테 잠깐 상자를 내밀었어요. 담배 피우는 사람이 상대방에게 담뱃갑을 내미는 것처럼."

그녀는 웃었다. "내가 그랬나요? 맞아요. 끊었어요. 담배 없이는 글을 쓰지 못할까 봐 걱정이 되긴 했어요. 그래도 쓸 수 있던데요. 담배를 잊은 채 담배가 재떨이에서 다 타버려도 신문에 글을 쓸 때 담배 없이는 전혀 쓸 수가 없 었어요. 지금 도처에서 일어나고 있는 일이 일어났을 때, 즉 떨어지는 판매 부수, 감소하는 광고 수익, 해고 같은 일 이 일어났을 때 나는 신문뿐만 아니라 담배와도 작별을 고 했어요. 한 5주 됐어요. 그 뒤로는 자유롭게 쓰고 있어요. 그것으로 먹고살 수 있기를 바라요."

나는 계속해서 물어보았고, 우리가 출발할 때는 그녀가 어떻게 담배를 끊었는지 알게 되었으며 정원, 섭생, 건강 등에 대한 글을 쓴다는 것과 작은 주말농장을 갖고 있다는 것, 이혼했으며, 딸과 손녀는 미국에 살고 있다는 것, 영어 로 된 시를 독일어로 옮긴다는 것, 혼자 사는 것을 좋아한 다는 것 등을 알게 되었다. 그녀도 내게 물었고 출발할 때 는 나의 생활환경에 대해 훤히 알게 되었다.

"우리 집에 저녁 식사하러 오실래요? 좋은 레스토랑들 은 사람이 많아서 시끄러워 이야기를 나누기가 힘들어요. 내 요리 솜씨가 나쁘지는 않아요."

그녀는 나의 제안을 받아들였다. 나는 그녀를 펜션 앞에 서 내려주고 나의 집까지 오는 지름길을 알려주었다. "그 럼 8시에 봐요!"

23

나는 저녁 식사 거리를 일찌감치 준비해놓았다. 콜리플라
워 수프, 비프 스트로가노프, 구운 사과 등. 당장 요리를 할
필요는 없었으므로 잠깐 자리에 앉아 생각에 잠길 수 있었
다. 아델하이트 폴크만은 누구를 떠오르게 하는가? 그녀
의 얼굴, 젊은 목소리, 차분한 말투, 자신감에 찬 당당한 자
태는? 아무튼 나는 그녀가 왜 절약해야 하는지는 이해했
다.

　나는 먼저 식사를 하고 그러고 나서 이야기를 하는 게 좋
겠다고 생각했다. 그러나 그녀는 반주를 들 때 이미 이야
기를 시작했다. "우리 아버지는 1955년에 러시아 포로수
용소에서 돌아왔어요. 마지막 포로들 중 하나였죠. 아버지
는 1939년에 결혼했고, 어머니는 1940년에 오빠를 낳았어

요. 1956년에 나를 낳을 만큼 아주 젊었고요. 부모님은 사이가 좋지 않았어요. 어머니는 15년 동안 아버지 없이 삶을 꾸려왔고, 아버지는 15년 동안 어떤 여자도 갖지 않았고 어떤 여자도 괴롭힌 적이 없었지요. 아버지는 이제 그것을 만회하려 했고, 그리고 아돌프라는 이름을 버리고 돌프로 개명한 나의 오빠와 사이가 너무나 좋지 않았어요. 아버지는 나한테 마음을 쏟았어요. 내게 전쟁과 포로 생활에 대해서 들려주었고, 왜 어머니와 사랑에 빠졌는지, 왜 어머니와 사랑을 해서는 안 되었는지, 왜 이제 어머니를 더 이상 견디지 못하고 이웃 여자와 관계를 맺게 되었는지 들려주었어요. 그 말을 듣는 나는 기뻤고, 아버지로부터 내가 진지하게 받아들여지고 아버지에게 사랑을 받고 있다고 느꼈어요. 아버지가 세상을 뜨고 나서야 나는 아버지가 나를 이용했다는 사실을 깨달았어요. 아버지는 내게 도움이 안 됐어요. 게다가 아버지는 사법경찰로 일하다가 경정으로 은퇴했고 1972년에 폐암으로 사망했어요." 그녀는 미소를 지었다. "내가 담배를 피우게 만든 것도 아버지였죠."

그녀는 포도주를 한 모금 들이켜고 머리를 가로젓고는 앞을 응시했다. 내가 얼른 식사를 상기시키려 했지만 그녀는 다시 말을 이었다. "모든 사람들이 부모에게 저항했을 때 나는 죽은 아버지에게 저항했어요. 아버지의 이기주의에 대해, 고루함에 대해, 허풍에 대해, 아내와 우리 자식들에 대한 태도에 대해. 반항할 거리는 차고 넘쳤어요. 아버지가 자신의 과거에 대해 거짓말을 했다는 것을 나는 알았어요. 너무나 많은 것이 아귀가 맞지 않았어요. 건축학을 공부했다고 했는데 사법경찰로 일했지요……"

"아버지 이름이 아이크였나요?"

"좋아요. 아버지에 대해 아시는군요. 아버지의 부모와 형제자매는 추방 때 숨진 것 같아요. 아버지가 행방불명자 조사국에 알아보았지만 헛된 일이었지요. 그런데 올가 링케라는 아주머니 하나가 있었어요. 아버지를 아주 좋아했고 아버지 역시 그녀를 잘 따랐어요. 전쟁이 끝나고 어렸을 때 오랫동안 그 아주머니 집에서 살았다고 했어요. 그녀는 아버지에게 그녀의 남자친구였던 헤르베르트 슈뢰더 이야기를 들려주었고, 아버지는 그 이야기를 내게 다시 들려주었어요. 내 아버지는 독일의 영웅들을 사랑했어요."

"아버님이 돌아가신 게 1972년이었다고요? 그때라면 아직 올가 링케가 살아 있을 때인데요."

"두 사람은 서로 접촉이 없었던 것 같아요. 왜죠? 그녀가 남긴 것들 중에 혹시 내 아버지와 관련된 것은 없었나요? 어렸을 때와 청년이었을 때는 어떤 모습이었나요? 정말 건축학을 공부했나요? 건축학을 공부해서 무엇을 했지요? 어쩌다가 사법경찰이 되었나요? 내게 들려주었던 열일곱 살 처녀와의 결혼 이야기가 맞나요?"

그녀는 묻는 눈빛으로 나를 쳐다보았다. 아이크의 딸이었다. 올가가 내게 들려주었던 아이크에 대한 마지막 이야기는 그녀가 청력을 잃은 뒤에 그가 그녀를 몇 번 방문했던 일이었다. 그 뒤 그는 그녀의 이야기에서 그냥 사라져버렸다. 왜 그것이 내게 이상하게 여겨지지 않았을까?

"올가 링케가 어떻게 생겼는지 아세요?" 나는 그녀를 데리고 서재로 가서 사진을 보여주었다.

그녀는 오랫동안 그 사진과 그 밖에 벽에 붙어 있는 다른 사진들을 들여다보았다. "이건 당신 부인인가요? 이건 당신 아이들이고요? 이 사람은 누구죠?"

나는 그녀에게 내 아내와 아이들, 나의 부모와 형제자매, 나의 친구들, 그리고 나의 딸이 열두 살 때 얻어와 17년 동안 우리와 함께 살았던 하얀 앞발의 검은 고양이를 소개해주었다. "식사를 할까요? 지금 많은 말을 다 할 수 없으니 식사를 하면서 하죠."

24

나는 내가 아이크에 대해 알고 있는 것들부터 이야기를 시작했다. 그의 부모에 대해, 시골 농가로부터 틸지트, 베를린, 이탈리아로까지 이어졌던 그의 길에 대해, 그가 나치당과 나치친위대에 들어간 것에 대해, 그의 생에서 올가가 했던 역할에 대해 그리고 그가 올가를 방문했던 일에 대해. 이어 올가와 헤르베르트에 대해, 그들의 어린 시절과 그들의 사랑에 대해, 식민지와 극지에 대한 그의 꿈에 대해, 노르아우스트라네 섬 원정에 대해, 그녀가 보낸 유치우편 편지들에 대해. 마지막으로 그녀는 올가와 내가 어떻게 알게 되었으며 가까이 지내게 되었는지에 대해 알고 싶어 했다.

나는 전채를 먹으면서, 메인디시를 먹으면서, 후식을 먹으면서 이야기했다. 끝에 가서 나는 너무 오래 이야기해서 미안하다고 말했다.

"아니에요. 내가 거듭해서 묻고 또 물었는걸요." 그녀는 포도주잔으로 테이블보에 동그라미를 그렸다. "나치당과 친위대에 들어간 아버지…… 달리 되었다면 더 좋았을 텐데요. 하지만 그럴 걸로 생각하고 있었어요. 아귀가 맞아요. 아버지와 올가에 대해 들려주신 이야기는…… 이해할 수가 없어요. 올가는 아버지를 진심으로 좋아했고 돌보아 주었어요. 그런데 왜 아버지는 자신이 그녀의 집에서 오랫동안 살았다는 사실을 속여야 했죠? 두 사람은 전쟁이 끝나고서 우리가 알지 못하는 접촉을 가졌나요? 왜 그들은 그런 것들을 숨긴 건가요?"

"모르겠습니다." 나는 그릇을 부엌으로 날랐다. 다시 돌아와 보니 그녀는 여전히 포도주잔을 가지고 놀고 있었다. "당신 어머니는 뭐라 하셨죠?"

"내 어머니요?" 그녀는 생각에 잠겨 있다가 깜짝 놀라 고개를 들었다. "어머니는 올가 이야기는 한 번도 하지 않았어요. 아버지에 대해서는 아버지가 포로로 있었을 때는 거의 하지 않았고 거기서 돌아온 직후에는 아주 좋지 않게 이야기했어요. 아버지가 죽기 직전에 어머니는 치매에 걸렸어요. 아버지한테서 떠나야 했죠. 빠르면 빠를수록 좋았어요. 간호사로 일하면서 경제적으로 아버지의 도움이 필요치 않았으니까요. 그러나 어머니는 이혼은 전혀 생각하지 않았어요."

그녀는 자리에서 일어나 창밖 어둠 속을 응시하고 방 안에서 이리저리 거닐며 나의 책들과 시디들을 훑어보다 이어 눈길을 들어 서가들 사이에 털모자를 쓰고 카프탄을 입은 장 자크 루소의 초상을 바라보았다. 18세기 말에 인쇄된 초상이었다.

그녀가 물었다. "두 사람은 인연을 끊었나요? 왜죠?"

"그런 것은 저한테 묻지 마세요. 나는 인연을 끊는다는 것을 전혀 이해하지 못합니다."

"이해하고 말고 할 게 뭐가 있어요? 더 이상 안 되면, 그냥 안 되는 거고, 헤어지는 거죠."

"그렇군요. 당신은 이혼하셨다고 했죠."

그녀는 내가 미처 묻지 못한 질문에 대해 대답했다. "남편은 화가였어요. 천재라고 할까요. 잘 모르겠어요. 처음에 나는 몰입하는 그의 모습을 좋아했어요. 그러나 그 사람은 자기 예술 외에는 전혀 아무것에도 신경을 쓰지 않았어요. 내가 돈벌이와 야나와 집을 책임져야 했어요. 그 집은 토이토부르크 숲의 가장자리에 있는 낡은 농가였는데 그가 상속받은 것으로 허물어져가는 상태였죠. 몇 년 지나자 도저히 해낼 재간이 없었어요. 그리고 그를, 자기애에 빠진 그 아이 같은 사람을 더는 좋아하지 않게 되었죠. 덩치만 아나보다 컸지 더 성가시기만 했죠. 그와 결별하는 건 별로 힘들지 않았어요."

"나는 결별한 상태로 살지 못합니다. 나는 인생을 살아오면서 인연을 맺었던 모든 사람들과 접촉을 유지하고 있어요. 우리의 결혼 생활이 좀 비틀대기는 했지만 나는 이혼은 전혀 고려하지 않았어요."

"올가 링케는 결별에 어떻게 임했나요? 힘겨웠나요? 쉬웠나요?"

"모르겠습니다. 나는 올가를 잘 안다고 생각했죠. 그러나 그녀가 한 야간 산책부터 죽음에 이르기까지 아무것도 몰랐습니다. 당신이 이야기를 들려줄 때까지, 물론 올가가 아이크를 돌보았다는 것은 알았지만 그가 수년간 그녀의 집에서 살았다는 사실은 알지 못했어요. 내가 짐작하기로는 아마도 그의 부모가 살던 마을이 프랑스나 리투아니아에 점령당하고 그가 틸지트에서 김나지움에 다니던 시절 같습니다. 우리 사이에 결별 같은 것은 없었어요. 나는 올가가 나처럼 변함이 없는 사람이라고 생각했죠. 그러나 그렇지 않았던 것 같습니다."

그녀는 고개를 끄덕였다. 타인들은 자신이 생각하는 것과 다르다는 것을 그녀는 알고 있었다. "오늘 저녁 시간과 식사 그리고 들려주신 모든 이야기에 감사드려요. 내일 조경박람회에 가봐야 해요. 그래야 이번 여행에 들어간 비용에 대해 세금 공제를 받을 수 있거든요. 같이 갈 생각 있으세요?"

나는 9시 정각에 그녀를 데리러 가겠다고 약속했다. 그리고 펜션까지 데려다주었다. 모퉁이를 두 개 거치고 도로를 두 개 지났다.

25

그녀처럼 자신감 있고 확신에 찬 사람들을 만나 이들이 쉽게 인연을 맺고 쉽게 끊는 것을 보기만 해도 나는 그들과 상대하고 싶은 마음이 싹 가신다. 그들이 나를 버릴 것임을 나는 진작부터 알고 있다. 그러나 슈바르츠발트로 차를 타고 가는 중에 우리는 서로 허물없는 사이가 되었다. 우리는 상대에게 자신을 속속들이 보여주려는 듯이 각자 자신에 대해 이야기했다. 우리는 서로 말을 놓았고, 침묵이 생기면 얼른 말을 이었다.

조경박람회는 옛날에는 영화를 누렸었지만 훗날 산업과 부유한 시민들을 잃어버린 도시에 새로운 빛을 주기 위해 시장이 기획한 것이었다. 옛 성의 잔해들 주변에 공원을 만들고 담장으로 막혀 있던 작은 강에 새로운 하상을 돋우

고 강변 산책로를 조성하고 또 주민들도 동참하여 화분 상
자를 창문에 내놓아 여름 동안 화려한 꽃 잔치를 구경하는
것이다. 그리고 태양은 새로 회칠을 한 많은 집들을 비추
었다. 그늘진 모퉁이에는 마지막 남은 눈들이 어둠으로 물
들었다. 아델하이트는 갖고 온 카메라로 사진을 찍었다.

"눈여겨보자, 조경박람회 후의 겨울"이 표제였고, 이 표
제하에 그녀는 《공원과 정원》에 기고하는 기사를 하나 썼
다. 그녀는 시장, 조경박람회의 실무 책임자, 현지 신문의
주간과 인터뷰 약속을 잡아놓았고, 나는 현장에 있으면서
그녀가 얼마나 멋지게 일을 처리하는지 지켜보았다. 그녀
는 사정을 훤히 꿰고 있었고 친절했으며 상대가 시설 유지
비용과 부채에 대한 물음을 피해 가려 하자 끈질기게 달라
붙었다. 시장은 친절하게도 우리를 '골데네 슈반'으로 저
녁 식사에 초대했다. '골데네 슈반'은 조경박람회를 위해
새 지배인과 새 주방장을 영입하여 맛에 있어서도 도시를
선도하고 있었다.

우리는 원래 우리가 계획했던 것보다 늦게 출발했다. 그
날은 전날처럼 화창한 날씨로 시작했었다. 오후가 되자 날
씨는 돌변했고, 기온도 떨어졌으며, 푸른 하늘은 잿빛으로
변했다. 우리가 '골데네 슈반'에서 밤 속으로 걸어 나와 자

동차 있는 곳으로 걸어갈 때는 눈송이가 흩날렸다.

나는 신속하게 출발했다. 눈이 올 때는 국도보다 고속도로를 타는 것이 훨씬 낫다. 나는 눈발이 더 짙어지기 전에 고속도로에 진입할 수 있을 것으로 생각했다. 그러나 몇 킬로미터 가지 않아 눈이 퍼붓기 시작했고 와이퍼도 아주 힘겹게 움직였다. 따라서 나도 천천히 갈 수밖에 없었다. 눈앞이 거의 보이지 않았다. 하얀 도로, 하얀 가드레일, 하얀 비탈이 서로 희미하게 뒤섞였고, 헤드라이트의 불빛은 눈송이들 속에서 부서졌고, 반대편에서 마주 오는 자동차들은 마지막 순간에야 알아볼 수 있었다. 자동차 바퀴는 가끔 헛돌았고, 자동차는 옆으로 미끄러지다가 다시 균형을 잡았다. 우리는 도로 옆 도랑에 박힌 차량 옆을 지나쳤다. 운전사가 손짓을 했다. 우리는 계속 달려야 했다. 한번 멈추어 섰다가는 오르막 경사가 있는 도로를 다시 타지 못할 것이었다.

아델하이트와 나는 말을 하지 않았다. 나는 긴장한 채 앉아 하얀 눈보라 속을 응시하며 필요 이상으로 핸들을 꽉 잡고 있었다. 그녀가 내 어깨에 손을 올려놓으며 말할 때까지. "나는 이런 걸 좋아해요. 바깥엔 추위, 안에는 온기, 느림이 있는 분위기를요. 자정에 도착해도 상관없어요."

나는 고개를 끄덕였지만 내가 충분히 긴장을 풀고 이렇게 물을 수 있기까지는 잠시 시간이 필요했다. "아이크는 올가에 대해 무슨 이야기를 했나요? 이야기 속의 그녀는 어땠죠? 엄했나요? 관대했나요? 그를 교육시키려 했나요, 아니면 부모한테 맡겨두었나요?"

"나는 이미 오래전에 아버지의 모든 것을 용서했어요. 15년간 전쟁과 포로 생활을 겪은 사람이라면 그저 살아보려고 할 것이고 아내가 그를 거부하면 애인이 필요할 거라고 생각했어요. 나중에야, 어머니가 치매에 걸렸을 때에야 아버지는 두 분이 젊어서 결혼해 어머니가 임신을 했을 때 이미 어머니를 속였다고, 그리고 그것을 어머니 앞에서 한 번도 숨긴 적이 없다고 이야기했어요." 그녀는 한숨을 내쉬었다. "치매에 걸린 어머니의 모습이 내게 너무 낯설다 보니 아버지의 그런 잘못까지도 용서한 거죠. 어머니가 돌아가시고 나서야 나는 그때 그 젊은 여자의 심정을 이해했고 아버지가 어머니에게 저지른 일과 어머니가 겪었을 고통을 알게 됐어요." 그녀는 다시 한 번 한숨을 내쉬었다. "그런데 올가 때문에 물었죠? 아버지가 들려준 이야기를 토대로 나는 사랑스럽고 단호한 여인을 떠올렸죠. 이야기를 멋지게 잘했고 들려주는 이야기에는 늘 철학이 있었지요. 인디언들에게 간 헤르베르트. 여기서는 부상과 신뢰를 다루었어요. 나는 더 이상 짜 맞출 수가 없어요. 헤레로들에게 간 헤르베르트. 그는 타자들에 대해 자세히 보아야할 부분을 제대로 보지 못했어요. 다를수록 더 자세히 봐야 한다는 거죠. 북극에 간 헤르베르트. 위대한 모험은 계획과 준비가 제대로 되어야 한다는 거지요. 그것은 늘 올가의 철학이었는지 아니면 가끔은 아버지의 철학이었는지는 모르겠어요."

우리는 자정이 한참 넘어서야 집에 도착했다. 아침에만해도 아델하이트는 펜션 출입문 열쇠를 받아둘 필요가 없었다. 펜션에는 야간 당직이 없었으므로 그녀는 나의 집 손님방에서 자라는 제안을 받아들였다. 그녀는 배가 고팠고, 나는 비프 스트로가노프를 다시 데우고, 샐러드를 만들었다. 우리는 많은 말을 하지 않고 먹었다.

"모든 것에 감사드려요." 우리는 자리에서 일어섰고, 그녀는 내 쪽으로 걸어와 양팔로 나의 목을 끌어안고 머리를 내 가슴에 갖다 댔다. 나는 그녀를 끌어안았다. "나는 내일 6시에 출발해야 해요. 짧은 밤이에요. 내 침대로 올래요?" 그녀는 머리를 들고 나를 쳐다보았다. 내가 금방 답을 하지 않자 그녀는 머리를 다시 내 가슴에 갖다 댔다.

"나는…… 날씨가 좋아지면 당신이 내일 다시 떠나는 것을 참지 못할 겁니다. 그리고 만약 날씨가 좋아지지 않으면, 당신이 떠나는 것을 원치 않을 겁니다."

"알겠어요." 그녀는 나직이 웃었다. "다음에 다시 와서 더 오래 머물게요. 아니면 당신이 베를린으로 오든지요." 그러더니 살며시 팔을 풀고 "잘 자요"라고 말하고는 그녀의 방으로 건너갔다.

26

3월에 나는 트롬쇠로부터 아무 소식도 듣지 못했다. 전화
를 해서 물어볼까 생각했다가 관두었다. 돈벌이 가능성 때
문에 고서점 주인이 편지를 뒤져보겠다고 한 것이 아니라
면 내가 전화를 한다고 해서 달라질 것은 없었다.

아델하이트와 나는 편지를 교환하고 전화를 주고받았
다. 그녀는 내게 그녀가 쓴 기사의 초안을 보내왔고, 나는
그녀에게 내가 새로 꾸미려고 하는 정원의 스케치를 보내
주었다. 그녀는 내게 아이크와 그녀의 어머니와, 어릴 때
그리고 소녀 때 찍은 그녀의 사진들을 보내주었다. 우리는
책과 음악, 영화에 대해 생각을 교환했고, 그녀는 남유럽
에서 그리고 나는 북유럽에서 휴가를 즐기고 싶다고 했고,
그녀는 다시 개를 갖고 싶다고 했고, 그리고 나는 고양이

를 한 마리 갖고 싶다고 했다.

어린 시절의 모습뿐만 아니라 소녀 때의 모습도 아델하이트는 내게 누군가를 연상시켜주었다. 나의 누나들 중의 하나인가? 에밀리인가? 내가 어릴 때나 소녀 때 알지 못했고 그 시절의 모습은 사진으로만 보았던 나의 아내인가? 나와 놀거나 춤을 추거나 내가 열렬히 좋아했던 아이들이나 소녀들 중의 하나인가? 나는 지하실에 사진들이 담긴 상자를 하나 갖고 있었다. 그 상자를 꺼내 와 비교해보려다가 쓸데없는 짓이라는 생각이 들었다.

4월 중순에 트롬쇠에서 편지가 왔다. 고서점 주인은 헤르베르트 슈뢰더가 수신인으로 되어 있는 31통의 편지와 우편엽서 하나를 찾아냈다. 그는 이미 지불한 액수를 제하고 7,600유로를 런던은행의 그의 계좌로 이체해달라고 했다. 송금을 확인한 후에 물건을 보내겠다고 했다. 긴급우편으로 배송을 원할 경우에는 120유로를 추가로 이체하라고 했다.

내가 수중에 갖고 있는 범위를 넘어서는 액수였다. 그 돈을 어떻게 융통할까 생각하다가 올가의 저금통장이 떠올랐다. 나는 통장을 들고 은행을 찾았다. 1만 2천 마르크가 1만 6천 유로가 넘는 돈이 되어 있었다. 송금을 하고도 남는 액수였다.

다시 2주가 지나서야 긴급우편으로 어느 수요일 11시에 내게 큰 봉투가 전달되었다. 그 안에는 또 하나의 봉투와 고서점 주인의 편지가 들어 있었다. 물론 편지에는 날짜도, 호칭도, 인사말도 없었고, 단순히 서명만 적혀 있었다.

기다리게 해서 미안합니다. 할 일이 많아서 그런 것만은 아니었습니다. 처음에 나는 산더미처럼 쌓인 편지들을 한 통씩 손에 들고 읽지 않고는 그냥 넘어가지 못했습니다. 그러다가 편지에 중독이 되었지요. 질투에 대한 이야기가 적힌 편지도 한 통 있었고, 다른 한 편지는 혈육 간의 갈등을 담고 있었어요. 나는 그 편지들에 빠져들어 더 많은 편지를 읽고 싶었습니다. 점령 시기에 쓴 편지도 한 통 있었는데 거기서는 비열과 배반의 드라마가 드러났고, 또 한 통의 편지는 해방 이후의 것이었는데 거기서 편지를 쓴 사람은 적군 협력자로서 자신의 자살을 예고하고 있었습니다. 내가 대학에서 역사학을 전공했다는 것을 아셔야 합니다. 그래서 나는 이제 드디어 과거를 있는 그대로의 모습대로 손에 포착하게 되었다고 생각했습니다. 그러나 그러기는커녕 30통, 40통의 편지를 더 읽고 나니 다른 사람들의 삶 속으로 탐욕스레 개입하는 나의 행위가 역겨워졌습니다. 역사는 원래 있던 모습대로의 과거가 아닙니다. 역사는 우리가 부여하는 모습대로입니다. 내가 편지들을 대하면서 느꼈던 것보다 당신은 당신의 편지들에서 더 많은 기쁨을 갖기를 바랍니다.

아스켈 헬란트

27

봉투의 내용물을 꺼내니 맨 위에는 헤르베르트에게 보낸 올가의 편지 묶음이 놓여 있었다. 편지들을 묶은 가느다란 푸른 실을 끄르지 않고도 나는 그것들이 1913년에서 1915년 사이에 쓴 25통의 편지들임을 알았다. 연대별로 정리되어서 맨 아래쪽에는 가장 오래된 편지가, 맨 위쪽에는 가장 최근의 편지가 놓여 있었다. 놀랍게도 나는 올가가 헤르베르트에게 보낸 30년대, 50년대, 70년대의 편지들도 발견했다. 헤르베르트의 아버지가 보낸 1913년 8월 13일자 편지와 1914년에 한 친구가 보낸 빈 호프부르크 왕궁 사진이 담긴 우편엽서도 있었다.

이 친구야,

에르빈을 통해 네가 눈과 얼음 속을 헤매고 있다는 소식 들었어. 제기랄! 나는 빈으로 전출됐어. 무도회가 시작돼. 남자 파트너가 많이 필요해. 에스키모 여자들은 놔두고, 어서 와서 이곳에서 신나게 춤이나 추자고!

너의 오랜 친구 모리츠

아버지의 편지는 봉투나 편지지나 두꺼운 종이로 이름이 새겨져 있었으며 헛수고의 상징이었다.

아들아,

네가 우리를 버리고 베를린으로 간 후로 너의 어머니는 병이 났단다. 네 어머니는 늘 가슴 쪽이 약했고 폐에 염증이 생긴 것이 이번이 처음은 아니다.

그러나 열이나 호흡곤란, 각혈, 통증이 이번처럼 심한 적은 없었다.

혹시라도 네 어머니가 세상을 뜰까 봐 걱정이야. 나는 네 어머니의 침대에서 떨어질 수가 없단다.

네 어머니는 입만 열면 네 이야기뿐이다. 어서 돌아와라. 농장과 공장을 넘겨받아. 결혼해서 아이들도 갖고. 우리가 젊은 생을 살아보도록 해다오. 이해하려면 가끔은 충격이 필요하지.

우리는 이제 이해한다. 우리가 생각하는 것이 아니라 네가 원하는 것이 중요하다는 걸 말이야.

어서 오너라.

너의 아버지가

편지는 검정색의 가파르고 폭이 넓은 글씨체로 쓰여 있었고, 펜이 긁혀서 자잘한 잉크 얼룩이 튀어 있었다. 서명에 이르러서는 갈고리 모양으로 미끄러졌다. 아버지는 편지를 큰 흥분에 휩싸여 썼는가? 아니면 아주 급하게 썼는가? 당장 부치면 노르아우스트라네 섬으로 출발하기 전에 헤르베르트에게 편지가 도착할지도 모르니까?

나는 헤르베르트의 부모에 대해 제대로 된 상을 갖고 있지 못했다. 올가의 이야기를 통해서 그들이 헤르베르트를 몹시 사랑했다는 것만 알았다. 그를 사랑한 것인가 아니면 가문의 이름과 가문의 상속자를 사랑한 것인가? 아버지와 어머니 모두 똑같이 생각했나? 아버지는 "너의 부모가"라고 하지 않고 "너의 아버지가"라고 서명했다. 그는 오랫동안 헤르베르트의 결혼에 대해 어머니와 다른 생각을 가졌었나? 그냥 어머니의 뜻을 따라준 것이었나?

만약 이 편지가 헤르베르트에게 전해졌다면 그와 올가

의 운명을 바꾸어놓았을까? 올가는 환영받지 못한 며느리의 역할을 받아들였을까? 그녀가 헤르베르트와 아이들과 함께 시부모의 눈길 아래 살려고 했을까? 헤르베르트는 그의 꿈을 포기하고 그 지방 토착의 장원 및 공장 주인이 되었을까?

무엇이 어떻게 됐으면 무엇이 어떻게 되었을까. 이것은 아무 소용도 없는 것이었다. 올가의 삶이 옳았는지 아니면 오류였는지는 그것으로 결정되지 않았다. 하지만 그녀의 삶은 나의 관심의 대상이었다.

28

올가의 편지를 읽기까지 나는 시간적 여유를 가졌다. 편지들을 묶은 노끈은 매듭이 지어져 있었다. 끈을 풀려고 당긴다는 것이 그만 더 죄어놓고 말았다. 그것을 금방 알아채지 못했기 때문에 매듭을 더욱 단단하게 만들어버렸다. 나는 칼이나 가위를 쓰지 않고 힘겹게 매듭을 풀었다. 나비매듭을 풀어 노끈의 양쪽을 분리하고 마침내 노끈을 매듭에서 풀어내고 편지 꾸러미로부터 뽑아낼 수 있었다. 길고 가늘고 파란 노끈이었다.

　나는 편지들을 큰 식탁 위에 올려놓았다. 다섯 통씩 다섯 열로 놓았다. 봉투들은 흰색이었고, 죄네켄 만년필로 가늘게 위로 올려 그은 획과 두껍게 아래로 내려 그은 획으로 된 글씨는 파란색이었으며, 여신 게르마니아의 머리를 옆 모습으로 담은 우표들은 색깔이 다양했다. 붉은색의 10페니히 우표도 있었고 회색과 갈색의 2페니히, 3페니히, 5페니히 우표를 조합한 것도 있었다. 왼쪽 상단에는 1914년 7월까지는 프랑스어로 "유치우편poste restante"이라고, 이후에는 독일어로 "유치우편postlagernd"이라고 적혀 있었다. 첫 번째 편지는 1913년 8월 29일자였고, 마지막 편지는 1915년 12월 31일자였다. 1913년 8월 31일자 두 번째 편지에는 "가장 먼저 읽을 것!"이라고 적혀 있었다. 여섯 번째 열에는 30년대부터 70년대에 쓴 편지들을 놓았다.

나는 부엌에서 칼끝이 날카롭고 뾰족한 부엌칼을 가져왔다. 그 칼로 편지봉투들을 손상시키지 않고 개봉할 수 있었다. 나는 마지막 편지부터 개봉해 편지를 꺼내고 구겨진 부분을 문질러서 반듯하게 폈다. 마침내 첫 번째 편지를 개봉했을 때는 글이 적힌 편지와 개봉한 봉투들이 두 무더기로 질서 정연하게 나란히 놓여 있었다.

한 봉투에서 나는 사진을 한 장 발견했다. 올가는 의자에 앉아 얼굴에 미소를 띤 채 양손을 품에 올려놓고 있고, 그녀 옆에는 열 살쯤 돼 보이는 소년이 화들짝 놀란 듯 커다랗게 눈을 뜨고 서 있었다. 나는 정원에 있는 소녀 때의 그녀의 모습을 알고 있었고 피난 후의 성숙한 여인의 모습을 알고 있었다. 젊은 여인의 모습을 담은 그녀 사진은 이것이 처음이었다. 그녀는 예쁘지 않았고, 얼굴에서 사랑스럽거나 매력적인 면을 볼 수는 없었지만 솔직함과 투명함은 느껴졌다. 그리고 빅토리아의 말이 맞았다. 툭 불거진 광대뼈는 그녀에게 슬라브족의 기미를 느끼게 했다. 이 사진에서도 그녀는 쪽진 머리를 하고 있었다.

나는 아직 편지 읽는 일을 시작하고 싶지 않았다. 올가와 약속을 한 듯한 느낌이 들었다. 그녀가 곧 올 것 같은, 하지만 좀 기다려야 할 것 같은 느낌이 들었다. 그래서 나는 그녀를 기다리며 소녀 모습의 그녀를, 내가 겪어보지 못했던 젊은 여인 모습의 그녀를, 그녀의 발치에서 뛰어놀기도 하고 병상에 있는 나를 찾아주고 내가 나의 부모에게서 이해받지 못할 때 나를 이해해준 링케 양을, 올가를 그리고 훗날에 있었던 우리의 만남들과 이런저런 시도들과 가까웠던 우리 사이를 생각했다. 나는 그녀의 자세를, 말의 울림을, 파란 눈의 맑은 눈빛을 기억했다.

나는 다시 한 번 부엌으로 가서 차를 끓여 보온병에 담아 들고 식탁으로 왔다. 때는 오후였고 밖에는 햇살이 비쳤고 새들이 노래했다.

나는 첫 번째 편지를 집어 들고 읽기 시작했다.

3부

1913년 8월 29일

어떻게 나를 그렇게 속일 수가 있어? 겨울이 시작되기 전
에 올 거냐고 내가 물었을 때 당신은 그러겠다고 말했어.
우리의 마지막 밤이었어. 우리는 사랑을 나누었고, 서로
가까웠어. 그런 진실이 당신한테 성스럽지 않다면 당신에
게 진실은 대체 언제 성스러운 거지? 여태껏 나를 속인 건
가? 당신에게 나는 이런저런 이야기로 꾸며 구슬릴 수 있
는 아이에 불과한가? 아니면 나는 여자라서 당신의 위대
한 남자다운 생각을 이해하기에는 너무 멍청한가? 나를 아
껴서 그런 거야? 당신은 당신 자신을 아낀 거야, 내가 아니
라. 당신이 진실을 말했다면 나도 당신한테 진실을 말했을
거야. 카렐리야에서 해냈다고 모든 것을 다 해낼 수 있다
고 생각해? 카렐리야에서는 운이 좋았던 거야. 당신은 인

생에서 늘 운이 따랐어. 그 운이 머리끝까지 올라가 당신의 이성을 마비시켜버렸어.

두 사람이 당신의 원정대를 버리고 떠났어. 당신은 그 사람들도 속였던 거지. 당신은 아문센 같은 사람이 되고 싶은 거야? 위대한 목표를 먼저 포고하고, 후퇴라는 것은 없고 승리 아니면 죽음? 아문센은 스콧보다 앞서려 했어. 당신은 누구를 앞지르려는 거야? 당신 말고 노르아우스트라네 섬과 북극 해협과 극점에 관심 있는 사람이 누가 있다고? 차라리 인생이 꽃 피는 시기에 죽자. 이 말이 원정하고는 아무 관계도 없다고 당신은 말했어. 그것도 거짓말이었어. 당신은 죽음으로써 영웅이 되고 싶어 해. 그러면 가! 아니, 나는 죄를 짓고 싶지 않아. 하지만 당신이 북극에 가서 영웅이 되어 죽는다고는 생각하지 마. 영웅들은 큰일을 위해 죽어. 당신은 아무것도 아닌 것을 위해 죽는 거야. 인류를 위한 대담한 투쟁도 아니고 이익이 되는 것도 아니야. 당신은 그냥 얼어 죽는 거야.

어떻게 그럴 수가 있지? 공허한 제스처를 위해 나를 내동댕이치고, 우리의 사랑을, 우리의 삶을 내동댕이치다니? 당신에게 시민적인 삶을 꾸려갈 능력이 없다는 것을 나는 알아. 나는 당신한테 그런 삶을 한 번도 요구한 적이 없어. 우리는 삶을 함께했어. 끊김이 있는 삶이었지. 남자가 군인이나 연구원 또는 선장으로 멀리 떠나고 여자는 집에 있을 때 한 남자와 한 여자가 겪어야 하는 그런 삶. 당신이 멀리 떠나 있거나 나와 함께 있으면서 먼 곳을 그리워할 때, 우리는 서로를 그리워하면서도 행복했어. 그것은 비틀거리는 행복이었지만 진정한 행복이었어. 우리의 행복이었지. 당신이 인생의 절정기에 목숨을 버리려 할 때의 그 제스처보다 그 행복이 덜 중요한가? 그 얼마나 김빠진 시인가! 인생의 절정기에 죽다니. 그 무엇도 그리고 아무도 당신을 죽음으로 몰지 않아. 인류의 대담한 투쟁에 도움이 되어야지. 인류는 인간들과 더불어, 당신과 나와 더불어 시작해.

당신이 이런저런 계획을 세우거나 이야기를 들려줄 때마다, 당신이 출발했다가 돌아올 때마다 나는 당신에게, 당신의 반짝이는 눈빛에 끌리고 또 끌렸어. 당신은 세상과 삶에 압도된 어린아이 같았어. 그러나 어린아이들은 자신의 목숨을 놀이에 걸지는 않아. 극단적인 쪽까지 가기는 해도 그 이상을 넘어서지는 않지. 그것이 그들이 갖는 매력적인 부분이야. 당신의 매력은 이제 보아하니 사기에 불과해.

당신은 나를 속였어. 이중으로 속였어. 당신의 생각을 내게 말해주었다면 나는 당신과 투쟁했을 거야. 소리도 질러보고 애걸도 해보고 울기도 해보았겠지. 그 일을 못 하게 뭐든 다 해보았을 거야. 그런데도 당신이 그 일을 하려 했다면, 우리는 서로 끝까지 싸웠을 거야. 어쩌면 당신의 속마음을 이해하고 공허한 제스처와 텅 빈 말들 뒤에서 진실을 보았을 거야.

처음에 나는 격분했어. 지금은 그냥 슬플 뿐이야. 당신은 우리 것이었던 것들을 박살냈어. 당신이 왜 그랬는지, 그 이유는 이것이나 저것이나 다 나빠. 당신은 진리를 위해 너무 비겁했거나, 또는 진리를 구하기에는 너무 안일했어. 아니면 당신의 거짓말로 행하는 일에 대해 전혀 생각을 기울이지 않았어. 우리 사이가 앞으로 어떻게 될지 모르겠어.

헤르베르트, 내가 가장 사랑하는 사람,

　이 편지가 당신이 받은 첫 번째 편지지? 다른 편지는 읽지 마. 당신이 얼음 속에서 겨울을 날 것이라는 것을 알고서 나는 걱정으로 미칠 지경이었어. 나는 당신을 비난했어. 당신이 당신 목숨과 우리 행복을 내기에 거는 것이 내마음을 아프게 했으니까. 하지만 나는 당신을 비난하고 싶지 않아. 당신은 자신을 실험해보고 싶은 거지, 당신의 대원들과 당신의 장비를. 당신은 위대한 행동을 위한 준비를 다지고 싶은 거지. 아니면 이미 위대한 행동을 위해 출발했어? 나는 당신을 믿고 싶어. 나는 당신과 함께 희망하고 당신을 위해 기도해. 나는 당신이 제대로 된 옷가지와 충분한 식량을 챙겨 갔기를 바라. 동료들과 서로 잘 이해하고 당신의 신념을 잃지 않기를 바랄게. 신문에서는 당신이 너무 늦게 출발했고 곧 겨울이 닥칠 거라고 하더군. 당신 생각으로는 너무 늦은 게 아니라는 것을 나는 이제 알고 있어. 당신은 겨울을 피하지 않아. 일부러 겨울을 찾지.

나는 당신이 아니라 나 자신을 꾸짖어. 내가 당신을 안 이래로 당신은 자신에 대한 신뢰가 넘쳤어. 카렐리야 이후로 당신은 자신에게 한계가 없다고 생각하고 있어. 그럴 때 당신 얼굴에서는 빛이 나. 나는 뭔가에 열광하고, 흠뻑 빠지고, 난관 너머로 당신의 심장을 던지는 그 능력을 사랑해. 나는 당신의 빛나는 눈빛을 사랑해. 당신은 그런 사람이라서 나는 당신을 그렇게 사랑하면서 동시에 당신이 이성적이기를 바라지는 못해. 나는 이성적이야. 당신과 이야기해서 얼음 속에서 겨울을 나지 말라고 설득해야 했어. 설사 했다 하더라도 당신을 말리지는 못했을 테지만. 그래도 어쩌면 모르지.

당신에게 쓰는 이 글을 당신은 모든 것이 끝나고서야 읽겠지. 나는 나의 편지로 당신이 가는 길에 동반하고 싶어. 그러면 당신은 언제나 내가 쓴 편지를 발견할 거야. 배가 도착할 때, 당신들이 출발할 때, 당신들이 정박할 때. 당신은 내 편지를 바로 읽고 내가 하는 걱정에 근심스러운 눈빛을 띠거나, 당신의 반짝이는 눈빛을 사랑한다는 나의 말에 미소를 짓거나, 얼음 속에서 겨울을 날 생각 말라는 나의 잔소리에 이맛살을 찌푸릴 것 같아. 나는 나 자신을 타이르고 스스로에게 말해야 해. 내가 쓰는 편지는 오랫동안 읽히지 않은 채 놓여 있을 거라고. 당신이 편지를 읽을 때면 당신은 트롬쇠에 돌아와 있을 거야. 내게 금방 전보를 칠 것이고 그러면 나는 더 이상 걱정하지 않겠지. 그것을 안다면, 내일이든 모레든 내게 전보를 쳐줘. 당신의 배가 언제 함부르크에 도착하는지. 그러면 나는 부둣가에 나가 당신을 기다릴게. 지금 당신이 보고 싶어. 당신이 이 편지를 읽을 때면 나는 당신을 그리워할 거야. 당신이 다시 내 곁으로 돌아올 때까지.

나는 나의 생각과 나의 사랑으로 당신과 동반하겠어. 당신이 얼마나 더 오래 배를 탈지, 언제 노르아우스트라네 섬에 도착할지 나는 몰라. 나는 머릿속에 그려봐. 눈, 산, 바위, 빙하, 바람에 불려 쌓인 눈더미, 탑처럼 쌓인 얼음덩어리들, 쩍쩍 갈라진 빙하들 그리고 그 위로 펼쳐진 밤하늘, 그 아래 태양은 고작 몇 시간만 지평선에 희미하게 비치고. 그런 모습을 떠올리기만 해도 나는 두려워. 나는 당신을 위해 기도해. 그러나 내 목소리를 신은 듣지 못하는 것 같아. 당신처럼 아주 멀리 떨어진 곳에 있어서. 북극 어디, 눈과 얼음 속 어디에. 하지만 신이 당신이 있는 곳에 있다면 좋은 거야. 신이여, 내가 가장 사랑하는 사람을 보살펴주소서.

당신의 올가

1913년 9월 21일

내가 잠에서 깨어나 첫 번째로 생각하는 사람이자, 잠들기 전에 마지막으로 생각하는 사람인 헤르베르트,

오늘은 일요일이야. 예배와 오르간 연주는 끝났고, 학교는 내게 당신 대신 아이들을 생각하라고 요구하지 않아. 그동안 따뜻하고 햇살 좋은 여름 날씨가 이어졌었어. 하지만 오늘은 가을 기운이 느껴지네. 나무들을 바라보면 노랗게 물든 잎들이 보이기 시작해. 날씨를 생각하면 어김없이 당신 생각이 나. 신이 당신에게 자비로운 날씨를 베풀어주기를. 3주 전에 학교가 다시 시작됐어. 늘 그렇듯이 아이들은 첫 주에는 마음속에 아직 방학이 들어 있어서 가만히 앉아 있지 못해. 그래서 쉬는 시간에 강아지들처럼 뛰어다니고 치고받고 싸우지. 가을걷이를 도우면서 힘들어하고 땀

흘리는 것을 내가 보았음에도 대부분의 아이들은 가을걷이를 하던 때로 돌아가고 싶어 하는 것 같아. 늘 그랬듯이 둘째 주가 되면 아이들은 조용하고 묵묵해져. 마치 포기한 듯한 표정이지. 마지막 주가 되면 아이들은 깨어나서 그 뒤로는 함께해. 나는 매번 둘째 주마다 아이들이 계속 조용하고 묵묵한 상태로 남아 있을까 봐 걱정해. 그러나 그때마다 구원의 세 번째 주가 찾아오지.

다행스럽게도 장학사는 세 번째 주에야 수업 시찰을 나왔어. 엄격하게 보이는 남자였어. 그리고 끝에 가서 그가 아이들의 합창을 지휘하려 할 때 아이들이 목소리를 제대로 내지 못했지. 그러자 그는 눈에 끼고 있던 단안경을 빼고서 힘껏 함께 노래를 불렀어. 그는 내게 친절했어. 내가 굼비넨 지역으로 전근 발령이 났을 때 걱정했다고 했어. 들리는 소문이 있었으며, 교육청에서는 그런 소문에 크게 개의치는 않았지만 위험을 인지하고 막아야 했다고. 사정이야 어땠든 나는 수업을 열심히 했고, 그래서 그는 그 지역의 남녀 교사들 중에서 나를 좋아한다고 했어. 무슨 소문인지 나는 알고 싶었어. 그 사람은 "선생님 서류에는 기록된 것이 아무것도 없으니 그냥 두죠"라고만 했어.

당시에 나는 빅토리아가 목사를 찾아가 내 험담을 했다

는 정도만 알고 있었어. 자기 친구들의 아버지들을 모두 찾아가 험담을 한 게 틀림없어. 그 아버지들은 귀족이거나 군인으로 일하거나 행정장관으로 지역을 다스리는 분들이 었잖아. 나는 지금도 빅토리아를 이해할 수 없어. 내가 만나려고 찾아가면 집에 없다고 사람들에게 시켜놓고 나를 만나주지 않은 것도 이해할 수 없고. 마침내 나는 길목을 지키고 있다가 그녀를 봤어. 막 도망치더라. 빅토리아는 도로를 따라 내리달려 학교 담장 너머로 숨었어. 나는 그녀가 어디 있는지 알았지. 그녀 쪽을 향해 말을 했지만 대답은 없었어. 담장 뒤에서 나오지 않았고. 끌어내고 싶지는 않았어. 어쩌면 그렇게 해야 했는지도 몰랐는데.

왜냐고, 헤르베르트? 내가 더 이상 가난한 고아도 아니고 식탁에서 떨어지는 빵부스러기에 감사해야 하지 않아도 되니까? 내가 대학 공부까지 했으니까? 교육청에는 그 장학사 같은 분 말고 다른 사람들도 있어. 이 사람들은 내게, 내가 대학 공부를 했다고 특별한 사람인 것처럼 생각해선 안 된다고 하지. 나는 그저 선생이라는 거야. 내가 당신이 했던 강연을 기억하면서 틸지트조국학회에서 개최한 1916년 베를린 올림픽 준비 과정에 대한 강연에 참석해 질문을 하나 던졌을 때 나는 무시당했어. 나는 결국 자리에서 일어났고 시간이 다 됐다는 소리를 들었지. 내가 투표를 하지 못하는 것만으로도 충분하지 않나? 내가 남자 선생들보다 월급을 더 적게 받는 것만으로도? 내가 초등학교 교장이 될 수 없는 것만으로도? 그들이 우리를 무시하는 것만으로도 충분하지 않나? 그들은 우리에게 굴욕감까지 주어야 하나?

나는 이 일에 대해서는 한 번도 당신과 이야기한 적이 없어. 빅토리아에 대해서도. 그렇게 하는 것을 나의 자존심이 허락하지 않았으니까. 그리고 당신이 무슨 말을 할까 두렵기도 했고. 내가 사범학교에 진학해 교사가 된 것을 당신이 별로 달가워하지 않은 것은 알아. 그렇지만 내가 무엇이 되어야 했지? 내가 가정부가 되거나 공장에 다녔다면 당신이 원정 준비를 할 때 동반자가 될 수 있었을까? 당신이 강연을 준비하고 이곳저곳에 보낼 편지를 쓰고 내게 읽어주고 그것에 대해 우리가 이야기를 나누던 그 가을은 정말 멋졌어! 당신은 테이블 한쪽 끝에 앉아 있었고, 나는 반대편에 앉아 뜨개질을 하거나 옷을 꿰매거나 우리가 만든 잼에 상표를 붙였지. 기억나?

고요하던 우리의 방이 그립지 않아? 추운 곳에서 돌아오면 당신은 그곳에서 포근함과 사랑을 느끼고 다시는 먼 곳

을 향한 그리움에 시달리지 않겠지? 어서 집으로 돌아와,

내가 가장 사랑하는 사람, 집으로 돌아와.

당신의 올가

나는 다시 당신 곁으로 왔어, 헤르베르트. 어찌 달리 할 수 있겠어. 당신은 오후 내내 나와 함께 있었어. 그리고 함께 잼을 만들었어.

어제는 멜라우켄행 기차를 타고 깊은 숲에 가서 7파운드의 나무딸기를 땄어. 비가 오기 시작해서 그치지 않았어. 계속 오지만 않았더라면 더 많은 나무딸기를 땄을 거야. 차가운 가을비였어. 비는 밤새 내리고 오늘까지도 하루 종일 헛간의 지붕을 우두둑 때렸어. 이제 조용해졌어. 부엌은 더워서 문을 열어 신선한 공기가 들어오게 했어.

기억해? 내가 찬물에 설탕을 넣고 빛깔이 맑아질 때까지 큰 냄비에다 뭉근한 불로 녹이고 거품을 내던 것을? 내가 거기에다 나무딸기를 넣고 걸쭉한 딸기 즙이 만들어질

268

때까지 끓이면서 젓던 것을? 당신은 눈이 휘둥그레져 바라보았지. 지난해에는 잼이 지독하게 달았어. 그래서 이번에는 설탕을 조금만 넣었어. 7파운드의 나무딸기와 8파운드의 설탕. 나는 스물두 병을 가득 채웠어! 당신이 있었으면 유황을 태워서 병과 뚜껑 소독하는 일을 이번에도 당신한테 맡겼을 텐데. 기억나? 당신은 작은 집게로 유황 조각을 집고서 병을 하나하나 뒤집어가며 소독했고, 나는 나무딸기를 병에 넣고 한 찻숟가락의 프랑스브랜디를 그 위에 부었지. 그런 다음 우리는 소독한 뚜껑을 병에 끼우고 그 위에 축축한 양피지 종이를 씌웠어. 당신이 없으니 나는 기계처럼 신속하고 정확해야 했어. 나는 해냈어. 하지만 당신이 있었으면 얼마나 좋았을까. 우리가 함께했던 일을 이제 나 혼자서 해야 할 때면 그때마다 늘 당신이 그리워. 그리고 지금 내가 혼자서 하지만 그리고 우리가 함께한 적은 없지만 함께할 수 있는 일이라고 생각되는 일을 할 때면 언제나.

우리가 이렇게 떨어져 있어서 유일하게 좋은 것은 내가 당신을 얼마나 그리워하는지 편지로 쓸 수 있다는 거야. 우리가 함께 있게 되어 당신한테 내가 얼마나 당신을 그리워했고 또 앞으로 그리워할지 이야기하면, 당신은 이맛살을 찌푸리며 내 이야기를 들으려 하지 않을 거야. 당신은 내가 당신을 꽉 붙잡고서 놔주지 않고 당신이 떠나지 못하게 할 것이라고 생각하지. 나는 당신을 잡아두지 않아. 당신이 떠나야 한다는 것을 알아. 나는 당신을 그리워할 뿐이야.

오늘 내가 만든 잼이 너무나 좋아. 그 병들은 겨울 동안 나를 달콤하게 해줄 거야. 그리고 마지막 남은 병의 잼을 빵에 바를 때쯤이면 당신은 다시 이곳에 있겠지.

당신의 올가

1913년 강림절 1일

11월은 끔찍했어. 아이크가 디프테리아에 걸렸거든. 의사는 금방 알아채지 못했어. 병은 무기력증과 목의 통증에서부터 시작됐어. 그러더니 곧 복통을 호소했고 토할 수밖에 없었어. 가벼운 열까지 났을 때도 우리는 별로 심각한 걸로 생각하지 않았어. 아이들은 춥고 비 오는 가을날에는 여름 때처럼 밖에 나가서 놀면 안 된다는 것 정도로 생각했지. 그러나 열이 더 났고 의사가 왔어. 조용하고 친절한 노신사로 슈말레닝켄에 살면서 마을 사람들을 돌보고 모든 아이들이 세상에 나올 때 도와주었고 모든 죽은 이들의 눈을 감겨주었대. 그 의사가 호의적으로 한 말이야. 그가 청력이 나쁘고 시력이 나쁘다는 사실이 여태 누구에게 해를 끼친 적은 없어. 또 후각도 좋지 않았어. 아이크의 입에서 나는 부패하고 달콤한 냄새를 그 의사는 맡지 못했어. 나는 맡았지만 그것이 디프테리아 증세인지는 몰랐어.

아이크는 너무나 고통스러워했어! 콜록콜록 잔기침을 하다가 정신없이 기침을 해댔어. 처음에는 밤에 그러더니 나중에는 낮에도 그랬고, 더 이상 삼키지도 못했고 말도 못 하고 호흡도 못 했어. 펄펄 끓는 몸, 고통, 질식해서 죽을지도 모른다는 불안감. 아이들이 그렇게 고통을 겪어서는 안 돼. 할 수만 있다면 차라리 내가 대신 앓아주고 싶었어. 나는 학교가 끝나면 매일 아이크를 찾아가서 목과 장딴지에 찜질을 해주고 얼굴을 식혀주고 계란 노른자위를 섞은 적포도주와 엉거시차와 마늘차를 입에 흘려 넣어주었어. 이렇게 저렇게 해보기는 했지만 나는 스스로 어쩔 방도가 없어서 무력감을 느꼈어. 신이 나의 기도를 듣지 못하는 것 같았어. 내가 신에게 아이크 곁이 아닌 당신 곁에 있어달라고, 내가 아이 대신 사랑하는 남편을 보호해달라고 기도라도 한 것처럼 신은 정말로 먼 곳에 가 있는 것 같았어. 아이크를 돌보지 않을 때면 나는 울었어. 그리고 잠이 들면 나는 금방 다시 잠에서 깼어.

의사가 뭔가 제대로 보지 못한다는 느낌이 나를 틸지트로 그리고 도서관으로 이끌었어. 나는 디프테리아에 대한 보고서를 발견했고, 그래서 그 의사에게 이런저런 증상을 알려주자 그는 기분 상해하지 않고 분별 있는 태도를 보였어. 시기를 놓치긴 했어. 원래 발병하고 사흘 이내에 항독소를 맞아야 했으니까. 그러나 아주 늦은 것은 아니어서 항독소 주사를 맞고서부터 아이크는 상태가 좋아지기 시작했어. 아이크는 약해. 그리고 앞으로도 오래 약할 거야. 아이크는 무리하면 안 돼. 자지 않고 앉아 있어도 안 되고. 아이크가 점점 더 악화되고 있다는 불안에 시달리지 않고 건강을 유지하도록 돌보고 있다는 게 얼마나 행복한 일이야.

오늘은 내가 아이크를 혼자 둘 수 있게 된 첫 번째 날이야. 내가 다시 학교를 생각할 수 있게 된, 그리고 지붕 수리와 아직 오지 않은 겨울의 석탄을 생각할 수 있게 된 첫 번째 날이지. 나는 당신을 생각하고 있어. 하지만 나는 날마다 당신을 생각했어. 당신은 나와 함께 아이크의 침대에 붙어 있어야 했어. 당신이 이해하지 못한다는 것을 나는 알아. 내 이성은 내가 당신을 전혀 비난할 수 없다는 걸 알지. 하지만 내 심장은 비난으로 가득 차 있어.

당신이 내 말을 들을 때 어떤 표정을 지을지 나는 눈앞에 떠올려볼 수 있어. 내가 당신한테 원하는 것이 무엇인지 잘 모르겠다는 표정이겠지. 비난받을 만한 행동을 한 것이 없으니 기분이 상한 표정을 지을 테고. 내가 당신을 사랑하는 것만큼 당신이 나를 사랑하지 않으니 빚진 표정일 것이고. 모든 것이 곧 다시 잘되기를 바라는 표정일 것이고. 당신은 어린아이야, 헤르베르트.

당신의 올가

나의 사랑하는 헤르베르트,

당신이 당신의 생을 도박에 걸지 않았더라면 아마 나는 당신에게 이 말을 절대 하지 않았을 거야. 그러나 그렇기 때문에 전에는 불가능했던 것이 가능해졌어. 그리고 말할 수 없던 것을 말할 수 있게 되었고.

아이크는 당신 아이야. 당신이 그 아이를 맨 처음 봤을 때 나는 당신이 그걸 알아채야 했다고 생각했어. 맨 처음이 아니면, 두 번째 혹은 세 번째 만남 때. 당신은 당신 자신의 살과 피를 알아봐야 한다고 생각했어. 아이크는 많은 점에서 당신과 비슷해. 체격이나 단호함, 대담함, 천진한 에고이즘 등. 원래 그럴 뜻은 없지만 그 애는 그런 에고이즘으로 다른 사람들에게 상처를 줘. 다른 사람들을 전혀 아랑곳하지 않는 거지. 뭔가에 매혹을 느끼거나, 무슨 일에 성공을 하면 당신처럼 얼굴이 환하게 빛나.

당신이 독일-서남아프리카령으로 떠나고 몇 주 뒤 임신한 사실을 알았어. 그때 나는 내 몸이 축복을 받았다고 느꼈어. 물론 그 상황을 어떻게 뚫고 나갈지 몰랐지만. 요즘도 그렇게 느껴. 아이크는 나의 생에서 축복이라고.

나는 운이 좋았어. 잔네는 내가 다녔던 사범학교에서 사귄 친구의 언니야. 그녀는 내가 출산할 때 도움을 주었고, 아이크를 주워 온 아이라고 신고하고 입양했어. 아이를 돌봐줄 사람이 나타나서 당국은 기뻐했어. 나는 잔네에게 내가 할 수 있는 것을 주고 있어. 그녀는 돈을 바라지 않아. 우리는 친구가 되었어. 그녀는 아이크를 자신의 아이인 것처럼 속이며 키우지 않아. 그것은 나도 원치 않았고. 그녀는 아이크에게 자기가 너를 발견했고 네가 좋아서 입양한 것이라고 말해주었어. 그 애는 잔네가 자신을 사랑한다는 것을 알고 있고, 또 내가 자기를 사랑한다는 것도 알고 있어. 잔네의 친구인 내가 이모처럼.

나는 걱정이 많았어. 혹시 내가 임신한 것을 사람들이 알아차릴까 하는 걱정. 이곳으로 이사하는 도중에 산통이 시작되면 어쩌나 하는 걱정. 잔네가 나한테 오기도 전에 분

276

만하면 어쩌나 하는 걱정. 분만을 하면서 울부짖으면 어쩌나 하는 걱정. 그러나 모든 것이 잘 이루어졌어. 나는 제대로 된 옷을 만들어 입었고, 이웃집 소년을 제때에 잔네에게 보냈고 울부짖지도 않았어. 아이크는 내가 이곳에 도착한 다음 날 세상에 나왔어.

왜 당신한테 아무 말도 하지 않았느냐고? 당신이 그 아이를 알아보았다면 아마 말했을 거야. 당신의 아들로 알아보지 못했다면 적어도 내가 행복해하는 것을 통해서라도. 그러나 당신은 알아보지 못했어. 그래서 그 아이는 나의 아이가, 나만의 아이가 되었어. 나는 단지, 당신이 돌아오면 내가 누구인지 알아주면 좋겠어. 나는 당신이 알고 있고 당신을 사랑하는 여자일 뿐만 아니라, 아이크의 엄마야.

나는 가끔 자다가 깨어나. 당신이 돌아오지 않을 것 같은 생각이 들어서. 그리고 또 당신은 돌아오고 나는 이 세상에 있지 않을 것 같은 느낌도 들어서. 불안이 우리를 가지고 얼마나 장난을 치고 있는지! 그러나 그런 상황이 오면 당신은 잔네를 도와줘야 해. 어떤 요구도 하지 말고, 어떤 기대도 하지 말고. 가장 좋은 것은 어떤 말도 하지 않고서야.

아무리 그래도 나는 당신 곁에 있어.

당신의 올가

1913년 성탄절

세상이 온통 하얘. 지난번 편지를 쓸 때도 그랬어. 하지만 그때는 편지를 쓰면서 그것을 느낄 만한 눈眼을 갖지 못했어. 그리고 그때는 오늘처럼 아름답지도 않았어. 어제 아침부터 눈이 오기 시작하더니 오늘 아침에야 그쳤어. 어제 성탄절 음악 예배에 앞서 마지막으로 합창 연습을 하러 교회에 갔을 때만 해도 날씨가 맑았어. 그러다가 함박눈이 펄펄 내리기 시작해 길을 찾는 데도 힘이 들었어. 집으로 돌아올 때는 이미 어두웠고, 나는 내 집을 지나치고 말았지. 금방 다시 찾기는 했지만. 이곳에 집들이 그렇게 많은 건 아니지만, 한순간 나는 어둠과 눈, 추위 속에서 길을 잃었던 거야. 당신처럼.

지금은 하늘은 파랗고 태양은 빛나고 눈은 반짝거려. 예배가 끝나고서 아이크에게 갔지만 금방 다시 돌아와야 했어. 이웃 사람이 내게 썰매와 말을 빌려주었기에 망정이지 안 그랬으면 무척 힘들었을 거야. 이웃은 오후에 말과 썰매를 써야 했어. 사실 나는 더 있고 싶었고, 썰매를 타고 더 오래 눈 위를 달리고 싶었어. 지금 나는 식탁에 앉아 넓은 들판을 내다보고 있어. 하얀빛이 눈을 부시게 해. 하늘에는 말똥가리 한 마리가 떠돌고 있어. 그 새는 가끔 쏜살같이 급강하하여 눈 속에서 쥐 한 마리를 찾아내. 어떻게 그렇게 할 수 있는지 내게는 수수께끼야. 지난번 소풍 때 우리가 보았던 것이 말똥가리였나?

사랑하는 그대, 당신은 어디 있어? 얼음덩어리 속 당신의 배 위에 있어? 어느 오두막에 있어? 슈피츠베르겐 군도에는 어부와 사냥꾼들, 연구자들이 오두막들을 지어놓았다는 글을 읽은 적이 있어. 이글루에 있어? 에스키모들이 눈과 얼음으로 짓는 쾌적한 거주 공간 이야기를 읽었어. 그들이 하는 것을 당신들도 할 수 있기를 바라. 올해는 우리 둘 다 크리스마스트리가 없어. 당신은 크리스마스트리가 없고, 나 또한 만들고 싶지 않아. 그러나 당신에게는 등불이 있을 거야. 초나 아니면 램프가. 나는 우리가 작년에 사 놓은 붉은 굵은 향초에 불을 붙였어. 앞으로도 그 초는 오래 쓸 거야. 다음 성탄절에는 그 초에 다시 함께 불을 붙이자.

3년 전 오늘 당신은 내게 결혼하자고 말했어. 그때 내가 안 된다고 답했더니 나를 이해하지 못했지. 내가 직장을 잃을 염려 때문만은 아니었어. 당신이 포기할 줄 모르고 늘 여행만 다니는 상황에서 만약 그렇게 되면 내가 직장 없이 어떻게 살아갈지 때문만도 아니었어. 당신 부모가 당신과 연을 끊고 당신에게서 상속권을 박탈하게 되면 언젠가는 당신이 나를 나쁘게 생각하지 않을까 하는 걱정 때문만도 아니었고. 아니면 당신의 아주머니가 물려준 유산을 다 쓰고 나면 우리가 무엇으로 먹고사나 하는 걱정 때문도 아니었어. 그것은 아이크 때문이었어. 우리가 그 아이의 부모라고 나설 수도 없는 형편이었지. 그랬다가는 엄청난 추문과 재판 그리고 감옥살이에 시달렸을 테니까. 우리는 그 아이를 양자로 받아들일 수도 없었어. 아이들을 원래 양자로 들였던 집에서 아무렇게나 다른 집으로 옮길 수 있는 것도 아니니까. 그렇기 때문에 우리에게 남은 가능성은 당신과 내가 남편과 아내로서 함께 살고 우리의 아이인 아이크는 우리와 따로 사는 거겠지. 그러나 그렇게 한다면 안 좋은 거야. 그건 정말 힘들어.

그리고 또 다른 것이 있었어. 나는 어릴 때부터 내가 사랑받을 수 있고 나를 튼튼하게 해주고 나를 도와줄 그런 가정을 그리워했어. 나는 그런 가정을 가져보지 못했고 모든 것을 혼자서 해내야 했지. 아이크도 혼자서 낳았고 혼자서 돌보았어. 나는 그 모든 것을 해냈어. 그것이 자랑스러워. 당신들 남자들이 원하는 공동생활을 배우기에는 너무 늦었어. 나는 그런 삶에 순응하지도 않을 것이고 거기에 나 자신을 예속시키지도 않을 거야. 당신 같으면 그런 삶을 사는 법을 배울 수 있겠어? 당신은 그것을 바라나?

나는 가끔 꿈을 꿔. 당신이 돌아와서 전에 내게 한 번도 던지지 않았던 질문들을 하는 것을. 어떻게 살고 싶은지, 공부하기 싫어하는 아이들을 가르치는 것 말고 차라리 다른 일을 하고 싶지는 않은지, 세상을 보고 싶다면 그것이 무엇인지, 어디로 여행하고 싶은지, 어디서 살고 싶은지, 당신이 다 도와주겠다고 하면서. 프로이센에서도 여자들이 대학에 다닐 수 있어. 이젠 더 이상 취리히로 가지 않아도 돼. 베를린으로만 가도 돼.

여자들의 꿈으로부터 당신에게 인사를 보내며.

당신의 올가

1914년 새해 첫날

나의 사랑,

섣달그믐날에는 잔네의 농가에 가서 하룻밤 지내고 오늘 일찍 걸어서 집으로 돌아왔어. 성탄절과 섣달그믐 사이 며칠 동안은 날이 따스해져서 눈도 좀 녹았어. 그러다가 다시 추워져 눈이 다시 얼었지. 얼음 결정들이 오늘 아침에는 햇살을 받아 너무나 맑고 아름답게 반짝였어. 그런 모습은 처음 보았어. 당신과 함께 보았더라면 얼마나 좋았을까!

아이크는 어제 저녁 다시 활기를 찾아서 병에 걸리기 전처럼 명랑해졌어. 잔네의 큰 아이들은 자정까지 잠자리에 들지 않아도 되었지만, 아이크는 어린아이들과 함께 납으로 점을 본 뒤* 자러 가야 했기 때문에 몹시 투덜댔어. 하지

282

만 침대에 눕자마자 이내 잠들어버렸어. 의사에게 아이크가 아직 보살핌이 필요한지 물어볼 생각이야. 아직 필요하다고 하면 그렇게 해야지. 그 아이를 차분히 있게 하는 것이 쉬운 일은 아니지만.

신년에는 여러 가지 일을 해보기로 했어. 피아노를 한 대 구해서 베토벤 소나타를 모두 연습해볼 생각이야. 자전거를 한 대 구할 생각이고. 그러면 아이크에게 더 쉽고 빠르게 갈 수 있고 틸지트에서 열리는 콘서트나 강연에도 갈 수 있을 테니까. 끝나고 나면 기차가 끊기기는 하지만. 그 두 가지 꿈을 이루려면 비록 중고로 사더라도 돈이 필요해. 잔네와 나는 잼을 만들어서 틸지트의 시장에 내다 팔 생각이야. 닭과 염소도 키워볼까 해. 나는 염소젖을 늘 꺼려 했어. 왜 그랬는지 모르겠어. 최근에 처음 맛을 보았는데 맛이 훌륭했어. 단테의 《신곡》도 읽을 생각이야.

당신과 많은 이야기를 나누고 싶어. 어쩌면 내가 잘못하고 있는 건지도 모르겠어. 어쩌면 어떤 변호사가 알려줄지도 몰라. 우리가 아이크를 우리의 아이로 인정하고 받아들일 수 있다고. 가능한 모든 위법적 사항 때문에 반드시

*끓는 납을 찬물에 부어 거기서 생기는 형상을 보고 앞일을 점치는 섣달그믐날의 풍습.

교도소에 들어가는 것은 아니라고. 어쩌면 우리는 결혼할 수 있을지도 몰라. 만약 내가 직장을 잃으면 당신의 원정에 관한 책을 쓸 수도 있어. 당신은 내게 원정 이야기를 들려주기만 하면 돼. 책이 성공하면 당신 아주머니가 물려준 유산을 다 쓴 뒤에도 살림을 꾸려갈 수 있을 거야. 아니면 당신 부모가 이해심이 있을지도 모르지. 장원을 당신한테 안 주고 어떻게 하겠어?

아, 헤르베르트, 어제는 묵은해의 끝을 맞아 활기차고 명랑한 아이크의 모습을 보았고, 오늘은 새해의 시작을 맞아 빛나는 아침을 보네. 나는 희망으로 가득해. 어쩌면 1914년이 우리의 해가 될 거야.

당신의 올가

1914년 1월 2일

오늘자 〈틸지트 차이퉁〉은 당신들의 배가 얼음덩어리들
안에 갇혔다는 소식을 전했어. 그 배가 당신과 세 사람의
동료를 내려놓기만 했고 약속된 장소로 가서 데려갈 수 없
게 되었다고. 선장은 배를 버리고 떠나 천신만고 끝에 사
람들이 사는 지역에 도착했다고 하는군.

　내 사랑, 당신은 어디 있어? 어느 오두막에서 겨울을 나
지? 아니면 당신은 배로 돌아가서 거기서 겨울을 나나? 아
니면 어느 거주지로 가는 중인가? 며칠만 있으면 나는 오
늘 신문에서 선장에 대해 읽었던 것처럼 당신에 대한 기사
를 읽을 수 있을까? 선장은 완전히 탈진하고 반은 동상에
걸린 상태였어. 내가 읽은 바로는 발가락이 제일 먼저 동
상에 걸리는데, 발가락이 없어도 걸을 수 있고 달리기도

하고 춤도 출 수 있다고 했어. 그리고 당신이 조금 덜 달리고 더 많이 나와 함께 있는 것도 나쁠 것은 없어. 당신이 아무리 지쳐 있다 하더라도 나는 당신을 활기차게 되살려놓을 수 있어. 우리는 함께 자주 춤을 추지 못했지. 사실은 딱 한 번 있었는데, 니덴에서 교회 헌당식이 있었을 때야. 당신은 처음엔 춤을 추지 않으려고 하다가 나와 쾌활하게 춤을 추었어. 그만큼 쾌활하기도 힘들 거야. 랜들러 춤이었지. 나는 당신과 왈츠를 추고 싶어. 그런데 나도 왈츠를 출 줄 모르고 당신도 모를 테니 무용 교습소에 다녀야겠어.

나는 당신과 많은 것을 함께하고 싶어. 댄스, 스케이트, 썰매 타기, 버섯 따기, 블루베리 찾기, 당신에게 책 읽어주기, 당신이 내게 책 읽어주기, 당신과 함께 잠들고 잠에서 깨기, 여행하기, 부자들처럼 기차나 마차를 타고 호텔에서 묵으면서. 당신과 함께 북극으로 여행하고 싶지는 않아. 그렇지만 지금이라면 당신 곁에 있고 싶어. 그곳이 살을 에듯 추운 배 위든, 오두막이든, 아니면 천막이든, 동굴이든. 우리는 서로의 체온으로 몸을 덥힐 거야.

당신의 올가

1914년 2월 17일

세상에서 가장 사랑하는 사람,

어제 독일 구조대가 당신들을 찾기 위해 출발했어. 1월에는 선장이 도착한 직후 노르웨이 구조대가 출발했지만 악천후 때문에 뜻을 이루지 못하고 귀환했어. 독일 구조대는 믿음이 가. 그러나 당신도 믿음이 갔어. 독일인들은 언제나 믿음이 가. 그리고 노르웨이 사람들은 그 위쪽 북극을 가장 잘 알아. 나는 걱정 때문에 잠을 이루지 못할 때가 많아.

그리고 당신 아버지의 방문은 걱정을 더욱 악화시켰어. 그래, 읽은 대로야. 당신 아버지가 이곳에 오셨어. 오늘 학교 앞에서 나를 기다리고 계셨는데, 여러 해가 흘렀지만 나는 금방 알아보았어. 늙으셨더군. 지팡이를 짚고 걸었고 머리는 하얗게 셌고 얼굴은 검버섯 천지였어. 그래도 모피 외투를 입고 목이 긴 구두를 신고 학교 앞의 지저분한 눈 속에서 꼿꼿한 자세로 서 있었어. 힘들어 보이는 것이 뚜렷했지만 꼿꼿한 자세로 걸었고, 목소리는 힘찼어. 지팡이에는 은빛 손잡이가 달려 있었지.

내가 알고 있는 당신의 계획들에 대해 알고 싶어 하시더군. 당신 어머니와 아버지는 내가 그랬던 것처럼 당신이 겨울이 되기 전에 돌아올 것으로 생각했대. 두 분은 이제 의심하고 있어. 당신이 속인 것은 아닌지, 혹시 애당초부터 노르아우스트라네 섬에서 겨울을 나려고 한 것은 아닌지, 혹시 당신이 다른 목적지를 염두에 두고 있는 것은 아닌지, 북극해 항로라든가 북극점처럼 두 분이 전혀 모르는 목적지 말이야. 당신 아버지는 또 다른 구조대가 3월에 출발하기를 바라고 있어. 날씨가 좋아져서 성공 확률이 높아지면. 구조대가 어디를 찾아야 하지?

우리는 진창이 된 도로를 건너 학교를 끼고 돌아 내 집으로 이어지는 길을 따라 걸었어. 그리고 당신 아버지가 타고 온 자동차가 몇 미터 정도 떨어져 우리 뒤에서 따라 왔어. 집에 들어와서 당신 아버지는 뭔가 초라하고 궁색한 모습을 기대한 듯 주위를 둘러보았어. 집 안이 포근하게 잘 꾸며져 있는 것을 확인하고는 놀라는 표정이셨지. 당신 아버지는 옷을 벗지 않은 채 자리에 앉았고, 나는 차를 준비하며 내가 알고 있는 약간의 이야기를 말씀드렸어. 귀를 기울여 듣고는 결국에는 앉아 계실 뿐 아무 말도 안 하셨지. 고개만 몇 번 끄덕일 뿐이었어.

잠시 후 자리에서 일어나셨어. 당신 아버지는, 당신 어머니나 다름 아닌 빅토리아가 그랬던 것처럼 나를 업신여기는 투로 대하지 않으셨어. 다만 거리를 두셨지. 본인이 정중한 대접을 바라시는 것처럼 나같이 젊은 사람도 예의 바르게 그리고 존중하는 마음으로 대해주셨어. 내가 생각하기로, 가끔 당신 아버지는 우리가 가까이 지내는 것이 마음에 들지 않을 때 못마땅한 듯한 표정을 짓기는 했지만 그래도 예의는 갖추셨어. 장원의 주인과 소시민 출신의 여자 또는 내가 그 어떤 사람이든 간에 그 사이에 가로놓인 심연을 이보다 더 탁월하게 보여주기도 힘들 거야.

당신 아버지는 내 앞에 서 있다가 고개를 들었어. 그때 나는 그가 울고 있는 것을 보았어. 눈물이 뺨을 타고 흘러내렸고, 두 눈을 질끈 감고 입술을 굳게 다물고 있었어. 그리고 양어깨가 들썩거렸어. "유감이오." 당신 아버지는 거듭해서 말했어. "유감이오." 나는 다가가 안아드리려 했어. 어린 학생들을 안아줄 때처럼 말이야. 나는 다 큰 소년들도 그렇게 안아주니까. 그러나 그는 고개를 가로젓고는 갔어. 나는 모퉁이까지 뒤를 따라가 당신 아버지가 자동차에 타는 것을 그리고 자동차가 출발하는 것을 보았어.

"유감이오." 그 소리가 내 귓전에 끔찍하게 들려와. 마치 당신의 죽음에 대해 말하는 것처럼. 슬픔에 젖은 한 남자가 슬픔에 젖은 한 여자에게 말하는 것처럼. 그러나 그럴 리는 없어. 당신 아버지는 당신의 구조를 믿고 있고 원정대를 투입할 생각을 하고 있어. 그것이 아니라면 대체 뭘까? 무엇이 유감이었을까? 왜 왔을까? 만약 당신 아버지가 편지로 내게 물어왔다면 나는 내가 알고 있는 것을 편지로 썼을 거야.

나는 혼란스러워. 이런 혼란스러움이 걱정을 더 크게 만들어. 당신이 가까운 원주민 마을을 향해 가고 있는 중이라면 버텨. 그리고 어느 오두막에 머물러 있어야 한다면 견뎌내. 당신이 걷거나 구조대가 올 때까지.

나는 당신을 나의 사랑으로 꽉 잡아주겠어.

당신의 올가

1914년 3월 8일

봄이야! 나는 잔네 집에서 하룻밤을 자고 새벽 일찍 들판을 가로질러 걸었어. 가까운 곳의 관목들과 나무들을 바라보면 초록의 꽃봉오리는 거의 보이지 않을 거야. 그러나 해가 중천에 뜨고 하늘이 반짝이고 새들이 시끌벅적 노래할 때면 짙은 갈색의 숲 위에는 초록의 기운이 감돌아. 교회 입구의 개나리들은 노란 꽃봉오리를 피워 올렸어.

봄은 내게 용기를 줘. 이곳이 겨울이었을 때 나는 당신도 겨울 속에 있는 것을 보았어. 이제는 당신이 있는 곳에도 봄이 오고, 눈과 얼음이 녹고, 바위가 드러나고, 냇물이 흐를 것 같아. 전에 당신이 내게 동토지역에는 무엇이 자라느냐고 물었던 것 기억나? 동토지역에는 아무것도 자라지 않아. 그러나 노르아우스트라네 섬에는 동토 초목이 자라.

봄이 되면 그곳도 여기저기 초록빛이 감돌고 이런저런 작은 꽃이 피어나기도 할 거야. 당신이 있는 곳은 모든 것이 이곳보다 늦다는 것을 알아. 그렇게 때가 되어 당신이 첫 번째 꽃을 보게 되면 당신은 나를 생각할까? 그래, 그럴 거라고 나는 생각해.

그리움이란 무엇일까? 가끔 그것은 어떤 물건 같다는 생각이 들어. 무시할 수도, 옮길 수도 없고 자꾸 거치적거리지만 늘 방에 있어서 이미 익숙해진 그런 물건. 그렇지만 그리움은 갑자기 내 머리 위로 떨어지는 벼락과 같아. 그 벼락에 맞아 소리를 지르고 싶을 때도 있어.

꼭 그래야 하는 상황이 되더라도 나는 당신을 괴롭히고 싶지 않아. 당신은 오면 오는 거야. 하지만 이번에는 다시는 당신을 보내주지 않을 거야.

당신의 올가

나의 남편에게,

　나라와 교회가 우리를 짝으로 허락했든 말든 당신은 나의 남편이니까. 당신은 내 아이의 아버지이고, 당신은 나의 남편이야.

　아이크와 함께 틸지트에 갔다가 빌헬름 바겔호르트 사진관 앞을 지나게 되었어. 그때 나는 참을 수가 없어서 안으로 들어가 함께 사진을 찍었어. 여기 그 사진이 있어. 우리는 배경 앞에서 사진을 찍을 수도 있었어. 높은 모래 언덕이 있는 스크린도 있었고, 참나무 숲이 있는 스크린도 있었고, 중세의 성벽이 있는 스크린도 있었어. 하지만 나는 그런 것을 원치 않았어. 그냥 사진 속에 우리만을 담고 싶었어. 나는 의자에 앉고, 아이크는 내 옆에 있는 모습으로. 그 아이는 모든 것이 좀 섬뜩했나 봐. 스크린들과, 사자 머리가 달린 사자 가죽, 작은 대포, 진짜 말 가죽에 가죽 고삐가 달린 흔들이 목마 같은 소도구들과, 가는 다리가 받치고 있는 큰 사진기와, 검은 천을 뒤집어 쓴 빌헬름 바겔호르트가 말이야. 그리고 마그네슘 불빛도! 우리는 아이크에게 불빛에 눈이 부실 거라고 미리 준비를 시켰어. 그랬는데도 아이는 소스라치게 놀라 벌떡 일어나서는 뻣뻣하게 굳은 채 서 있었어. 그러기 전에는 아이가 내게 몸을 기대고 있었어. 나는 그것이 좋았어.

그러나 아이는 그때 말고는 더 이상 내게 기대거나 달라붙으려 하지 않아. 제법 청년이 되어가고 있어. 그 아이는 내게 당신을 떠올리게 해. 아이의 눈은 당신처럼 파랗고 맑아. 당신보다 키가 더 클 것 같아. 당신처럼 탄탄하고 당차고. 뜀박질을 하지는 않아. 그러나 그 아이도 지금 있는 곳이 아닌 어디론가 가고 싶어 해. 그곳이 어디인지는 알지 못하면서.

혹시 다른 사람들이 그 아이에게서 당신 모습을 알아볼까? 나는 그래. 그 아이는 나를 행복하게 해. 그 아이는 나를 슬프게도 해. 당신이 이곳에 있어 당신한테 내가 이렇게 말할 수 있으면 얼마나 좋을까. 봐봐, 아이크가 고집스럽게 바닥을 구르는 것을. 꼭 당신 같아. 그러면 당신은 웃으면서 응수할 거야. 내 고집은 이 턱에 들어 있고, 아이크는 내 턱을 갖고 있다고. 우리는 우리 둘 중에 누가 더 고집이 센지를 놓고 싸울 거야. 그러면 아이크는 우리의 싸움이 진짜가 아니라는 것을 모르고 걱정이 돼서 우리에게 와 화해시키려고 하겠지. 그러면 우리는 서로 끌어안을 거야. 셋이서 함께.

노르아우스트라네 섬으로 가는 원정대가 다시 출발했어. 체펠린 백작이 자금 지원을 한다고 하더군. 그렇게 많은 원정대가 내게 용기를 줄까?

그들은 내게 걱정만 안겨줘.

당신이 나의 것이듯, 나는 당신 것이야.

올가

1914년 4월 5일

헤르베르트, 나의 사랑하는 사람,

오늘은 부활절 직전의 일요일이야. 우리는 〈천상의 왕이
시여, 어서 오시라〉 중 코랄 모테트를 불렀어. 나는 대규모
합창단과 오케스트라를 기대했었어. 그러나 나의 합창단
에는 힘찬 성역聲域이 있었고, 오르간이 오케스트라를 대
체했어. 나는 지휘도 하고 연주도 하고 노래도 불렀어. 평
소 별 말씀이 없던 목사님이 나를 칭찬해주셨어.

날이 추워졌어. 날씨 관측기록이 시작된 1848년 이후로
이렇게 추운 4월은 없었다고 신문에서 보도하고 있어. 나
무에 핀 꽃들은 망가졌고, 가난한 가정들은 어디서 석탄을
살 돈을 구할지 난감해하고 있어. 내게는 따뜻한 난로와
따끈한 차가 있어. 나는 형편이 좋아 양심의 가책을 느껴.

이런 변칙적인 날씨에 당신에게 피해가 없기를 바라.

나는 방금 잠자리에서 일어나 찬장 쪽으로 갔어. 내가 설탕과 꿀 등을 넣어두는 곳 뒤편에서 당신의 수기를 발견했어. 마치 내 눈을 피해 숨겨둔 것처럼 보였어. 아니면 내 신경을 거슬리게 하지 않는 곳에 두려고 일부러 그런 건가? 하지만 당신 수기는 내 마음에 거슬리지 않아!

아니, 그건 틀린 말이야. 나는 당신이 쓴 수기를 읽어보고 화가 났어. 먼 곳의 매력, 사막과 북극의 광활함, 어딘가를 향한, 유토피아를 향한 당신의 그리움, 당신의 식민지 환상. 이 얼마나 과도한 망상인가! 그런 망상을 하는 사람이 당신 혼자만이 아님을 알고 있어. 내가 오대양에서, 아프리카와 아시아에서의 독일의 미래에 대해, 우리 식민지의 가치에 대해, 우리 함대와 군대의 강력함에 대해, 독일의 위대함에 대해 읽지 않고 지나가는 주는 단 한 주도 없어. 마치 아이가 성장해서 옷이 안 맞는 것처럼, 우리가 우리의 땅에서 너무 크게 자라나 더 큰 땅이 필요하기라도 한 것처럼 말이야.

당신은 오랫동안 다른 사람들보다 더 진지하게 꿈을 꾸었어. 당신은 텅 빈 것을 사랑했어. 사막의 그 텅 빔을. 그리고 당신이 아직 알지 못했지만 당신을 유혹했어, 북극의 텅 빔이. 나중에 당신은 사막의 대농장과 공장 그리고 광산에 대해 그리고 북극해 항로에 대해 이야기했어. 당신은 텅 빔을 향한 당신의 사랑을 얼버무렸어. 정치가들과 신문들이 텅 빔을 향한 그들의 사랑을 경제적, 군사적 목적으로 얼버무리듯이. 그런 목적들이 중요한 것은 아니야. 그런 목적들은 다 과장된 아이들 장난이지. 독일의 위대함이라는 것이 과장된 아이들 장난이듯이. 곧 전쟁이 터질 것이라는 말을 나는 가끔 읽고 듣고 있어. 전쟁으로 식민지에서 남는 것은 아무것도 없을 거야. 아무것도. 그리고 전혀 필요치도 않은 그 커다란 옷을 독일에게서 벗겨낼 사람은 아무도 없어.

프랑스인들과 영국인들과 러시아인들은 그들의 조국을 아주 일찍 가졌어. 독일인들은 조국을 오랫동안 오로지 상상 속에서만 가졌지. 지상이 아닌 하늘에. 하이네가 이에 대해서 쓴 적이 있어. 지상에서 그들은 흩어지고 갈라져 있었어. 비스마르크가 마침내 그들에게 조국을 선사했을 때 그들은 상상하는 데 익숙해 있었어. 그들은 상상하는 일을 멈추지 못했어. 그들은 계속해서 상상하고 있어. 그들은 지금도 독일의 위대함이라든가 오대양과 먼 대륙에서의 독일의 승리에 대해, 경제적, 군사적 경이에 대해 상상하고 있어. 상상은 공허함으로 넘어가지. 그리고 당신들이 실제로 사랑하고 찾는 것은 텅 빔이야. 당신은 위대한 일을 향한 헌신에 대해 쓰고 있어. 하지만 당신이 말하는 것은 텅 빔과 무 속으로 흘러들어 사라지는 것이지. 나는 당신이 흘러들어 사라지려고 하는 그 무가 두려워. 이 두려움이 당신이 사고를 당하지 않았을까 하는 두려움보다 더 커. 당시엔 나는 당신이 쓴 글을 별로 진지하게 생각하지 않았어. 그 글은 내게 낯설었어. 하지만 크게 개의치 않았어. 당신이 내 곁에 있었으니까. 지금은 당신이 멀리 있어. 나는 당신을 당신의 수기에서 낯선 사람으로 만나. 그리고 내가 보기에 당신은 이미 이전에도 내게 낯선 사람이었어.

나는 당신을 죽을힘을 다해 붙잡겠어.

당신의 올가

1914년 4월 6일

나의 사랑,

어제 내가 편지로 쓴 내용은 모두 사실이야. 하지만……

나는 당신의 빛나는 모습과 당신의 결단력, 당신의 끈질 김을 사랑해. 당신에게 불행이 닥치면 당신은 그것을 그냥 털어버리지. 개가 물에서 나와 몸을 흔들어 물방울을 털어 버리듯이. 당신은 내가 슬퍼할 때 나를 위로해주지 못했 어. 그냥 나의 슬픔 옆에 어찌 할 줄 모르는 어린아이처럼 서 있었지. 그러나 얼마 후 당신은 뭔가 엉뚱한 짓이나 바 보 같은 행동으로 나를 슬픔에서 끄집어내는 법을 터득했 어. 이미 우리가 어렸을 때, 나의 할머니가 내 책들을 숨겨 서 내가 절망에 빠져 있던 것을 기억해? 그리고 그때 당신 이 검은 구두약으로 머리를 물들이고 콧수염을 그리고서 할머니 집에 강도를 가장하고 들어가 책들을 가져왔던 것을? 그리고 우리가 메멜 강에 앉아 있을 때 내가 나의 사랑하는 제자를 틸지트의 김나지움에 보내지 못해 슬퍼하고 있으면 당신은 포플러나무에 기어오르기 시작했어. 까마득히 높은 곳까지. 그것은 내게 정말로 높이 오르고 싶어하는 사람이 멀리 바라볼 수 있다는 것을 보여주려 한 것이었어. 당신은 들끓는 상상력과 들끓는 그리움을 갖고 있어. 사실 당신은 그 두 가지를 위해 우리 시대가 제공하는 것보다 더 훌륭한 목표를 가져야 했어.

어쩌면 당신은 그런 목표를 앞으로 발견할 수 있을지도 몰라.

그리고 그런 들끓는 측면 외에 당신은 내가 그것 못지않게 사랑하는 다른 측면을 갖고 있어. 어쩌면 나는 그런 면을 더 사랑하는지도 몰라. 당신의 그 충직함이지. 나는 당신한테 한 번도 그것에 대해 묻지 않았고, 당신은 나한테 그것에 대해 확인해줄 필요가 없었어. 나는 알고 있으니까. 당신은 다른 여자를 가진 적이 없어. 다른 장교들처럼 베를린의 유곽이나, 당신의 여행 도중에서도. 짧거나 긴 여행 끝에 다시 내게 돌아오면 당신은 내가 아직도 당신을 좋아하는지, 여전히 당신을 사랑하는지, 여전히 당신을 원하는지 물었어. 내가 당신을 사랑하는 것은 당신이 나의 사랑에 값하는 그 어떤 일을 했기 때문이 아니야. 나의 사랑은 당신을 위해 당신이 믿을 수 없는 하나의 기적이기 때문이지. 당신은 작별을 할 때면 이렇게 말했어. "나를 잊지 마!" 마치 내가 당신을 언젠가 잊기라도 할 것처럼. 그리고 나는 당신이 내 가슴속에서 내가 당신 가슴속에 차지하고 있는 것과 똑같은 고정된 자리만을 가지려 하는 것에 대해 오랫동안 이해하지 못했어. 당신은 스스로 고백은 하지 않지만 조금은 소심해. 하지만 당신은 소심한 사람이 아니야. 당신은 열정적인 애인이야. 그러면서도 조심스럽고 자상하지. 당신은 삶에 대한 기대를 당신을 위해 펼쳤어. 내가 나를 위해 나의 기대를 펼쳤듯이. 그러나 사랑의 공간을 우리는 함께 창조했어. 그래서 그 공간에는 당신이 당신의 것만 고집하거나 내가 나의 것만을 고집할 것은 아무것도 없어. 그곳에서는 당신은 내 것이고 나는 당신 것이야. 아, 내 사랑. 당신이 그 공간에 있을 때면 나는 당신의 그 두 가지 측면을 편하게 대할 수 있어. 당신이 내 옆에 서서 〈독일인의 노래〉를 부를 때면 당신이 먼저 모든 것을 넘어서는 독일을 중요하게 생각하고 그다음엔 독일의 여자들과 독일인의 충직함에 열광하고 그러고 나서 내게 미소를 지으면서 나의 손을 잡듯이 말이야.

당신의 올가

1914년 4월 11일

헤르베르트, 나의 사랑,

신문이 온통 당신들 이야기로 가득 찼어. 며칠 전에 당신의 원정대에 동참했던 네 명의 노르웨이인들이 작년 말에 선장 역시 이르렀던 그 원주민 마을에 도착했거든. 그들은 당신에 대해서는 아무 소식도 알지 못했어. 그들은 얼음덩어리 속에 박힌 배에서 겨울을 나고 올 봄에 배를 떠났어.

아무튼 그들은 겨울을 이겨냈어. 그래서 신문에서는 배 위에서 가능한 것은 오두막이나 아니면 위치를 잘 잡은 안전한 텐트에서도 가능할 것이라고 말하고 있어. 어쩌면 당신은 당신의 대원들과 함께 그사이에 배로 돌아왔을 수도 있다고 하고. 앞으로 몇 달 동안은 당신들 역시 그 마을에 나타나거나 구조하러 떠난 원정대들 중의 하나가 당신들을 발견할 희망이 남아 있다고 하네.

5월 12일이면 당신이 틸지트의 조국지리역사학회에서 북극에서의 독일의 사명에 대해 강연을 한 지 꼭 4년이 돼. 학회에서는 이날을 기념하여 당신의 강연을 기리는 행사를 계획하고 있어. 학회에서는 당신을 기릴 뿐만 아니라 당신을 구조할 수 있는 전조가 현재 좋다면서 당신을 초청할 수 있기를 바라고 있어.

아니야, 광활함을 향한 당신의 그리움 이야기를 다시 꺼내고 싶지 않아. 그러나 한 가지 생각이 끊이지를 않아. 나는 여태껏 틸지트 밖으로 나가본 적이 거의 없어. 사범학교 졸업 기념식 참석을 위해 포젠까지 간 것이 지난 수년 동안 내가 했던 가장 먼 여행이야. 나는 그 기념식에 대해서는 이야기하지 않았어. 당신이 관심이 없으니까. 지금도 그 이야기는 하고 싶지 않아. 방학이 시작되는 시점이었기 때문에 나는 행사가 끝나고 하루 더 포젠에 머물 수 있었어. 저녁 때, 내가 그래도 좋아하는 그 도시의 길을 따라 혼자서 걷는 도중 종소리가 울리고 집집마다 불이 켜지고 창문으로 불빛이 보였을 때, 내가 사는 초라한 마을과 학교 뒤편의 궁색한 나의 집을 향한 향수가 몰려왔어. 우스꽝스러운 말이라는 것을 나도 알아. 하지만 잘 들어. 내가 나의 그 초라한 마을에 있는 학교 뒤편의 나의 궁색한 집에 있으면 만족한다는 뜻이 아니야. 나는 자꾸만 떠나고 싶을 때가 있어. 자꾸만 세상 밖으로 가보고 싶어. 파리와 로마, 런던도 보고 알프스와 대양도 보고 싶어. 내게는 먼 곳에 대한 그리움이 있어. 그리고 먼 곳을 향한 나의 그리움은 나의 향수와 다르지 않게 느껴져. 배에 통증이 느껴지고, 가슴이 답답해. 울어서 흘릴 수도 없고 자유롭게 숨도 못 쉬게 만드는 눈물이 목으로 차올라.

어쩌면 멀고 광활한 곳과 무를 향한 당신의 그리움 속에는 마침내 도착하고 싶은 그리움이 함께 녹아 있는지도 몰라. 독일인들이 텅 빔과 동시에 아늑함을 그리워하듯이. 나는 여태껏 당신에게 당신의 생각과 느낌을 털어놓으라고 고집한 적이 없어. 그러나 당신이 돌아오면 당신이 당신 안에서 벌어지는 일을 말로 설명할 수 없다는 변명으로 내게 얼버무리지 않기를 바라.

어서 다시 돌아와!

당신의 올가

나의 사랑,

당신에게 지난번 편지를 쓴 뒤로 한 달이 지났어. 나는 믿음을 잃었어. 오랫동안 나는 나의 편지들을 통해 당신을 이 세상에 간직하고 지키고 보호해둘 수 있을 것으로 생각했어. 지난 몇 주 동안 나는 더 이상 그것을 믿을 수가 없었어. 내가 책상에 앉아 당신에게 편지를 쓸 때면 어떤 용기도 어떤 힘도 편지 속으로 흘러들지 않고 잉크만 흘러들 뿐이었어.

오늘은 다시 좋아졌어. 어제는 틸지트에서 당신을 기리는 행사가 있었어. 며칠 내로 당신을 구조하기 위해 원정대가 다시 출발할 거야. 행사에서 있었던 연설이나 신문 보도는 낙관 일색이었어. 신문 보도는 당신의 북극 탐사의

시기가 늦은 것에 대한 비판을 숨기지 않았지만 당신의 의
지력과 행동력을 좋게 평가했고, 원정에서 성공은 장비가
5퍼센트, 시점이 5퍼센트 그리고 90퍼센트는 대장에게 달
려 있다는 한 연구자의 말을 인용했어. 대체 무슨 이야기
인지 이해도 안 되고 그 연구자라는 사람에 대해서도 나는
들어본 적이 없어. 하지만 당신이 대장으로서 모든 일을
착오 없이 잘해내리라는 것을 나는 알고 있어.

행사 마지막에는 당시처럼 "독일, 독일은 최고"를 다시
한 번 불렀어. 독일이 당신을 내게 다시 데려다줄 것처럼.
그 일은 아마도 서넛의 용감하고 씩씩한 노르웨이인들이
하겠지. 모든 것이 너무 시끄러웠어. 나는 당신을 생각했
어. 나의 마음속은 당신을 둘러싸고 아주 조용했어. 눈이
소록소록 내려 만물 위에 하얀 천을 펼쳐놓았어. 그 고요
함과 하얀 천은 나를 불안하게 했어.

그 행사가 있기 하루 전날 교육청에서 주최한 교사총회
에서 초대가 있었어. 그곳에서도 당신 이야기가 나왔어.
칭송도 있었고 비난도 있었고, 칭송과 비난 사이의 모든
것이 다 있었어. 나는 당신을 옹호했어. 나름 효과가 있었
어. 9월에 우리 학교에 시찰을 나왔던 장학사도 왔어. 그는
당신과 나를 잘 안다는 듯이 관심을 보이면서 나의 팔을 잡

고 아버지처럼 다정하게 대해주었어. 혹시 그 사람이 우리에 대해 알고 있을까?

　나에게는 첫 번째 교사총회였어. 부모들이 아이를 학교에 보내지 않고 농사일에 투입하려는 요구에 대해 교사들의 대응이 매우 상이하다는 것을 알았어. 나는 부모들의 그런 요구를 늘 거부했어. 우리는 그들의 뜻을 이제부터 관대하게 들어주라는 부탁을 받았어. 내 옆에 앉아 있던 한 젊은 동료는 말했어. "그러니까 그래야죠." 우리는 행사가 시작되기 전에 이미 이야기를 나누고 서로 말을 튼 사이였어. 그래서 나는 그 사람에게 뭐가 '그러니까 그래야죠'냐고 물었어. 그러자 전쟁이 날 것이고, 아이들이 아버지 역할을 하도록 준비시켜야 한다고 말하더군.

　나는 꽤 많은 수의 교사들을 사귀었어. 우리는 우리가 알고 있는 것 이상이야. 앞으로 우리는 개인적으로도 만나기로 했어. 나는 앞으로 초등학교 여교사협회 일도 신경 쓸 생각이야. 나는 내 인생의 범위를 내가 사는 마을 지역에만 국한하지 않을 생각이야.

　그동안 저축을 해서 조금만 있으면 중고 자전거나 중고 피아노를 구입할 수 있는 돈을 손에 쥘 수 있어. 결정을 해야 해. 아마도 자전거가 될 거야. 나는 내가 사는 마을 바깥으로 나가보고 싶어. 그리고 피아노가 없어도 오르간은 있으니까.

　요즘의 나의 삶은 이래. 나는 당신을 생각해. 당신을 생각하지 않고는 5분도 그냥 지나가지 않아. 나의 마지막 생각이 당신을 떠올리지 않는 저녁도 없고, 나의 첫 생각이 당신을 떠올리지 않는 아침도 없어. 내 생각의 물결에 당신을 맡겨봐!

　　　　　　　　　　　　　　　　　당신의 올가

1914년 6월 16일

아, 헤르베르트, 나의 사랑,

5월은 좋지 않은 달이었어. 독일-노르웨이 합동원정대가 당신의 배에 도착해서 배에 있던 두 사람의 독일인을 구했어. 이들은 배 위에서 견디고 있었어. 당신과 당신의 대원들은 배에 있지 않았군. 그 두 독일인은 당신들에 대해 아무것도 몰랐어. 원정대 하나가 아직도 수색 중에 있어. 그들은 당신들을 노르아우스트라네 섬의 동쪽 해안에서 찾고 있어. 신문에서는 당신을 서쪽 해안에서 찾아야 한다고 말하고 있어. 또한 당신들이 그사이에 원주민 마을에 도착했을 수도 있다고 하네.

부상과 동상으로 한 집단이 발이 묶일 수도 있다고 하고. 그렇지만 한 사람이라도 길을 나설 수 있으면 그 사람은 그래야 한다고 하고. 그리고 아무도 그렇게 할 형편이 되지 않아 당신들이 오두막이나 천막에 눌러앉아 있으면 당신들을 찾는 일은 건초 더미에서 압핀 찾는 일이 될 것이라고 해. 신문은 또 두 번의 겨울을 그린란드에서 보내고 살아남은 한 덴마크 원정대에 대해서 언급하고 있어. 그러나 신문은 에스키모들이 그 덴마크 사람들을 도와주었으며 노르아우스트라네 섬에는 에스키모나 라플란드 사람들이 없다고 쓰고 있어.

내가 당신에게 편지에 나의 생활에 대해 쓰면 당신이 나를 관찰하고 나와 동반할 수 있을 것 같은 느낌이 들어. 멀리서. 하지만 그 먼 곳에 대해 나는 아무런 감도 잡을 수 없었어. 이제는 그 거리가 느껴져. 내가 쓰는 편지들이 당신에게 여전히 도착하나? 내가 당신과 당신의 배와 당신의 대원들 그리고 당신들을 구하러 간 원정대들에 대해 쓸 때 우리는 서로 가장 가까워. 그러나 내가 당신에게 들려주는 나의 일상 이야기는 우리들 사이에 벌어져 있는 구멍 사이로 떨어져.

나는 그런 구멍이 있기를 바라지 않아. 나는 당신이 내 곁에 머물러 있기를 원해. 아이크는 원정대에 관심을 갖고 있어. 잔네 집에는 신문이 없기 때문에 그 아이는 우리 집에 와서 신문을 읽어. 당신에 대해서 읽었고 에스키모와 라플란드 사람들에 대해서 묻기도 했어. 나는 교사총회에서 사귄 한 명의 남자 동료와 일곱 명의 여자 동료들과 만났어. 다른 남자 동료들은 차라리 여자 동료들 없이 만나기를 바라. 다른 여자 동료들은 그런 만남이 교육청의 심기를 건드릴까 봐 두려워했어. 우리는 우리 자신에 대해서는 절대 이야기하지 말고 강의와 아이들 이야기만 하기로 작정했어. 이번에는 부모와 목사를 설득해서 아이를 김나지움이나 여자중학교에 보내는 방법에 대해서 이야기했어. 이 일에 관한 한 나는 최근 몇 년 동안 다른 사람들보다 더 많은 성공을 거두었어. 결국에 가서는 우리 자신에 대해 이야기하게 되었어. 한 여선생은 결혼을 하고 싶은데 약혼자가 버는 것으로는 부족하고 둘이 벌면 넉넉하겠지만 결혼하면 교사직에서 물러나야 한다고 했어. 그리고 그 남자 동료는 자전거를 한 대 물려받았는데 숙녀용이라 타지 않는다고 했어. 그래서 내게 좋은 가격으로 팔기로 했어. 잔네와 나는 잼을 만들었는데, 다음 일요일에 틸지트 시장에 가지고 가서 팔 생각이야. 섣달그믐에 그렇게 하기로 우리는 마음먹었었어. 잔네의 남편은 내게 닭장을 하나 만들어주었어. 다음 주에는 병아리들을 구할 생각이야. 머지않아 닭들이 생기게 될 거야. 그것 역시 내가 마음먹었던 대로 되는 거야.

4년 전 우리가 당신 강연 끝나고 나이팅게일의 노래를 들었던 것 기억나? 올 여름에는 나이팅게일의 노래를 매일 들어. 나는 나이팅게일의 떨리듯 지저귀는 소리를 좋아하지만 내가 사랑하는 것은 나이팅게일이 길게 내는 소리야. 그 소리를 들으면 가슴이 에이는 듯해. 올 여름은 따뜻해. 그래서 나는 당신과 함께 메멜 강가나 바닷가에 누워 낮과 이별하고 밤을 맞이하여 하늘을 올려다보고 싶어. 하늘은 환하다가 잠시 후에는 어두워지겠지. 그러면 우리의 눈길은 총총한 별들을 발견하면서 하늘의 심연 속에 길을 잃을 거야. 나이팅게일은 사랑에 대해 그리고 죽음에 대해, 우리의 사랑에 대해, 우리의 죽음에 대해 노래해.

예전에 당신은, 무엇이 당신을 자꾸 북극으로 잡아끄느냐는 나의 물음에 대답하지 않았어. 이제 대답 거리를 찾았어? 북극으로 아니면 전쟁터로, 그렇게 당신은 말했어. 그리고 당신 친구들은 곧 전쟁이 터질 거라고 말한다고 했어. 미네 할머니도 그렇게 말해. 그녀는 네 명의 기사*를 보

---

*성경의 묵시록에 나오는 네 기사.

왔다고 해.

자꾸만 견딜 수 없는 느낌이 들고는 해. 사랑, 불안, 희망, 좌절, 가까움, 낯섦, 이런 것들의 무게가 너무 무거워. 가끔 나는 당신에게 분노를 느껴. 분노는 나를 찢어놓지. 그다음에는 양심의 가책에 시달려. 어서 와, 나는 당신을 향해 늘 그렇게 외쳐, 어서 와. 하지만 당신은 내 목소리를 듣지 못하는군. 내 목소리를 들어, 어서 와!

당신의 올가

사랑하는 나의 헤르베르트,

6월 역시 좋지 않은 달이었어. 당신을 찾아 나섰던 마지막 원정대가 돌아왔어. 그들은 당신의 어떤 흔적도 찾지 못했어. 보통 원정대가 남기는 돌무더기 속의 소식도, 버려진 천막도, 남겨둔 장비도 찾지 못했어. 당신의 배는 다시 슈피츠베르겐으로 왔어. 얼음이 배를 놓아주어서 이번 원정대의 대원들이 배를 다시 끌고 왔어.

이제 더 이상의 구조원정대는 없을 거야. 6월 28일에 한 세르비아인이 오스트리아의 황태자 프란츠 페르디난트와 그의 부인을 살해했어. 많은 사람들이 오스트리아가 세르비아에 전쟁을 선포할 것이라고 말하고, 많은 사람들이 러시아가 세르비아 편을 들까 봐 두려워하고 있어. 무슨 일이 일어나든, 이제는 아무도 북극으로 갈 원정대를 위해 돈과 사람을 동원하지 않을 거야. 당신은 당신 자신에게 의지해야 할 처지야.

신문은 구조원정대의 귀환에 대해 보도하면서 당신과 당신 동료들의 전망에 대한 추측 기사도 냈어. 당신들의 비축 식량과 예전의 원정대와 어부들과 사냥꾼들이 오두막과 막사에 놔둔 식량들은 오래 버티기에 충분하다는 거야. 그러나 당신들 네 사람 모두 부상을 입은 상태에서 여름 동안 나아서 바로 나타난다는 것은 가능성이 희박하다고 했어. 사람은 믿음과 희망을 버려서는 안 되며, 사람은 때때로 자신을 넘어서는 능력을 발휘하기도 하며 또한 어떤 놀라운 힘에 이끌려 자신을 넘어서기도 한다는 거야. 그러나 당신들이 다시는 품에 안기지 못한, 어쩌면 다시는 품에 안기지 못할 사람들을 사랑하는 마음으로 생각해야 한다는 거야.

아니야, 나는 믿음과 희망을 포기하지 않아. 그리고 내가 사랑하는 마음으로 생각할 사람은 당신 외에 아무도 없어. 그래, 당신은 이 몇 달 동안 가끔은 멀게 느껴졌어. 그렇지만 지금은 마지막 원정대가 돌아오기 전 내가 느꼈던 당신보다 멀지 않아. 그리고 원정대가 출발하기 전보다 더 멀게 느껴지지 않아. 나는 신문에서 뭐라 쓰든 신경 쓰지 않아. 당신은 내 가슴속에 머물고 있어. 그리고 나는 당신과 함께 희망하고 당신을 믿고 당신을 사랑해. 그리고 나는

당신의 올가

1914년 8월 8일

나의 사랑,

　독일이 러시아에 전쟁을 선포했어. 그다음엔 프랑스에
선포했고. 이어 영국이 독일에 선전포고를 했어.

　41명이 출정했어. 나는 아이들을 데리고 틸지트에 갔어.
음악과 꽃다발이 있었고, 남자들은 모자를 흔들고, 젊은
여인들은 군인들과 포옹하고 이들을 기차가 있는 곳까지
배웅했어. 기차에는 "파리로의 소풍", "한 방에 프랑스 놈
하나"라고 적혀 있었어.

　이곳 시골에는 큰 열광 같은 것은 없어. 징집 하나하나가
농가와 가족에게는 날벼락이니까. 소수의 자원병들은 자
기 아버지들에게서 머슴보다 더 형편없는 취급을 받은 젊
은이들이야. 그중 하나가 내게 작별 인사를 했어. 그는 전

쟁을 두려워했어. 하지만 전쟁보다 아버지를 더 무서워했어.

전쟁은 도시인들을 위한 것이지 농부들을 위한 것은 아니야. 그리고 아이들을 위한 것이지. 작고 약한 아이들은 세르비아 군인과 영국 군인 역할을 해야 했어. 그러면 다른 아이들은 그들에게 달려들어 "세르비아 놈들은 죽어야 해", "신이여 영국을 벌하소서!"라고 소리쳤어. 또한 러시아군의 진입에 대한 걱정은 도시인들보다는 양식을 걱정해야 하는 농부들에게 더 컸어. 도시인들은 이웃에 있는 타우라게 러시아군 주둔지의 장교들에 대해 '호텔 드 뤼시'의 손님들로서 좋은 기억을 가지고 있으니까.

나는 당신 모습을 떠올려봐. 당신은 지체 없이 낭신 연대에 복귀 신고를 하겠지. 아무 생각 없는 한순간 동안 나는 당신이 노르아우스트라네 섬에 안전하게 있어서 기뻤어.

당신의 올가

1914년 9월 13일

나의 사랑,

어제는 우리 군대가 러시아 군대를 격퇴했어. 그들 즉 보병과 카자흐 기병들은 8월 26일부터 틸지트를 점령했어. 그들은 잘해내고 있어. 한번은 일군의 카자흐 기병들이 우리 마을에 나타났어. 아이들은 놀란 눈으로 쳐다보았고 시장이 나와 맥주를 대접했어. 그들은 이내 가버렸어. 농부들은 아내와 딸들, 하녀들을 지하실과 곡식 창고에 숨겼어. 그러나 카자흐 군인들은 여자들이 어디 있느냐고 묻지도 않았어.

당신이 귀환할 가능성이 없다는 것을 알아. 그러나 나는 1년 전부터 당신에게 편지를 쓰고 있어. 당신은 여태껏 답장을 하지 않았듯이 오늘도 별다르지 않게 답을 하지 않을 거야. 아무것도 바뀌지 않았어. 당신에게는 닿을 수가 없어. 하지만 당신은 여태껏 그랬어. 나는 당신 모습을 눈앞에 그려봐. 온통 천을 뒤집어쓰고, 얼굴은 외투와 두건의 안감으로 에워싸여 있고, 스키를 신은 채 양손은 주먹을 말아 쥐어 스틱을 짚고 있고, 어깨 위에는 가죽 끈을 둘러 썰매를 끌고 있어. 당신은 멀리 떨어진 곳, 하얗고 추운 눈과 얼음 속에서 바로 이런 모습이 되었어. 당신이 내 곁에 있다면 당신의 몸을 덥혀줄 수 있을지 모르겠어. 당신은 내게서 멀리 떨어져 있어. 그러나 당신은 나에겐 죽지 않았어.

가끔 나는 아이크에게 당신의 여행 이야기를 들려줘. 당신이 내게 쓴 편지들을 읽어주면서 군데군데 소금씩 아름답게 꾸며. 당신은 아이크의 눈에는 위대한 모험가야. 그 애는 당신을 기억하고 있어. 그 애도 당신을 닮아 용감하고 힘이 세다고 말해주면 자랑스러워해. 그 아이에게 경고를 해야겠어. 당신이 길을 잃었던 것처럼 그 아이가 길을 잃는 것을 원치 않아. 그러나 그 말을 차마 할 수가 없어. 우리는 함께 앉아 있고 내가 이야기를 들려줘. 그러면 아이의 눈빛이 반짝여. 그리고 내가 긴장된 부분에 이르러 이야기를 끊으면 아이는 다음 날이나 다음다음 날 이야기

가 이어질 때까지 기다리려 하지 않고 내 양손을 잡고 애걸
복걸해. 정말 사랑스러운 순간이지.

　어디에 어떻게 있든 헤르베르트, 무사히 잘 있어. 당신을
사랑해.

당신의 올가

1914년 11월 11일

나의 사랑,

매일매일 전쟁 소식이 들어와. 승전보가 있으면 종이 울리고 깃발이 나부껴. 이 마을에서 전쟁터에 나갔던 두 사람이 전사했어. 나는 소식이 들어오면 희생자만을 생각하게 돼. 날마다 벌어지는 전쟁과 모든 승리는 희생자를 요구해.

오늘자 신문들은 어제 랑에마르크에서 프랑스군에 대항해 싸운 젊은 연대 병력에 대해 보도하고 있어. 그들은 〈독일인의 노래〉를 읊조리며 적의 사격 따위는 아랑곳하지 않고 고지를 향해 돌격하여 프랑스군의 진지를 탈취했어. 우리들의 청춘의 꽃은 빗발치는 총탄 속에 쓰러졌지만 그 젊은이들에 대한 우리의 자랑스러움이 그들의 죽음으로 인한 고통을 신성하게 해준다고 신문은 쓰고 있어.

나는 그들 속에서 당신의 모습을 봐. 나는 당신이 달리는 것을 봐. 회녹색의 제복을 입고, 머리에는 회녹색의 천을 씌운 우스꽝스러운 뾰족 쇠 가죽 헬멧을 쓰고, 등에는 배낭을 메고, 손에는 검이 달린 총을 들고서. 갈색 배낭도 잿빛이고, 당신 얼굴과 손도, 풀과 나무들도, 하늘도, 모든 것이 잿빛이야. 언덕을 타고 올라가는 길이야. 당신은 뛰다가 쓰러지고 다시 일어나 계속 달리고 있어. 당신이 뭔가에 걸려서 넘어진 건지 아니면 총에 맞아서 쓰러진 건지 모르겠어. 당신이 다시 일어났기 때문에 계속 달리는 건지 아니면 당신은 이미 죽었지만 달리는 건지 모르겠어. 당신 주변에는 다른 사람들이 있어. 그들 역시 달리고, 그들 역시 쓰러져. 그러나 그들은 다시 일어나지 못하고 계속해서 달리지도 않아. 당신만 일어나서 계속해서 달려. 그러나 당신은 꼭대기에는 이르지 못해. 당신은 언덕에 머물러 있어. 달리고 또 달려도 도착하지 못해. 프랑스군의 진지에도, 죽음의 두 팔에도.

나는 꿈결처럼 당신을 봐. 그리고 그것이 꿈임을 알아. 내가 밤이면 밤마다 반복해서 꾸게 될 꿈임을, 당신이 돌아올 때까지, 전쟁이 끝날 때까지. 나는 당신이 북극에 있는 꿈은 한 번도 꾼 적이 없어. 나는 얼음과 눈 속에 있는 당신의 모습을 떠올려보려 했지만 실제로 그렇게 하지 못했어. 깨어 있을 때나 잠잘 때나 안 되었어. 가끔 나는 당신이 자동차를 타고 아니면 기차를 타고 아니면 배를 타고 떠나는 꿈을 꾸었어. 당신은 플랫폼이나 갑판에 서 있다가 내가 있는 쪽으로 몸을 돌려. 그러나 손짓은 하지 않고 그저 바라보기만 해. 당신은 점점 더 멀어지고 점점 더 작아져. 이별의 꿈들. 그 꿈에서 나는 슬프게 깨. 점점 더 작아지는 그 조그만 인간에게 짙은 사랑을 느끼면서.

밤에 당신이 나의 꿈속에서 언덕을 뛰어오를 때면 당신은 노래하지 않을 거야. 아무도 노래하지 않을 거야. 죽이고 죽고 하는 가운데에서도 사방은 조용해.

당신의 올가

1914년 성탄절

나의 사랑,

작년에 당신은 성탄절 전에 돌아오겠다고 했어. 올해는 병사들이 그런 말을 했지. 당신들 남자들은 믿을 것이 못 돼.

이번 성탄절에는 눈도 파란 하늘도 볼 수 없었고 비와 진흙탕만 있었어. 그래도 교회는 장식을 했고, 나는 합창대와 함께 〈성탄절 송가〉를 불렀어. 내가 교회를 그렇게 전체적으로 다 체험한 것은 처음이었어. 평소 같으면 집에 있었을 노인들과 병든 이들도 전쟁 중의 성탄절에는 교회에 나와서 다른 사람들과 함께하려 했어. 밖에서 늑대가 울부짖으면 양들이 서로 몸을 부비며 몰려들 듯이. 그사이에 네 가정이 상복을 입었어. 목사님이 우리의 무기를 위해

신의 가호를 간청했을 때 모두들 놀라서 숨을 멈추었어.

　나는 가끔 이런 상상을 해. 당신이 노르아우스트라네 섬에 머물지 않고 북동 해협 쪽으로 가서 스키와 썰매를 타고서 어디로 가면 여름에 배로 해협을 통과할 수 있을지 알아보고 있다고. 당신은 북쪽 시베리아까지 올라가서 그곳에서 겨울과 봄 동안 원주민들의 보살핌을 받다가 여름에 모스크바를 거쳐 베를린으로 오려다가 러시아 관리들과의 첫 조우에서 전쟁이 터졌다는 것을 알게 돼. 당신은 감금되기 전에 다시 원주민들이 있는 곳으로 도망쳐. 이들은 전쟁이나 평화 따위는 신경 쓰지 않으니까. 그곳에 있으면서 당신은 내게 편지를 쓸 형편이 안 돼. 하지만 당신은 살아 있고 전쟁이 끝나면 곧장 내게로 달려올 거야.

　올해에는 정말 안 해본 것이 없어! 잔네와 나는 잼을 만들어서 돈을 벌었고, 나는 자전거를 한 대 샀어. 그러나 여우가 닭들을 훔쳐 가는 바람에 염소를 키워보려던 용기가 꺾이고 말았어. 피아노는 빨라야 내후년에나 가능할 것 같아. 단테의 《신곡》은 지옥 편부터 시작해. 번민과 고통과 죽음 부분은 읽고 싶지 않아. 책을 읽고 싶지 않아. 즐거운 책들은 슬픈 책들과 마찬가지로 나를 슬프게 해.

　상상으로 그려보는 시베리아의 당신 모습, 나의 사랑의

꿈이자 나의 악몽, 나의 미친, 길 잃은, 얼어 죽은, 쓰러진 남편, 내 아들의 무용한 아버지, 모든 이성에 반하는 나의 희망, 나의 사랑하는 사람, 나는 당신을 포기할 수 없고 포기하지 않을 거야. 나의 남자로 남아줘, 나 역시 당신의 여자로 남을 테니.

올가

헤르베르트,

올 여름의 전투는 우리가 여태껏 전쟁에 대해 알고 있었던 모든 것보다 끔찍했어. 전사자 수는 언급되고 있지 않지만, 내가 아는 여사 동료가 스웨덴 쪽에 아는 사람이 있는데, 그 숫자가 수십만에 달할 거라는군. 검은 상복을 입은 여자들이 점점 더 눈에 많이 띄어. 상이군인들의 모습도 점점 늘어가고. 많은 사람들에게는 전쟁이 끝났어. 잔네는 남편이 다시 돌아와서 행복해하고 있어. 그는 팔을 잃었어. 그녀는 그깟 팔 따위가 무슨 소용이냐고 말해. 그녀는 그가 더 많은 것을 잃었다는 것을 인정하지 않으려해. 그는 전쟁의 참상에 대해서는 말하지 않지만 그의 얼굴에 쓰여 있어.

전쟁은 우리 세대의 남자들을 소멸시키고 있어. 그 젊은 남자 동료 역시 전사했어. 나와 여자 동료들과 만났고 물려받은 자전거를 내게 팔았던 그 사람 말이야. 나는 가끔 만약 당신이 돌아오지 못하면 어쩌면 그와 더불어 행복해질 수도 있겠다는 생각을 했어. 우리는 아무 약속도 하지 않았어. 서로 바라보기만 했을 뿐이야. 어쩌면 나는 그의 눈길에서 그가 그 눈길 속에 품었던 것보다 더 많은 것을 읽었는지도 몰라. 그러나 나는 내 인생은 아직 끝나지 않았다고 생각하는 것만으로도 만족해. 물론 일은 계속돼. 학교와 교회. 해마다 새로운 남녀 학생들이 들어와. 그러나 나는 당신의 여자이고 한 남자의 미망인일 뿐만 아니라 한 세대의 미망인이야.

당신은 소멸 중인 세대에 속해. 그리고 이제 나는 당신이 죽었다는 것을 깨닫기 시작하고 있어. 당신은 멀리 있을 뿐만 아니라 도달할 수도 없어. 당신은 정말로 죽었어. 그리고 당신이 내 앞에 나타난다면 당신은 내 기억과 그리움의 소산이야. 당신은 예전과 다름없이 언제나 내 앞에 있어. 그래서 나는 스스로에게 늘 이렇게 말해야 해. 당신은 죽었다고. 나는 이 현실과 더불어 사는 법을 익혀야 해.

익혀야 해, 당신에게 여름에 대해 쓰지 않는 법을, 너무

나 더웠던 6월에 대해, 너무 서늘했던 7월에 대해 쓰지 않는 법을, 농가에서 일하면서 가끔 농가와 외양간 이상의 일로 농부를 대체하기도 하는 러시아 포로들에 대해 쓰지 않는 법을, 세상이 붕괴되고 있으며 승리가 평화를 가져다주지 않고 죽음의 신은 우리들 가정에서 마치 집안의 대부 같은 존재이며 조국, 영웅적 죽음, 명예 그리고 충직 등은 단지 말에 불과할 뿐이라는 것을 깨달은 아이들에 대해 쓰지 않는 법을. 나는 당신에게 나의 삶에 대해 쓰지 않는 법을 익혀야 해. 그러나 사실 나는 그것을 점점 더 적게 했어. 내가 아니라 내 안의 무언가가 이미 오래전부터 깨닫기 시작했어. 당신이 죽었다는 것을.

올가

1915년 10월 9일

며칠 전 할머니가 돌아가셨어. 할머니는 아팠어. 그래서 이곳에 모셔서 돌봐드리겠다고 내가 말씀드렸었어. 하지만 할머니는 당신의 침대에서 죽기를 바라셨어. 아니면 나를 곁에 두고 싶지 않으셨는지도 몰라. 나를 키우기는 했지만 가슴 안으로 받아들이지는 않으셨으니까. 마치 내가 실망스러운 존재이거나 아니면 뭔가 불쾌한 것을 떠올려주는 기억이라도 되는 것처럼 말이야.

내가 도착했을 때 할머니는 이미 돌아가셨어. 차가운 교회 안의 열려 있는 관 속에 누워 계셨지. 나는 모포 하나를 챙겨 의자를 갖다 놓고 그 옆에 앉았어. 주위가 캄캄해졌을 때는 촛불을 켰어.

할머니의 눈과 입을 제때에 감겨주고 닫아주지 못했던

것 같았어. 그러나 두 눈은 그냥 열려 있는 것만은 아니었어. 그 두 눈은 죽음의 얼굴을 보았고 두려움과 경악으로 벌어져 있었어. 그리고 입은 이가 없는 잇몸을 드러내고 울부짖었어. 교회 안은 아주 조용했어. 내가 관 뚜껑을 닫을 때까지 울부짖는 소리가 들렸어.

그러나 할머니는 내 곁에 있었어. 나는 평소에 늘 느꼈던 할머니의 거부감을 느꼈어. 가끔 나를 때렸고, 자주 호통을 치셨지. 그러나 그런 행동을 전혀 하지 않고 나와 무뚝뚝하게 이야기하지 않을 때에도 할머니의 거부감은 마치 냄새처럼 허공에 떠돌았어. 나는 교회 안에 앉아 그 친숙한 증오스러운 냄새를 다시 맡았어.

예전에 나는 할머니의 그런 거부감이 어디서 왔는지 곰곰이 생각해보고 할머니의 마음에 들고자 무진 애를 써보았어. 아무리 해도 할머니의 마음을 돌릴 수 없었기 때문에 나는 상처를 받았어. 그리고 내가 아무 잘못한 것도 없는데도 나를 벌할 때면 격분했어. 지금은 그냥 슬플 뿐이야. 나는 아이크를 생각했어. 할머니의 입장에서 어린 소녀인 내가 성장해가는 모습을 볼 수 있었다면 얼마나 좋았을까, 그리고 나로서도 중년의 여자가 나를 동반해줄 수 있었다면 얼마나 좋았을까. 만약 할머니가 나의 사랑을 받아주었다면 나도 할머니를 얼마든지 사랑했을 거야. 그리고 사랑받는다는 것은 그렇게 될 수만 있었다면 얼마나 행복한 일이었을까! "그리고 사랑한다는 것은, 신들이여, 얼마나 큰 행복인가"라고 괴테는 시에서 말하면서 사랑하는 것을 사랑받는 행복보다 우위에 두고 있어. 사랑받음의 포근함 속에 살고 있는 사람은 그렇게 쓸 수 있어. 나는 그런 포근함을 가져본 적이 없어, 한 번도.

가끔 나는 나 자신에게 연민을 느꼈어. 사랑도 받지 못한 채 성장했고 당신과도 그럭저럭 되는대로의 사랑만을 느낄 수밖에 없었으니까. 이제 나는 전몰한 수천의 병사들과 그들의 살아보지 못한 삶과 살아보지 못한 사랑을 생각해. 그 생각에 나의 자기연민 같은 것은 사라져버려. 슬픔은 남지.

나는 관 옆에 앉아서 울기 시작했어. 멈출 수가 없었어. 할머니와 나 사이에, 당신과 나 사이에, 그리고 병사들과 그들의 아내와 자식들 사이에 그랬어야 했지만 그렇지 못했던 모든 것들, 그것을 내가 어떻게 참겠어? 앞으로 무엇을 가지고 기뻐해야 하나? 당신은 이 밤에 다시 한 번 죽었어. 몇 번째인지 모르겠어. 당신의 죽음 앞에 모든 것이 이토록 텅 빈 적은 없었어.

잠시 후 나는 자리에서 일어나 교회 안을 둘러보았어. 오르간 앞에 앉아보았어. 전에 그토록 자주 연습하고 연주했던 오르간이었지. 그리고 내가 공부도 하고 뜨개질도 하고 우리가 사랑을 나누기도 했던 칸막이 좌석에도 가보았어. 나는 앉아서 울었어. 기억은 마음을 아프게 해. 그러나 나는 기억을 멈출 수가 없었어. 계속해서 기억을 불러냈고 당신을 내 곁에서 느꼈고 내 곁에 당신이 없어 그리웠어.

바깥이 환해졌을 때 나는 걸었어. 나는 들판을 거쳐 숲가의 우리 자리로 가보았어. 바뀐 것은 아무것도 없었어. 나는 서서 바라보며 뭔가를 기다렸어. 하지만 그것이 무엇인지는 몰랐어. 태양이 떠올라 맨 먼저 나무들의 우듬지를 비추고, 그다음에는 나무들을, 그다음에는 들판을 비추는 것을 보았어. 눈부시게 아름다운 광경이었어.

왜 여전히 그런지 이유는 묻지 말고

한결같은 당신의 올가

1915년 12월 31일

나의 사랑, 이것이 당신에게 쓰는 마지막 편지야. 이제 당
신과 작별을 고해. 나는 당신 없이 새해를 시작해. 이제 나
는 당신을 더 이상 내 주위에, 더 이상 내 안에 두지 않을
거야. 당신은 죽었어, 당신은 이미 오래전에 죽었어. 그런
데 지금도 여전히 나는 당신과 이야기를 나눠. 그렇게 하
면 내 앞에는 당신이 보이고 당신의 목소리가 들려. 당신
은 아무 답도 하지 않아. 그러나 당신은 웃거나 불만스레
투덜대거나 아니면 수긍하는 투로 중얼거려. 당신은 여전
히 있어. 팔이나 다리가 절단된 병사들이 느낀다는 환각지
통 이야기를 들은 적이 있어. 팔이나 다리가 잘려 나갔는
데도 그것들이 아직 달려 있는 것처럼 통증을 느낀다는 거
야. 당신은 떠났어. 그러나 당신은 아직 내 곁에 있는 것처

럼 아프게 느껴져.

당신은 죽었지만 당신이 살아 있을 때 내가 당신을 사랑
했던 것처럼 지금 내가 당신을 사랑할 수 있다면—당신은
이미 그때도 허깨비였나? 나는 늘 내가 당신에 대해 만들
어놓은 이미지만을 사랑했던 건가? 당신이 살아 있건 아니
면 죽었건 상관없는 그런 이미지를?

나는 당신을 나의 인생에서 추방하고 싶지 않아. 당신은
내 가슴속에 한 자리를 차지해야 해. 당신 것인 하나의 유
물 상자를 말이야. 그러면 나는 당신만의 것인 그 유물 상
자 앞에 가끔 머물면서 당신을 생각할 거야. 그러나 나는
그 유물 상자를 닫고 거기서 거리를 둘 수 있어야 해. 안 그
러면 너무 마음이 아플 테니까.

우리가 처음에 어떻게 사랑을 나누었는지 기억나? 우리
는 산책을 하러 나섰다가 우리가 늘 다시 만나 이야기하고
공부하고 우리가 서로의 것임을 깨달았던 숲가의 그 장소
까지만 가게 되었어. 우리는 멈추어 서서 포옹을 하고 풀
숲에 누웠어. 그리고 모든 것은 자연스러웠고 모든 것은
놀라웠어. 우리는 걷잡을 수 없는 행복감을 느꼈어. 그러
다가 저녁이 되었어. 당신의 상관이자 당신 아버지의 친구
가 당신들의 장원에 손님으로 왔고, 당신은 가야 했어. 나

는 당신의 뒷모습을 바라보았고 당신은 등을 돌려 나를 돌아다보았어. 그러고는 가버렸어.

가, 내 사랑, 나를 위해 한 번 더 돌아다보고, 그렇지만 가.

올가

1936년 7월 27일

아이크. 그 아이가 올림픽을 직접 보고 싶다고 내게 편지를 썼어. 그간 이탈리아에서 아주 오래 일했으니 이제 다시 독일에서 살고 싶은 때가 된 것 같다고 하더군. 그 아이는 일주일 내내 잔네 집에서 묵고 주말에 나한테 들렀다가 오늘 베를린으로 떠났어. 올림픽 경기를 관람할 거래. 독일에 머물 거고. 자신이 나치당에 입당했고 친위대에 들어갔다는 말은 우리가 틸지트 역에서 헤어질 때야 말해주었어. 기차 창문 밖으로 몸을 빼고 마치 사소한 이야깃거리가 생각난 듯 얼른 말해버리려 했어.

당신들 남자들은 얼마나 겁쟁이들인지! 당신은 내게 당신의 겨울 비행非行을 알릴 용기를 갖지 못했고, 그 아이는 자신의 정치적 착란에 대해 나와 대화할 용기를 갖지 못했

340

어. 당신들 두 사람은 내가 당신들과 말다툼을 하게 될 것임을 알고 있었어. 당신들은 논쟁하는 것을 견디지 못했어. 당신들 남자들은 눈과 얼음, 무기와 전쟁 같은 것들은 얼마든지 상대할 수 있다고 생각하면서 한 여자의 질문에는 맞서지 못해.

지난 몇 년간 나는 당신이라면 이 모든 것에 대해 어떤 태도를 취했을까 스스로에게 물어보곤 했어. 나치가 식민지나 북극에 대한 꿈을 가질 것 같은 생각은 안 들어. 어쩌면 그것이 당신을 그들로부터 구해주겠지. 그러나 그들의 경우도 모든 것이 너무 거대해. 모든 것이 너무 거대하게 진행되는 곳에서는 공중누각이 멀지 않아. 어쩌면 당신은 그들에게 식민지나 북극을 꿈꾸도록 가르칠지도 몰라.

나는 쓸쓸함을 느껴. 아이크 때문에 그리고 당신 때문에. 그 아이의 다리는 당신의 다리이고 그 아이의 살은 당신의 살이야. 아이크는 당신처럼 멍청하고 당신처럼 겁쟁이야. 또한 당신처럼 사랑스럽기도 해. 그러나 사랑스러움은 멍청함이나 비겁함을 이기지 못해.

올가

1936년 7월 29일

첫 번째 편지를 보내고 금방 두 번째 편지를 보내. 옛날에
도 그런 적이 있다는 것을 알아. 그러나 이번 편지는 첫 번
째 편지에 쓴 내용을 번복하지 않아. 당신은 첫 번째 편지
뿐만 아니라 두 통의 편시를 모두 읽어야 해. 아이크가 보
내온 소식이 너무 충격적이어서 당신에게 편지를 쓰지 않
을 수 없었어. 나의 남편이자 그의 아버지에게. 아이크는
당신의 아들이자 나의 아들이야. 하지만 당신의 아들이기
보다는 나의 아들이야. 아이크의 편지는 부끄럽게도 그 사
실을 상기시켜주었어. 아이크는 기차를 타고 가면서 내게
편지를 써서 변명을 했어. 내가 자신에게 모험이나 먼 곳
으로 떠나는 것, 광활한 곳에서의 삶에서 얻는 기쁨에 대
해 가르쳤다는 거야. 그는 그것을 찾으려고 했고, 그것을

발견했다는 거야. 독일은 식민지가 필요 없다는 거야. 그의 생활공간은 메멜 강과 우랄 산맥 사이에 있다는 거야. 그곳에서는 그의 세대를 위한 모험들이 기다리고 있으며, 그곳으로 갈 것이고, 그곳에 터를 잡을 것이라고 했어.

당신을 비난하는 것이 아니야. 오히려 나를 꾸짖는 거야. 전쟁이 끝나고 그 아이가 김나지움 학생일 때 한동안 나와 함께 살았어. 그때 교육을 더 잘 시켰어야 했어. 당신에 대해 다른 이야기를 들려주었어야 했어. 당신을 영웅으로서가 아니라, 아무도 본받으려 하지 않는, 하지만 그 자신은 남을 본받으려 하다가 인생을 망친 슬픈 모습의 기사로 말이야. 당신은 당신의 삶을 사는 대신 아문센이 되고 싶어 했어. 아문센이 안 되면 스콧이 되고 싶어 했지. 아이크 역시 지금 자신에게 아무것도 아닌 삶을 살려고 해. 그 삶은 얼음과 눈 속에서 끝나지 않고 그 아이를 전쟁으로 이끌 거야.

희한해. 당신은 20년 전과 다르지 않게 느껴져. 당신은 그 뒤로 나이를 먹지 않았어. 나는 나이를 먹었는데. 그냥 그렇다는 거야. 아무 상관 없어. 아마도 내가 외로워서 당신에게 편지를 썼는지도 몰라. 독일이 내게는 낯설어졌어. 나하고 친했던 사람들이 이제는 더 이상 옛날의 그 사람들

이 아니야. 마을에서나 교회에서, 합창단에서나. 옛 장학
사는 내가 인종학 강의를 거부하자 걱정스레 고개를 가로
저었어. 새로 온 장학사는 나를 학교에서 쫓아내려고 해.

이제는 교회 나가는 것도 즐겁지가 않아. 그냥 오르간과
합창단 때문에 나가는 거지. 목사는 독일인 기독교 신자인
데 사람에게서 믿음의 기쁨을 쫓아버리고 있어. 천국과 지
옥, 사후의 삶 같은 것을 나는 어차피 믿지 않아. 그러므로
당신은 내 가슴속에 있어. 그곳에서 나는 당신에게 인사를
보내.

당신의 올가

1939년 10월 15일

헤르베르트, 사랑하는 사람,

3년 전에 당신한테 편지를 썼었지. 바로 그 뒤에 병이 났어. 그리고 그 후로 더 이상 듣지를 못해. 나는 학교에서 파면되었고 브레슬라우의 농아학교에 다녔어. 지금은 바느질을 해서 생활비를 벌고 있어. 그러나 그것 때문에 편지를 쓰는 것은 아니야. 아이크 때문에 편지를 쓰고 있어.

이삼 개월에 한 번씩 아이크는 나를 찾아와. 정도 많고 배려심도 많아. 내가 자존심을 내세우는 사람이 아니었으면 그 아이는 내게 돈을 주고 바느질 일을 하지 않게 했을 거야. 그 아이가 무슨 일을 하는지는 스스로도 말한 적이 없고 나도 물어보지 않았어. 마지막 방문 때까지 그랬어. 마지막 방문 때 그 아이는 자랑하고 싶은 마음에 참지 못하고 말해버렸지. 제국보안본부에서 일하고 있다고. 2년 전에 보안 경찰로 일을 시작해서 작년에 한 번, 올해 한 번 승진을 했다고.

제국보안본부의 지하실에서는 포로들에 대한 고문이 자행되고 있어. 나도 알고 있고 누구나 알고 있는 사실이야. 아이크는, 그것은 꼭 필요한 일이고, 내가 새로운 시대를 이해하지 못하기 때문에 그 일을 이해하지 못한다고 말해. 나는 새로운 시대를 너무나 잘 이해하고 있어. 이 새로운 시대라는 것은 구시대에 지나지 않아. 독일이 이번만큼은 더 위대해져야 하고 더 많은 적들을 상대해 더 많이 승리해야 한다는 거야. 그 외침 소리는 더욱 커지고 있고, 내가 비록 귀가 먹었지만 그 소리가 들려.

나는 피와 흙과 운명에 대한 아이크의 장광설을 참아냈어. 그 아이가 건물의 호화로운 2층 책상에 앉아 있고 그 건물의 지하실에서는 고문이 자행된다는 것을 참을 수가 없어. 그 아이가 직접 지하실에 내려가는 걸까? 나는 아이크에게 앞으로는 얼굴을 보지 않겠다고 편지를 썼어. 그럼에도 그 아이는 찾아왔어. 나는 모든 것을 말했고, 그 아이는 내 맞은편에 완고하게 앉아 있었어. 그 애를 보니 내가 가르치던 아이들이 떠올랐어. 내가 아이들에게 상스러운 언행을 못 하게 하면 아이들은 내 말이 옳다는 것을 알면서도 군이 그 짓을 그만두려 하지 않았지. 정도가 좀 약하기만 했어도 그 아이의 어린애 같은 완고함에 내 마음이 흔들렸을지도 몰라.

나는 당신 없이 사는 법을 익혔어. 이제는 아이크 없이 사는 법도 익힐 거야. 마음이 아파.

올가

1956년 4월 1일

헤르베르트,

당신은 아이크가 살아 있다는 것을 알아야 해. 그 아이는
지난해에 러시아 포로수용소에서 풀려났어. 마지막 1만 명
중 하나였어.

아이크는 나한테 편지를 쓰고 나를 찾아왔어. 편지에서
는 죽는 소리를 하더니, 나를 만났을 때는 우쭐대더라. 병
약한 얼굴과 흰 머리의 수척한 모습을 보았을 때는 마음이
아파서 그 아이를 안아주었어. 우리는 이야기를 했지. 그
아이는 자신과 독일이 부당한 대우를 받았다며 그것만 가
지고 떠들었어. 그 아이가 낯설었어. 전쟁 전보다 더 낯설
었어. 아들이 하나 있고 곧 아이를 하나 더 얻을 거래. 아내
가 임신 중이라고 하네. 아내를 한번 만나보고 싶다고 했

더니, 내가 아이들의 교육이나 가정사에 개입하지 않는다는 조건하에서만 가능하다고 했어. 그 아이는 나 없이도 해낼 수 있다고 했어. 15년을 나 없이도 해냈다면서. 옛날같으면 나와 이야기를 나누었겠지만 이제는 그렇게 대화를 하고 싶지 않다고 했어.

그 아이는 나를 다시 볼 마음이 없는 것 같아. 나도 그럴 생각이 없어. 나는 외롭게 살아왔고 거기에 익숙해졌어. 내가 바느질 일을 해주는 집의 막내아들과 약간의 우정을 맺었어. 이름은 페르디난트인데, 당신과 어린 아이크를 연상시켜. 그래서 나는 그 아이에게 당신의 모험에 대해 들려줘. 하지만 나는 그 아이가 인생이 모험이라고 생각하지 않도록 조심해.

사교적인 인간은 현재 속에 살고 고독한 인간은 과거 속에 살아. 나는 자주 당신을 생각해. 당신과 내가 만약 함께 살며 나이를 먹었더라면 우리가 함께했던 시간은 지금보다 덜 생생할 거야. 그러나 공동의 기억이 있다면 더 멋질 테지. 당신과 나는 집 앞의 벤치에 앉아 있고, 당신에게 뭔가 떠오르고 내게도 뭔가 떠오르고. 그런 다음 내게 뭔가 떠오르고, 그러면 당신은 길을 떠나지.

일상의 일을 처리하다가도 나는 당신을 생각하곤 해. 그

러면 당신과 이야기해. 나하고만 이야기하는 것보다 그것
이 훨씬 좋아.

당신은 나의 길동무야. 당신은 일찍 나의 길동무가 되었
고 늘 그렇게 남았어. 나는 당신에게 화를 내고 당신과 싸
워. 그러나 바로 그렇기 때문에 당신은 내 생의 동반자야.
그리고 당신이 내 생의 동반자라는 사실이 나는 기뻐.

당신의 올가

1971년 7월 4일

헤르베르트, 나의 사랑하는 충직한 동반자여,

　나는 어떤 예술가들에 대해 읽은 적이 있어. 이 사람들은 자신들의 이름을 달지도 않고, 아무도 그들의 작품이라는 것을 알아보지 못하는, 어쩌면 전혀 아무도 보거나 듣지 않는 그런 뭔가를 만들어. 그들은 산속에 개울이 바위를 마모시켜 만들어놓은 웅덩이를 하나 발견하면 그 웅덩이의 바닥에 자갈로 장식을 만들어놓아. 그들은 주변에 바람이 부는 바위에서 갈라진 틈을 찾아 거기에 유리 피리를 하나나 둘 또는 셋 꽂아놓아. 바람이 불면 하나의 소리나 화음이 나도록 말이야. 그들은 썰물 때 모래에다 문양을 그려놓지. 몇 시간 뒤면 그 문양을 밀물이 다 파괴해. 아니면 밀물이 문양을 파괴하는 것이 아니라 함께 가져가는 것일까? 몇 주 전에 내가 발코니에서 보곤 하던 급수탑이 폭파되었어. 급수탑은 높은 건물만 한 높이였어. 급수용기가 설치되어 있는 투구를 향해 날씬하게 치솟아 있었어. 외벽은 벽돌로 되어 있었고 투구 위에는 둥근 지붕이 있었고 지붕 위에 작은 탑이 있고 탑 위에 다시 둥근 지붕이 얹혀 있었어. 두 개의 지붕은 점판으로 되어 있었고. 아름다웠지. 더 이상 사용하지 않았어.

나는 폭파 계획에 대해 신문에서 읽었어. 준비 작업이 시작되었을 때 그곳을 찾아가 철거작업반장과 이야기를 나누었어. 늙은 여자의 부탁을 거절하지는 못하는 법이지. 그래서 그는 탑을 어떻게 붕괴시키는지 내게 설명해주었어. 급수탑은 전복되지 않고, 안으로 무너저 내리며 먼지를 일으키겠지만 어떤 피해도 유발하지 않을 것이라고 하더군. 나는 이튿날에도 다시 가보았고 폭파 당일에도 가보았어. 철거작업반장과 일꾼들은 나를 알아보고 내가 관심을 보이는 것에 기뻐하며 내가 이미 열려 있는 다이너마이트 상자 쪽으로 가도 아무 의심도 품지 않았어.

그렇게 해서 나는 다이너마이트 세 개를 챙겼어. 도화선 대신으로 털실에다 라이터기름을 적시기만 하면 됐어. 나는 필요한 모든 것을 갖추었어.

나는 비스마르크를 폭파시킬 거야. 거기서부터 모든 것이 시작되었어. 당신은 좋았다고 생각하지만 그건 잘못된 것이었어. 그가 폭파되면 사람들은 아마 그것에 대해 생각해보겠지. 그러나 어쩌면 그가 있던 자리에 한 무더기의 파편과 잔해가 있는 것을 아무도 눈치채지 못할지도 몰라. 산골짝 개울 속에 있는 장식이나 산속의 화음 그리고 모래 위에 그려진 문양을 아무도 알아보지 못하는 것처럼. 아름답고 진실한 것이 되기 위하여 사물들이 꼭 사람들에 의해 인지되어야 하는 것은 아니야. 행동도 마찬가지야. 내가 당신 아닌 누구와 그것을 함께할까? 페르디난트는 멋진 젊은이야. 나는 그 아이를 사랑하지만 좀 지루한 구석이 있어. 그들은 다 그래. 그들은 언제나 도덕적인 판단을 하려 해. 과거에 대해, 현재에 대해. 그리고 그들의 삶이 비호되어 있고 도덕적인 것을 내세우는 데 아무런 대가를 치르지 않아도 됨에도 그들은 자신들이 대단한 용기를 갖고 있는 것처럼 생각하고 뻐겨. 나는 페르디난트가 당신이나 아이크보다 인생을 더 잘 꾸려가기를 바라. 그러나 그의 세대도 너무 거대한 것을 원해.

내가 다이너마이트를 훔쳐서 기념비를 폭파하리라고는 당신은 전혀 생각하지 못했지? 당신은 내가 하는 일을 미쳤다고 생각해? 내가 뭔가 미친 짓을 하고 당신이 그런 면에서 더 이상 혼자가 아니니 기쁜가? 언제 거사를 치를지 아직은 모르겠어. 그러나 내가 그 일을 치를 것이라는 걸 알고부터 나는 기분이 좋아졌어.

그리고 나는 당신 가까이에 있어.

당신의 올가

나는 편지를 손에 든 채 앉아서 눈앞에 그녀를 그려보았다. 고령임에도 꼿꼿한 자세의 모습과, 다이너마이트와 도화선과 성냥 등이 든 가방을 겨드랑이에 끼고 검은 하늘 아래 가로등 불빛을 받으며 천천히 길을 따라 걸어가고 있는 모습과, 기념비에 다가가 무언가 작업을 하는 모습을. 나는 그녀를 에워싸고 있는 고요를 느꼈고, 그녀의 혼잣말과 차분한 홍얼거림을 들었다. 나는 폭발 소리를 들었다.

나는 그녀가 자랑스러웠다. 한 사람이 살아가는 삶과 그 사람이 행하는 미친 짓이 마치 멜로디와 대위법처럼 조화를 이룬다면 이 얼마나 행복한 일인가! 그리고 두 가지가 조화를 이룰 뿐만 아니라 그 사람 자신이 직접 그 두 가지를 조립할 수 있다면!

올가의 인생의 멜로디는 헤르베르트를 향한 사랑과 그에 대한 저항이었다. 성취로서 그리고 실망으로서. 헤르베르트의 미친 짓에 대한 저항 뒤에는 미친 몸짓이 있었고, 조용한 삶의 끝에는 요란한 진동이 있었다. 그녀는 자기 인생의 멜로디에 대위법을 가미했다.

올가의 마지막 편지가 처음에 내 마음을 언짢게 했음을 감추고 싶지 않다. 내가 지루하다니? 그러나 그녀는 나와 함께하는 것이 지루하다고 쓰지는 않았다. 그녀는 비호된 삶에 대해서 썼다. 그리고 나는 나의 삶이 비호된 삶이었음을 알고 있다. 어쩌면 나의 삶은 너무 비호되었는지도 모른다. 그러나 그것은 쓸데없는 생각이다.

이것이 마지막 몇 줄이다. 나는 이 몇 줄의 글로 올가와 작별을 하지는 않겠다. 나는 그녀와 결코 작별하지 않을 것이다. 아델하이트가 오면, 우리는 나의 고향 도시로 가서 베르크프리트호프에 있는 올가의 무덤에 가볼 것이다. 물론 이제 나는 손녀가 할머니를 떠올리게 했음을 알고 있다. 아델하이트의 얼굴에서 올가의 얼굴을 만나다니 얼마나 멋진가!

사랑과 인생의 대위법

1

출판사로부터 베른하르트 슐링크의 새 작품《올가》의 원
고를 PDF 형식의 파일로 받고 강의가 없는 날을 택해 꼬
박 사흘 동안을 읽었다. 아직 독일 현지에서도 출간되지
않은 상태였다. 그것이 재작년 11월의 일이다. 그러나 그
것은 출판, 번역을 위한 검토가 아니었다. 작품 속으로 빠
져드는 것은 어쩔 수가 없었다. 군데군데 읽고 내용을 확
인하는 것이 아니라 처음부터 끝까지 하나도 빼놓지 않고
다 읽었다.《책 읽어주는 남자》를 번역하면서 맛보았던 20
년 전의 감동과 전율이 느껴졌다. 차분하고 고요한 분위
기 속에 슐링크 특유의 냉정한 문체가 살아 있었다. 이 작

품의 화자에게서 우리는 《책 읽어주는 남자》의 주인공 미하엘 베르크의 향기를 만난다. 여주인공 올가는 어떻게 보면 《책 읽어주는 남자》의 여주인공 한나의 '팡당Pendant' 즉 '보완적 상대물'이라고 할 수 있다. 한나가 시대 속에서 아무것도 모르는 무사유의 문맹으로 등장했다면, 이 작품의 올가는 여장부는 아니더라도 자신이 가야 할 길을 판단할 줄 아는 이성적이고 관찰적인 여인이다. 이번 작품에서 작가는 그것을 "대위법"이라고 표현한다. 시대의 편견에 대항하여 자신의 운명을 주체적으로 건설하는 굳센 여인의 모습은 시대 속으로 불어닥치는 바람에 따라 이리저리 흔들리는 다른 인물들(특히 과대망상과 맹목적 이상에 절은 남자 주인공들)과 대조를 이룬다. 더욱이 그녀가 자신을 떠난, 생사 여부가 불확실한 사랑하는 남자에게 끝까지 보내는 희망의 찬가에 마음이 저리기도 한다. 작품의 후반부로 접어들수록 서사적 긴장감이 넘친다. 그것은 슐링크 특유의 서술 기법과 개성 있는 서사 구조 덕분이다. 그것은 예기치 못한 서사적 전환과 복선과 발견 기법에 근거한다.

2

"모든 글쓰기는 과거에 대한 글쓰기이다"라고 선언한 슐링크의 작가적 기본 사유는 역사성과 예술성에 기본을 둔다. 작품의 제1부는 19세기 후반의 독일 풍경을 그려 보인다. 가장 두드러지게 등장하는 첫 번째 인물이 올가이고, 그녀의 상대역으로 헤르베르트가 부유한 가정을 배경으로 나타난다. 그런데 두 남녀 주인공 즉 올가와 헤르베르트는 각각 신체적으로 두드러진 특징을 갖고 있다. 어린 시절부터 올가는 '보는 것'이 장기이고, 헤르베르트는 '달리는 것'이 특기이다. 관찰의 여왕과 달리기의 제왕 사이에서 벌어지는 조화와 균열이 작품 속에서 세세하게 전개된다. 이 두 장기가 더 큰 규모로 전개되며 역사 속으로 들어갈 때 거기서 소설은 구체성을 얻는다. 올가는 관찰을 장기로 하여 현실을 직시하고, 헤르베르트는 달리기를 통해 한없이 멀리 가려고 한다. 이 둘은 각각의 개인으로서 역사적 시각을 상징한다.

강한 독일을 꿈꾸었던 비스마르크의 과거부터 나치의 흔적을 넘어 현대에 이르기까지 100년이 넘는 시간의 기록이 소설 속에 펼쳐진다. 주인공 올가는 어릴 적에 부모를 잃어 할머니 밑에서 거의 고아처럼 자랐음에도 투철한 자기의식을 통해 혼자 힘으로 사범학교를 마치고 교사로서 직장을 갖고 자신의 길을 걷는다. 그러던 어린 시절에 만난 헤르베르트라는, 부를 갖춘 전형적 독일 가정의 아들과의 사랑이 그녀의 삶에 결정적인 사건으로 자리 잡는다. 교사로서의 자긍심과 도전정신 그리고 헤르베르트와의 사랑이 제1부의 전원적 풍경을 수놓는다. 이곳엔 낭만과 사랑이 있다. 장원을 소유한 헤르베르트 집안의 반대에도 불구하고 그와의 사랑은 꾸준히 이어지고, 독일의 식민지 개척의 일환으로 서남아프리카로 떠난 그와의 사랑은 편지로 기록된다. 그러나 현실에서의 결혼은 주변의 방해 특히 헤르베르트의 여동생 빅토리아의 획책으로 이루어지지 않는다.

올가, 올가라는 슬라브 계열의 이름을 가진 그녀는 스스로를 사회 속의 아웃사이더로 여긴다. 할머니가 독일식 이름으로 개명하자고 제안하지만 그녀는 끝내 거절한다. 그렇기 때문에 그녀는 고독 속에 빠진다. 그러나 그녀는 모든 것을 다 읽어내고 정치적 현실에서도 눈을 떼지 않는다. 그녀는 당시의 다른 여학생들보다 더 많은 것을 갖고 싶어 한다. 남보다 더 많이 배우고 남보다 더 많이 알고 남보다 더 많은 것을 할 수 있기를 바란다. 그렇게 교사의 꿈을 이룬 그녀는 시대의 편견 속에서 자신의 책임을 완벽하게 수행한다.

헤르베르트, 그의 모습은 비스마르크가 주도한 강한 독일의 허상 속에 위치한다. 그의 꿈은 구름처럼 높이 떠 있거나 신기루 같은 것이다. 그는 위대한 것과 먼 것을 지향한다. 니체를 읽은 그는 "초인"과 같은 존재가 되고 싶어한다. "그는 초인이 되기로 결심했다. 쉬지도 중단하지도 않기로, 독일을 위대하게 만들기로, 독일과 함께 위대해지기로 결심했다." 그 첫 번째 실천이 서남아프리카 독일 식민지 파병 지원이었다. 마치 독일 낭만주의자처럼 먼 곳, 광활한 미지의 세계로만 향하는 그의 눈길처럼 먼 곳으로 떠난 그는 끝내 사라진다. 남미까지 가서 많은 체험을 한 후, 1913년 가을 북극 탐험을 떠난 그는 돌아오지 않는다. 소설의 등장인물 헤르베르트의 배후에는 실존 인물인 헤르베르트 슈뢰더-슈트란츠(1884~1912)가 자리 잡고 있다. 그는 프로이센군의 장교로서 실제 아프리카 남서부 독일령에도 파견 근무한 바 있고, 러시아의 콜라 반도로 여행하였으며, 이후에는 모험가로서 1912년 9월 북극 북동 해협 탐험 중 노르아우스트라네 섬에서 실종됐다. 당시 그의 나이 28세였다.

《책 읽어주는 남자》의 여주인공 한나 슈미트가 문맹으로서 시대의 흐름에 빨려 들어갔다면, 《올가》의 주인공 올가는 53세 때 귀가 먹음으로써 오히려 시대의 어지러운 소음에서 자신의 청량감을 끝까지 유지할 수 있었다. 그녀가 느낀 청각 상실 속의 "고요"는 그녀만의 객관적 시각을 위한 장치 역할을 한다.

올가는 헤르베르트를 기다리며 편지를 쓴다. 그가 탐험을 위해 출발했던 트롬쇠 우체국으로 편지를 보낸다. '유치우편'으로, 즉 보낸 우체국으로 수취인이 우편물을 직접 찾아가야 하는 방식으로. 북극 탐험에서 그가 돌아와야 그 편지를 읽을 수 있다. 하지만 받을 수 없는 편지를 올가는 계속 보낸다. 그녀의 편지는 트롬쇠 우체국에 가서 기록보존소에 보관되듯 누적된다.

3

제2부에서는 《책 읽어주는 남자》의 미하엘 같은 인물이 이야기를 끌어간다. 그는 병을 앓은 뒤 돌연 귀가 먹는 바람

에 학교에서 파면된 올가가 생계수단으로 바느질 일을 해주던 어느 목사집의 막내아들이다. 그의 이름은 페르디난트이다. 작품 끝까지 이제 이 화자가 다정하고 따뜻하게 이야기를 떠맡는다. 물론 제1부의 마지막에 "우리"가 등장하여 제2부로의 연결을 돕는다. 그러나 제1부의 화자는 전체적으로 3인칭 전지자적 시점의 화자라고 봐야 할 것이다. 청년 페르디난트와 올가가 나누는 대화, 산책, 서로의 생각들이 제2부에서 주로 전개된다. 그러나 귀가 먹은 데다 나치에 협조하지 않은 책임을 물어 교사 직책에서 해고되어 바느질로 먹고살며 여생을 혼자서 이어가던 그녀는 90세의 나이로 어느 날 공원에서 발생한 폭발 사고로 죽는다.

그녀가 남긴 수많은 편지와 사진들을 통해서 그녀의 기억 속으로 우리는 들어간다. 이것이 작품 제3부이다. 그녀의 이 편지들 자체가 역사적 자료이자 소설이다. 우리는 여기서 여주인공 올가의 감정과 심적 상태를 직접 대면하게 된다. 사랑하는 남자를 향한 기대와 불안, 사랑과 분노가 "나"의 시점으로 정확하게 전달된다. 제3부는 이 소설의 엑기스이다. 앞의 모자이크 그림에서 빠졌던 조각들이 이곳에서 맞추어진다. 그리고 하나의 완벽한 그림으로 완

성된다. 그것은 삶의 진실을 향한 항해이다. 소설의 화자는 어렵게 그 편지들을 구한다. 올가의 편지를 입수하기까지의 과정이 또 한 편의 추리소설이다.

이제는 늙어 공직에서 은퇴한 화자가 멀리 북유럽의 한 중고서점을 찾아가 우여곡절 끝에 손에 넣은 그녀의 편지들을 통해 올가의 숨겨진 비밀이 밝혀진다. 그녀가 교사로 일하면서 친하게 지냈던 아이 아이크가 헤르베르트와 그녀의 아이였던 것이다. 당시에는 여자는 결혼하면 교사직을 그만두어야 하는 규정이 있었다. 그것 때문에 그녀는 친구에게 부탁하여 아이크를 버려진 아이를 주워 키운 것처럼 하게 한다. 아이크가 성장하면서 겪는 남자의 세계가 다시 올가의 세계와 부딪친다. 헤르베르트가 했던 것을 아들 아이크 역시 행하는 것이다. 헤르베르트의 거짓말과 허풍에 이어, 아들 아이크 역시 올가에게 헛된 것의 화신으로 다가온다. 아이크는 나치의 일원이 된 것이다.

올가는 끝까지, 북극으로 떠나 다시 돌아오지 못한 헤르베르트의 죽음을 인정하지 않는다. 그러나 제1차 세계대전이 발발하여 전쟁에서 죽어가는 수십만 병사들 이야기를 접하면서 그녀는 비로소 그의 죽음을 받아들이는 법을 익히기 시작한다. 그녀는 그와의 이별을 쉽게 인정하지 못한다. 어떻게 진정한 이별에 이를 수 있을까? 그녀가 트롬 쇠 우체국으로 보냈던 편지들은 그 과정을 감동적으로 보여준다. 진정을 담은 올가의 편지 한 통 한 통마다 서정적인 울림이 있다.

4

올가의 편지는 그 시대 남자들을 향한 소통의 울부짖음이며 시대를 향한 양심의 호소이다. 또한 "너무 거대한 것", 즉 정치적 망상들을 향한 경고이다. 그 시대 남자들은 소통에 귀를 닫고 입을 다물었다. 당시에도 이미 악의 평범성을 깨닫고 무사고無思考의 폐해를 알고 있었던 올가는 이런 남자들의 행동에서 멍청함과 비겁함을 보고 있다. "너무 거대한 것"의 뿌리를 올가는 비스마르크 시대에서 찾는다. 한밤중에 공원을 찾아가 그녀가 자신의 죽음을 초래하게 되는 폭약 폭발로 한 일은 비스마르크의 동상을 약간 기울게 만든 정도일 뿐이다. 그녀는 독일의 모든 불행과 자신의 개인적 불행의 씨앗이 비스마르크 때에 뿌려진 것으로 생각한다. 아이크의 정체 해명과 비스마르크 기념비의 폭파가 소설 내적 전환이다.

《책 읽어주는 남자》의 끝 부분에서 작품의 화자는 그의 마음속에는 이 소설의 여러 판본이 있다고 말한다. 그 소설은 다르게 쓰여질 수도 있었다고. 슐링크의 새 소설《올가》는 그가 말했던 것의 또 다른 실현인지도 모른다. 작품의 마지막은 올가의 손녀인 아델하이트와 소설 제2부의 화자인 페르디난트의 만남이다. 이것은《책 읽어주는 남자》의 한나 슈미츠와 미하엘 베르크의 만남의 또 다른 팡당, 또는 대위법이라 할 것이다.

슐링크의 작품 번역이《책 읽어주는 남자》,《사랑의 도피》,《여름 거짓말》에 이어 이번으로 네 번째이다. 슐링크의 작품 번역이 그렇게 간단하지 않은 이유는, 그의 냉정한 문체 안에 들어 있는 고도의 지적 메시지와 역사성, 윤리의식 등 철학적 내용 때문이다. 그것이 많은 수사적 질문으로 표현된다. 수사적 질문의 뉘앙스를 옮기는 것도 쉽지 않다. 슐링크의 문체는 장식이 없다. 그래서 더욱 힘이 있다. 이 힘은 감동을 준다.

번역을 위한 텍스트로 스위스 취리히의 디오게네스 출판사에서 출간된《올가Olga》(2018)를 사용했다. 슐링크의 작품을 여럿 번역 소개한 입장에서 《책 읽어주는 남자》의 감동을 이어줄 작품을 꼽는다면 단연 이 작품 《올가》를 들고 싶다.

2019년 초여름

김재혁

옮긴이 김재혁

고려대학교 독문학과 교수이며 시인, 번역가로 활동하고 있다. 저서에 《릴케의 시적 방랑과 유럽여행》《서정시의 미학》《복면을 한 운명》《릴케와 한국의 시인들》《바보여 시인이여》《Rilkes Welt》(공저) 등이 있으며, 시집 《딴생각》《아버지의 도장》《내 사는 아름다운 동굴에 달이 진다》 등을 지었다. 우리말로 옮긴 책으로 릴케의 《기도시집》《두이노의 비가》《말테의 수기》《젊은 시인에게 보내는 편지》, 하이네의 《노래의 책》《로만체로》, 횔덜린의 《히페리온》, 귄터 그라스의 《넙치》, 노발리스의 《푸른 꽃》, 되블린의 《베를린 알렉산더 광장》, 슐링크의 《책 읽어주는 남자》《사랑의 도피》《여름 거짓말》, 괴테의 《젊은 베르테르의 슬픔》《파우스트》, 뮐러의 《겨울 나그네》, 카프카의 《변신》《소송》, 헤세의 《데미안》《수레바퀴 아래서》《싯다르타》, 니체의 《네 가슴속의 양을 찢어라》 등이 있다. 오규원의 시집 《사랑의 감옥》을 독일어로 옮겼고 현재 세계릴케학회 정회원이다.

올가

2019년 6월 3일 초판 1쇄 인쇄
2019년 6월 12일 초판 1쇄 발행

지은이 | 베른하르트 슐링크
옮긴이 | 김재혁
발행인 | 이원주
책임편집 | 황경하
책임마케팅 | 정재영

발행처 | (주)시공사
출판등록 | 1989년 5월 10일(제3-248호)

주소 | 서울특별시 서초구 사임당로 82(우편번호 06641)
전화 | 편집 (02)2046-2817 · 영업 (02)2046-2800
팩스 | 편집 · 영업 (02)585-1755
홈페이지 | www.sigongsa.com

ISBN 978-89-527-3864-6 04850
ISBN 978-89-527-6855-1 (set)